ROBERT THOROGOOD

LA MUERTE VISITA MARLOW

ROBERT THOROGOOD

LA MUERTE VISITA MARLOW

TRADUCCIÓN DE
MARÍA JOSÉ DÍEZ PÉREZ

catedral

Primera edición: marzo de 2025

Título original: *Death Comes to Marlow*

Dirección editorial: Ester Pujol
Edición: Iago Fernández
Diseño e ilustración de la cubierta: Daniel Montero Galán
Maquetación: Xavi De Juan

Catedral
Perú, 186
08020 Barcelona

Impreso en Romanyà Valls
Dipósito legal: B-1697-2025
ISBN: 978-84-19722-05-8
Impreso en la UE

Para Jack Thomas
(1941-2021)

Capítulo 1

Tras las emociones del verano anterior, Judith Potts pasó el invierno volviendo a un ritmo de vida más solitario. Se despertaba tarde, veía un poco la televisión, hacía solitarios, salía a dar paseos cuando le apetecía —lo cual no sucedía muy a menudo, la verdad— y se aseguraba de reservar tiempo cada día para elaborar los crucigramas crípticos destinados a los periódicos.

Cuando la iluminación navideña se encendió en High Street, Judith se descubrió permaneciendo discretamente al margen de las celebraciones, como todos los años. No era que estuviese en contra de la Navidad: en absoluto. Más bien era que tenía la sensación de que esas fiestas pertenecían a otras personas, sobre todo a padres con hijos pequeños y a familias empeñadas en ser felices a la fuerza.

Pero si las Navidades eran, en cierto modo, una obligación y el espacio de tiempo que mediaba entre los días de Navidad y Año Nuevo era una semana inexistente, Judith sabía que enero le pertenecía. Casi era su mes preferido. En enero nadie le pedía que hiciese nada. Ni que fuese a ninguna parte. Podía recargar las pilas por completo y hacer balance.

E ir a nadar desnuda, claro estaba.

Judith no permitía que el hecho de que fuese invierno le impidiese darse un chapuzón casi a diario en el río Támesis. En esa época del año los chapuzones eran breves por necesidad, pero ella nunca perdía la ocasión de estar en contacto con la naturaleza, y le encantaba la vibrante sensación que le quedaba en la piel durante el resto del día. Le fascinaba nadar, sobre todo cuando tenía un problema que resolver, y ese era el motivo por el que precisamente esa mañana de enero se encontraba en el Támesis.

Estaba intentando resolver un misterio.

Había empezado esa mañana, cuando cogió el ejemplar semanal del *Marlow Free Press*. Puesto que era principios de año, el diario estaba más desprovisto de noticias que de costumbre —el artículo principal se ocupaba del cierre por sorpresa de un buzón local—, pero de lo que más ganas tenía Judith era del crucigrama críptico. Nunca tardaba mucho en resolverlo, pero la claridad de las pistas le resultaba de lo más satisfactoria. Esa mañana el resultado no había sido distinto. Sin embargo, cuando terminó y vio la cuadrícula completa, el instinto le dijo que había algo extraño en sus respuestas. Su subconsciente intentaba decirle algo, pero ella no era capaz de averiguar qué. Judith no soportaba los cabos sueltos. Por lo que a ella respectaba, había que resolver todos los rompecabezas, y ese fue el motivo por el que decidió pensarlo bien mientras nadaba esa mañana.

Y, como estaba pensando en el crucigrama y no en sus inmediaciones, se enzarzó sin querer en una pelea con un cisne.

No era su intención, como les contó más tarde a Becks

y Suzie, sus dos amigas. Que ella supiese, ni siquiera fue culpa suya. La culpa la tuvo un pato muerto que se encontró flotando patas arriba en medio del río, aunque en un primer momento no parecía un pato. Judith creyó que iba nadando hacia un par de ramitas de color naranja que asomaban del agua, pero, cuando se acercó y vio el cuerpo, el pescuezo y la cabeza blancos del pato bajo el agua, le entró el pánico y fue chapoteando hacia la orilla para alejarse del animal.

Al hacerlo, se interpuso sin querer entre una madre cisne y sus polluelos. Al ser enero, las crías ya casi eran adultas, pero así y todo su madre se encabritó y bufó, y su envergadura era mayor que la altura de Judith. Durante un breve instante, esta se planteó si podría meterse entre las alas y coger al animal por el cuello para derribarlo. Pero, como prácticamente todo el que ha crecido en el Reino Unido, sabía que un cisne podía romperle a uno el brazo, y también supuso que resultaría poco edificante ver a una mujer de setenta y ocho años completamente desnuda peleándose con un cisne.

Porque ahí residía el otro problema. Como siempre que salía a nadar desde la casa de botes, que se alzaba en la parte inferior de su jardín, Judith no llevaba bañador. Naturalmente que no. Esa era una prenda mojada y fría que se pegaba al cuerpo y echaba a perder la verdadera sensación de libertad que proporcionaba nadar.

La cabeza del cisne salió disparada hacia delante con un bufido aterrador y Judith fue consciente de que tendría que salir del agua, y deprisa. Al menos sabía que se encontraba en un meandro del río en el que se detenía poca gente.

Por desgracia, precisamente por tratarse de un lugar tan

apartado, guardaba recuerdos muy felices para Ian Barnes. Ian había crecido en Marlow y se había ido de allí hacía unos años, pero estaba de visita con su mujer, Mandie, y sus dos hijos pequeños porque quería enseñarles algunos de los lugares preferidos de su infancia. Entre ellos estaba el precioso recodo del río donde había pasado tantos días felices observando aves.

Justo cuando Ian estaba señalando el tocón exacto en el que en su día había visto no uno, sino dos martines pescadores, una anciana de setenta y ocho años desnuda salió del río delante de su familia y de él, correteó un poco por la orilla —el cuerpo bamboleándose extraordinariamente— y, tras hacerles un llamativo saludo militar, se volvió a meter en el río, encogiendo las piernas para tirarse en bomba y salpicando a base de bien.

Cuando emergió, Judith dejó escapar un alegre «¡ja!». Como es natural, le mortificó verse desnuda tan cerca de otras personas, pero decidió irse con estilo, de manera que saludó a la familia y se metió de un salto en el río para que de verdad tuvieran algo de lo que hablar. Fue el regalo que les hizo.

Judith no podía parar de sonreír mientras dejaba que la corriente la arrastrase río abajo; se había olvidado hacía un buen rato del crucigrama del *Marlow Free Press*. Recordaba sin cesar la cara que había puesto la pobre familia. Su espanto contenido le divertiría durante meses.

Sin embargo, debido al incidente con el pato muerto y el cisne más que vivo, Judith regresó a la casa de botes de su jardín mucho antes de lo normal. Lo que significó que, cuando se puso la capa de lana gris y volvió a su mansión de estilo Arts and Crafts, llegó justo a tiempo de oír que el teléfono sonaba. Lo cogió y una voz arisca de hombre le preguntó si era Judith Potts.

—Al aparato —repuso ella.

—Soy sir Peter Bailey —afirmó el hombre, con la clase de voz que ordenaba a los soldados salir de las trincheras y atacar en el combate—. No nos conocemos, pero me gustaría pedirle un favor. Verá usted, me caso mañana.

—Enhorabuena —lo felicitó Judith al mismo tiempo que reparaba en que aún había rescoldos en la chimenea. Tenía la piel de gallina y los pies fríos en el suelo de madera, así que fue a sentarse en su sillón orejero preferido para entrar en calor con las brasas.

—La cuestión es que voy a dar una fiesta esta tarde; será una pequeña celebración, y me gustaría que viniese usted.

Judith estaba perpleja. Sir Peter era el cabeza de una de las familias más ilustres de Marlow. ¿A qué venía tan repentina invitación?

—Nada muy formal —continuó—. Trajes, vestidos, esa clase de cosas. Solo será un cóctel, si le soy sincero. A las dos o dos y media. Y abríguese. Aunque el pronóstico es de cielos despejados, hará frío. ¿Sabe usted dónde vivo?

Judith sabía dónde vivía sir Peter. Todo Marlow lo sabía. Sin embargo, le resultaba un tanto irritante que ese hombre diese por sentado que ella lo dejaría todo sobre la marcha. Judith ya tenía planes para esa tarde: iba a tostar unos esponjosos bollos y se los iba a comer delante de la chimenea con una mermelada de mora que había comprado en el mercado del sábado. Y quizá se tomara una copita o dos del pacharán casero que guardaba en la cocina, debajo del fregadero, para ocasiones especiales. ¿Por qué demonios querría renunciar a eso para ir a una fiesta?

—Es muy amable por su parte, pero ¿por qué me invita?

—Muy sencillo. Pensé que la víspera de mi boda sería la ocasión perfecta para dar las gracias a algunas de las personalidades de Marlow. Ya sabe, el club Rotary, el consejo parroquial y demás. Y el verano pasado me impresionó cómo ayudó usted a la ciudad.

—Ya. Así que está usted al tanto de eso.

—Todo el mundo sabe que ayudó a la policía a resolver esos espeluznantes asesinatos.

—Confío en que no espere usted que vaya a morir alguien —repuso Judith, y se rio.

—¿Qué? —inquirió sir Peter—. No, naturalmente. ¿Por qué dice eso?

Judith estaba intrigada. Sabía que, por el motivo que fuese, su comentario había inquietado a sir Peter.

—Solo era una broma —le aseguró ella.

—De muy mal gusto, permítame que le diga.

—Solo es de mal gusto si matan a alguien.

—Aquí nadie teme por su vida. La verdad es que no entiendo por qué sugiere usted otra cosa. ¿Quiere venir a la fiesta o no?

«¿"Nadie teme por su vida"?», pensó Judith. Qué observación más rara. ¿Por qué sir Peter estaba tan nervioso de pronto? Judith decidió que sus bollos con pacharán tendrían que esperar a otro día.

—Será un placer ir a su fiesta —respondió.

—Bien —dijo sir Peter con voz bronca—. La veré esta tarde.

Después de colgar, Judith marcó el número de Becks Starling.

—Judith, un momento —pidió Becks nada más cogerlo—. Colin, mueve la *roux*, ¿quieres? ¿Cómo estás? —preguntó acto seguido—. Perdona, pero no me puedo entretener mucho, esta tarde tenemos un evento. —Antes de que Judith le pudiera decir por qué llamaba, Becks se vio desbordada—: Sam, ¿para qué quieres una caja de cerillas? No necesitas cerillas, ¿qué estás haciendo? Por Dios —dijo al teléfono—. Perdona, me está llamando Chloe. Se ha quedado a dormir en casa de su novio. Tengo que coger la llamada. Puede que haya pasado algo.

Becks colgó y Judith se dio cuenta de que no había dicho ni una sola palabra. Sonrió. Becks estaba casada con el pastor de Marlow, un hombre muy agradable llamado Colin, con todas las connotaciones positivas y negativas que tenía la palabra «agradable». Pese a que la obra de su vida era ser la perfecta ama de casa y madre de los Home Counties, los condados que rodeaban Londres, Becks se había dejado arrastrar por Judith el año anterior, cuando un asesino empezó a matar a personas en Marlow. Eran buenas amigas desde entonces, aunque a Becks le seguía preocupando el hecho de que Judith era exactamente la clase de espíritu libre contra el que su madre la había advertido siempre. Por su parte, Judith veía la cantidad de energía que Becks dedicaba a satisfacer las necesidades de su familia y su comunidad y lo único que deseaba era que su amiga destinase una décima parte de su talento a satisfacer las suyas propias. Pero Becks no cambiaría nunca, Judith lo sabía. Y, en parte, ese era uno de los motivos por los que disfrutaba tanto de su compañía.

Judith marcó otro número. Después de que sonara un par de veces, Suzie Harris lo cogió.

—Vaya, vaya, pero si es la famosa Judith Potts —dijo Suzie con lo que Judith pensó que era una voz ligeramente impostada.

Suzie, una mujer de cincuenta años cómoda con su robustez, era el tercer miembro de la pandilla de Judith.

—Perdona por llamarte de sopetón —se disculpó Judith—, pero es que creo que acabo de mantener una conversación muy rara.

—Adelante, cuéntanos.

—¿Cómo que «cuéntanos»?

—Estás en el aire, así que será mejor que tengas cuidado con esa boquita —añadió Suzie con una risa cómplice.

A Judith se le heló la sangre.

Después de su roce con la fama el año previo, Suzie había conseguido hacerse con un espacio a media mañana como presentadora de la emisora de radio comunitaria, Marlow FM. Suzie ponía discos, cogía llamadas para abordar los asuntos candentes del día y aprovechaba cualquier oportunidad para dar publicidad a su negocio de paseadora y cuidadora de perros de un modo que infringía prácticamente todas las normas de la emisión. Pero, como decía Suzie, era madre en solitario —aunque sus hijas habían dejado el nido hacía tiempo— y siempre había tenido que hacer malabares para llegar a final de mes. No estaba dispuesta a dejar pasar la ocasión para anunciarse gratis.

—¿Estás transmitiendo esto? —quiso saber Judith.

—Siempre es un placer recibir una llamada tuya, Judith. —Había un tono un tanto posesivo en las palabras de Suzie que hicieron que Judith se detuviese. En su opinión, a su amiga le gustaba demasiado su recién adquirido estatus de celebridad, pero esa cuestión era para otro momento.

—¿En serio, Suzie? No quiero que cada vez que te llame se entere toda la ciudad. ¿A qué hora termina el programa?

—Daré paso a Karen Hird y sus Lunchtime Boys a la una.

—Bien. Cuando termines, ¿te apetece ir a una fiesta?

Capítulo 2

Hacia el este de Marlow, el río Támesis se curva alrededor de una pequeña isla que tiene una esclusa en un lado y un azud espumeante en el otro. A orillas de las tranquilas aguas que fluyen más allá se alzan algunas de las mejores propiedades de la localidad.

La casa de sir Peter Bailey, White Lodge, tal vez fuese la más soberbia de todas. Era una mansión de tres plantas y estilo georgiano en un estuco color crema que contaba con una pista de tenis de hierba en un extremo, un invernadero acristalado pintado de blanco en el otro y un jardín de nudo isabelino delante. En la ribera, el césped cortado parecía más cuidado incluso, más preciso, que cualquier cosa que pudieran conseguir los vecinos. En cuanto a la embarcación que sir Peter tenía amarrada en la parte inferior del jardín, era una elegante lancha motora rematada con reluciente madera que había importado de Venecia.

Todo en la propiedad rezumaba dinero, y Suzie no sabía muy bien dónde aparcar la desvencijada furgoneta que utilizaba para llevar a los perros cuando llegó con Judith. Por suerte para ellas, un adolescente de aspecto saludable con una chaqueta reflectante le indicó que aparcase en el campo contiguo al jardín.

—Joder —dijo Suzie cuando se bajaron de la furgoneta—. ¿Te imaginas tener aparcacoches en tu fiesta?

Era uno de esos días de enero frescos y soleados, con nubes de algodón en un cielo azul luminoso, y, cuando Judith y Suzie llegaron al jardín, vieron a alrededor de un centenar de personas vestidas elegantemente que charlaban y reían junto a una carpa resplandeciente.

—Creo que en esa carpa entrarían dos casas como la mía —observó Suzie—. ¿Estás segura de que no les importará que haya venido contigo?

—Pues claro que no.

—No vengo lo que se dice vestida para una fiesta.

Suzie era una mujer sólida como un roble, con mejillas rubicundas y una voz atronadora. Llevaba un plumífero de un rojo vivo con una camiseta de color azul verdoso desvaído de Aertex, un pantalón vaquero viejo con barro seco en los tobillos y unas botas de senderismo que tampoco eran nuevas.

—Yo creo que vas perfecta —afirmó Judith.

—Muy bien. En ese caso te echaré a ti la culpa si alguien se queja. Veamos, ¿dónde están los canapés?

Mientras Suzie formulaba esta pregunta, un camarero joven se acercó con una bandeja de copas de champán. Judith cogió una copa y Suzie dos.

—Para mi amiga —le dijo al camarero mientras señalaba a una amiga imaginaria que se encontraba a cierta distancia.

—Vaya, qué bonito es esto —comentó Judith al tiempo que bebía sorbos de champán y admiraba las vistas.

—Ya lo creo —coincidió Suzie, y apuró la primera de sus dos copas—. Joder, las burbujas se meten por la nariz. No sé por qué bebe esto la gente. Y dime, ¿dónde está el tal sir Peter que te ha invitado?

—No lo veo, pero sabrás quién es en cuanto aparezca. Es como un general de división, todo bigote y vozarrón.

—¿Judith? —preguntó con deleite una voz, antes de añadir, con cierta cautela—: ¿Suzie?

Becks Starling fue hacia ellas y Judith pensó que ese día no vería una estampa mejor. El aspecto de Becks siempre era impecable —con el pelo de un rubio perfecto y las uñas hechas—, pero ese día estaba directamente radiante, rebosante de salud. Llevaba un elegante vestido color crema de cuello *halter* con una chaquetilla de cachemira azul marino por los hombros. Y la mirada de Judith se vio atraída inmediatamente hacia lo que parecía un flamante anillo con un zafiro. Si era auténtico, sería caro.

—Estás preciosa —aseguró Judith.

—¿Tú crees? —inquirió Becks, ruborizándose—. ¿De verdad?

—Siempre estás guapa, pero hoy lo estás especialmente.

Cohibida al instante, Becks hizo lo que hacía siempre después de recibir un cumplido: se disculpó.

—Perdona por lo de la llamada de antes —dijo—. Estaba muy distraída, con los niños corriendo alrededor y Colin metiéndose de por medio. Y tenía que arreglarme para la fiesta. ¿Para qué me has llamado?

—Para invitarte a esto —respondió Judith—, así que no pasa nada, ya que estás aquí.

—Soy la acompañante de Colin, que casará a la pareja mañana. Está allí —contó Becks, y señaló a su marido junto a la carpa. Como de costumbre, Colin vestía un traje oscuro con alzacuellos blanco, pero, no como de costumbre, estaba charlando con una mujer que llevaba un vestido ceñido de lentejuelas doradas. Cada curva de su cuerpo brillaba con la viva luz del sol.

Todas oyeron reír a Colin, e incluso desde lejos, las tres amigas captaron un dejo desesperado, casi servil.

Becks frunció el entrecejo.

—Vaya, vaya. Gambas en tempura a las tres —dijo Suzie.

De camino a la fiesta, esta había explicado a Judith que comer la suficiente cantidad de canapés en una fiesta era tarea de al menos dos personas. Una de ellas tenía que estar de cara a la fiesta —ella había considerado que esa sería la labor de Judith— y el segundo miembro del equipo estaría prácticamente de espaldas al primero, asegurándose de señalar según la manecilla del reloj a cada camarero que saliera de la cocina. Para el evento de sir Peter el catering contaba con una carpa más pequeña en la que se encontraban la cocina y el área de emplatado, de manera que Suzie se había situado frente a ella nada más llegar.

Cuando un camarero pasaba de camino a la carpa principal, Suzie cogió dos grandes gambas en tempura de la bandeja que llevaba.

—¡Gracias! —dijo después de que el camarero siguiese su camino.

—No sabía que conocíais a la familia Bailey —comentó Becks a sus amigas.

—Yo no la conozco —respondió Suzie mientras paseaba por la boca una gamba rebozada que quemaba.

—Yo tampoco —coincidió Judith antes de contarle que

si estaba allí era porque había mantenido una conversación de lo más extraña con sir Peter esa mañana.

—No pensarás que van a matar a alguien, ¿no? —preguntó Becks, consternada.

—Naturalmente que no, pero, cuando mencioné la palabra «muerte», sir Peter se asustó. Se está cociendo algo, hacedme caso. Por cierto, ¿has visto a sir Peter por alguna parte?

—Vaya, qué curioso —contestó Becks—. Ahora que lo mencionas, no lo he visto desde que llegué.

—¿Y si alguien lo ha matado? —apuntó Suzie, con tanto entusiasmo que escupió un poco de rebozado, ya que segundos antes había decidido comerse la segunda gamba—. Perdón —añadió, y fue un error, porque salió más rebozado aún disparado, esta vez al vestido color crema de Becks.

—¡Suzie! —exclamó mientras retrocedía horrorizada.

—Perdona —se disculpó Suzie mientras pasaba una mano por el vestido de Becks, con lo que dejó una mancha aceitosa mucho mayor en la tela—. Madre mía, lo he empeorado —aseveró.

—¡Basta, por favor! —pidió Becks, que miraba a su amiga con cara de frustración—. Este vestido era caro.

—Lo siento mucho, la tempura está un poco grasienta. Vas a tener que ocuparte de eso —agregó, y apuntó hacia la mancha del vestido como si estuviese ofreciendo un sabio consejo.

Todos oyeron el rugido de un motor cuando un maltrecho deportivo Triumph con una capota de tela negra entró en el camino de acceso, escupiendo humo por el tubo de escape. Aparcó junto a la casa y un hombre que llevaba unos chinos de color beis y una camisa de flores púrpura bajo una chaqueta de *tweed* se bajó del asiento del conductor y se pasó las manos por el largo cabello negro.

Incluso desde lejos se veía que el hombre era muy atractivo.

—¿Hola? —dijo Suzie—. Me gusta nuestro nuevo invitado. ¿Quién pensáis que es?

Capítulo 3

Cuando el coche aparcó, un hombre de unos sesenta años con un poblado bigote gris y el pelo engominado salió de la casa. Llevaba una americana azul marino y pantalones de color salmón. Sostenía una copa de champán en una mano y un cigarrillo en la otra mientras iba a buen paso hacia el hombre más joven.

—Ahí lo tienes —dijo Becks mientras señalaba al hombre de la americana—. Ese es sir Peter.

Todos oyeron que este decía a voces:

—¡¿Se puede saber qué demonios estás haciendo aquí?!

El más joven se rio con absoluta despreocupación y dijo que era su puñetera casa y que podía entrar y salir cuando le viniera en gana.

—Esto sí se parece más a una boda como Dios manda —observó Suzie en señal de aprecio—. Una bronca.

Del grupo principal de invitados salió una mujer que fue a unirse a los dos hombres dando zancadas. Lucía un abrigo negro sobre un sencillo vestido también negro, tenía el pelo castaño cortado a capas y las mejillas sonrosadas, y era evidente que estaba inquieta.

—Esa es Jenny Page —susurró Becks a sus amigas—. La

futura esposa. No he coincidido mucho con ella, pero es muy maja. Muy directa...

Las palabras de Becks se perdieron cuando Jenny empezó a discutir con el recién llegado. Ahora sir Peter intentaba calmarla, los invitados miraban con gran curiosidad. Judith supuso que quizá estuviese presenciando el motivo por el que sir Peter se había comportado de un modo tan extraño durante la llamada telefónica. En el seno de la familia Bailey reinaba la discordia.

—Mañana es mi gran día, ¿cómo has podido hacerme esto? —Oyó todo el mundo que Jenny le decía al joven.

—Yo no le estoy haciendo nada a nadie —replicó él, aparentemente tranquilo.

—¡No le hables así a mi mujer! —vociferó sir Peter.

—Todavía no te has casado, papá.

—Todo tiene que girar siempre en torno a ti, ¿no? —Jenny sollozaba—. No soportas que nadie sea feliz.

Jenny rompió a llorar y corrió dentro.

Sir Peter salvó la distancia que lo separaba del joven y empezó a asestarle golpecitos con un dedo en el pecho mientras continuaba reprendiéndolo. Después, tras darle una última vez, giró sobre sus talones y fue a la casa.

Cuando sir Peter dejó el campo de batalla, los invitados de la fiesta hicieron lo único que podía hacer un inglés de pura cepa: seguir hablando de nimiedades como si no hubiese pasado nada. Los camareros, que aguardaban cerca, levantaron las bandejas y empezaron a circular de nuevo.

—¿Vamos a fingir que no ha sucedido nada? —inquirió Suzie.

Colin Starling fue a sumarse a las mujeres.

—Hola a todas —saludó—. Creo que ese es el hijo, Tristram.

—¿Sir Peter tiene un hijo? —preguntó Judith.

—Y una hija, Rosanna. Debe de estar aquí, en alguna parte. Son del primer matrimonio de sir Peter. Me he reunido unas cuantas veces con sir Peter y Jenny a lo largo de las últimas semanas y creo que Tristram no aprueba que su padre se vuelva a casar. No sé por qué os estoy contando esto, es bastante evidente que padre e hijo no se llevan bien.

—Aunque no he podido evitar percatarme de lo bien que te estabas llevando tú con esa señora de allí, querido —observó Becks con una sonrisa que solo Colin no vio que era asesina.

—Sí, es la señorita Louise. Dirige una escuela de baile en Marlow.

—¿La señorita Louise?

Una vez más, Colin no fue consciente del peligro en el que se encontraba.

—Así se ha presentado.

Antes de que Becks pudiera formular más preguntas, el joven se acercó al grupo con parsimonia. Judith pensó que de cerca era ciertamente muy guapo. Rozaría los cuarenta, tenía la mandíbula marcada y unos brillantes ojos azules.

—Perdón por el altercado —se disculpó con una sonrisa triste—. ¿Hay champán? —añadió, guiñando un ojo a Becks, y a Judith le dio la sensación de que la pregunta entrañaba una promesa pícara de flirteo.

—No creo que a sir Peter le haga mucha gracia —advirtió Judith con la autoridad que le confería la edad.

—¿Por qué no lo añadimos a la larga lista de cosas que no le hacen gracia? —propuso el joven—. Tristram Bailey.

Perdonen, debería haberme presentado. Y creo que iré yo mismo por esa copa. Nos vemos mañana, en la boda.

Judith y sus amigas se miraron, sorprendidas con la sangre fría de Tristram después de semejante discusión en público.

—Vaya, parece muy seguro de sí mismo —opinó Judith.

A lo lejos, las campanas de la iglesia de Todos los Santos resonaron en la ciudad para anunciar que eran las tres de la tarde. Judith se volvió para mirar hacia la iglesia, al otro lado del río, y vio un gran yate a motor que pasaba por delante de la parte inferior del jardín. Estaba pensando «qué monstruosidad», cuando oyeron un gran estruendo en el interior de la casa y un sonido de cristal al romperse.

Todos los invitados dejaron de hacer lo que estaban haciendo para mirar hacia la casa, y Jenny apareció en uno de los balcones de arriba, atraída también por el ruido.

—¿Qué ha sido eso? —preguntó a los de abajo.

Tristram dio media vuelta y echó a andar hacia la casa. Tras unos momentos de indecisión, Judith fue en pos de él seguida de Suzie, Becks, Colin y media docena de personas más.

—¿Sabe qué ha sido eso? —preguntó Judith a Tristram.

En lugar de contestar, el joven entró en la casa.

—El ruido ha sido... monumental —comentó Judith a sus amigas mientras franqueaban la misma puerta y se veían en la habitación de la entrada trasera con el suelo de piedra. Tristram ya había entrado en el recibidor principal, así que Judith lo siguió para darle alcance, con sus amigas y los otros invitados detrás.

Cuando llegaron al recibidor, vieron que Jenny bajaba corriendo por la escalera.

—¿Qué pasa? —preguntó.

—Tenemos que encontrar a mi padre —dijo Tristram mientras empezaba a abrir puertas que salían del recibidor principal (a la sala de estar, a un salón, a la cocina) y los demás invitados comenzaban a desplegarse por la casa.

—¿No está en el jardín contigo? —preguntó Jenny a Tristram.

—Creí que estaba contigo.

—¿Ha oído de dónde venía el ruido? —le preguntó Judith a Jenny para ayudar a reducir la búsqueda.

—No —negó Jenny—, pero seguro que ha sido abajo.

—¿Papá? —llamó Tristram, pero no obtuvo respuesta—. ¿Dónde estás? ¿Papá? Dios mío —dijo con aire sombrío cuando le vino una idea a la cabeza mientras salía del recibidor.

Todo el mundo lo siguió por un pasillo que desembocaba en una puerta de madera antigua con bisagras herrumbrosas. Cogió el aro de hierro que hacía las veces de picaporte y lo hizo girar, pero la puerta no se abrió.

—¿Papá? —preguntó a través de la puerta—. ¿Estás ahí?

Nada.

—¿Qué hay ahí dentro? —quiso saber Judith.

—El estudio de papá.

Tristram giró el aro de nuevo y empujó con fuerza la puerta aplicando el hombro.

No se movió.

—Alguien ha cerrado la puerta.

—¿Tienen la llave? —inquirió Judith.

Vio que Tristram empezaba a ser presa del pánico mientras volvía por el pasillo para ir a la cocina. Cuando desapareció, una mujer que parecía aturdida y a la que Judith no había visto antes fue corriendo hacia ellos. Tenía el pelo negro liso y llevaba un abrigo militar de un rojo vivo con galones dorados en los puños y el cuello.

—¿Qué pasa? —quiso saber.

Las maneras de la mujer eran bruscas, prácticas, y, al igual que el abrigo, tenían un aire militar.

—No lo sabemos —contestó Jenny—. Pero hemos oído un golpe fuerte y ahora no damos con Peter.

—Lo he oído, sí —convino la mujer, y a Judith le pareció extraño. Claro que lo había oído, todos lo habían hecho.

—Perdone, pero ¿quién es usted? —le preguntó Judith.

—Rosanna —repuso la mujer, sorprendida con la pregunta—. Rosanna Bailey.

Tristram salió de la cocina con un extintor.

—¿Tristram? —dijo Rosanna—. ¿Qué estás haciendo?

—Apártate —ordenó.

Todo el mundo dejó sitio a Tristram, que se plantó delante de la puerta y golpeó la madera justo por encima del aro con el pesado extintor. La puerta apenas se movió. Tristram cogió impulso con el extintor y lo estrelló contra la puerta, y esta vez se oyó que la madera se astillaba, aunque la puerta seguía sin ceder. Alejó el extintor por tercera vez y le dio a la madera con más fuerza aún. Se oyó que la madera se rompía y la puerta se abrió unos centímetros.

Tristram entró en la habitación seguido del resto y todos vieron que un gran armario de caoba se había separado de la pared y estaba bocabajo en el suelo.

Dos piernas enfundadas en un pantalón de color salmón asomaban por debajo.

—¡Dios mío, Peter! —exclamó Jenny mientras corría hacia el armario—. Tenemos que levantar esto.

Todo el mundo se acercó al mueble, se situó alrededor y, haciendo un gran esfuerzo, logró levantarlo y dejarlo en pie de nuevo. Vieron que el cuerpo de sir Peter yacía entre cristales y material de laboratorio que había caído de las baldas del armario.

Tenía sangre en la cara, el brazo derecho retorcido de forma grotesca debajo del cuerpo y el brazo izquierdo extendido hacia un lado, con un par de dedos doblados en un ángulo horripilante.

No respiraba.

Jenny se arrodilló junto a sir Peter e intentó tomarle el pulso en el cuello.

—¡Peter, no! ¡Peter! —gritó.

—Cuidado con el cristal —advirtió Colin, de forma un tanto superflua, pero Jenny no escuchaba mientras seguía intentando desesperadamente encontrar el pulso en el cuello y la muñeca de su prometido.

—Jenny, tiene que moverse de ahí —dijo Becks, y le indicó a Colin que fuera con la mujer.

—Que todo el mundo salga de la habitación —ordenó Judith—. Y que alguien llame a la policía.

Al mencionar a la policía, el grupo volvió a la vida. Becks y Colin apartaron a una llorosa Jenny del cuerpo y la habitación se despejó. Judith se rezagó para echar un vistazo. La habitación parecía el típico estudio masculino, y enseguida se percató de que no había ningún sitio donde alguien pudiera haberse escondido. Sir Peter estaba solo en la habitación cuando el armario se le cayó encima.

También se sorprendió examinando la vieja cerradura de metal, que había arrancado parte del marco. Cerró la puerta para comprobar que la cerradura casaba con los daños que presentaba el marco: encajaba a la perfección. La puerta estaba cerrada cuando Tristram la había abierto a la fuerza, aunque a Judith le asombró la ligereza con la que se movía. La madera parecía centenaria, las bisagras tenían una gruesa capa de óxido, y ¿desde cuándo se cerraba con tanta suavidad una puerta antigua? Miró los goznes y vio que relucían.

Alguien los había engrasado recientemente.

Judith miró uno de ellos con más atención. Había un olor raro, pensó. Algo que no le cuadraba. ¿Qué era?

Suzie volvió.

—¿Estás investigando? —preguntó en un aparte que podría haber desencadenado una avalancha en un valle vecino.

—No lo sé —contestó Judith.

—Becks y Colin han llevado a Jenny arriba y yo he hecho que todo el mundo salga por la puerta principal para esperar a la policía. ¿Qué le pasa a la puerta?

—Son las bisagras. Creo que las han engrasado. Y hay un olor raro.

Suzie acercó la nariz al gozne que tenía más cerca y lo olió.

—Tienes razón —convino—. Ese olor me resulta familiar. ¿Qué es?

—Entonces no soy yo, ¿no? —inquirió Judith.

—No, no lo creo —respondió Suzie mientras pasaba el dedo por la aceitosa bisagra y se lo chupaba—. Estoy contigo —aseguró—. Es aceite de oliva.

—¡Eso es! —exclamó Judith al caer en la cuenta—. A eso me olía. A aceituna. ¿Quién engrasa las bisagras de una puerta con aceite de oliva?

Capítulo 4

Todos los asistentes a la fiesta, desde el personal del catering hasta los invitados, deambularon por el camino de acceso, delante de la casa, mientras esperaban la llegada de la policía. Las únicas personas que no se encontraban allí eran Jenny, Becks y Colin, que seguían dentro, arriba.

—Puede que engrasar las bisagras de las puertas con aceite de oliva sea lo que hacen los pijos —dijo Suzie a Judith—. El multiusos WD-40 no es lo bastante bueno para ellos.

Judith sonrió, pero estaba mirando la multitud e intentando averiguar qué sensación le producía la muerte de sir Peter. Vio a Rosanna Bailey algo separada del grupo, con algunos amigos que la consolaban. Judith no pudo evitar darse cuenta de lo fácil que resultaba distinguirla entre la multitud. Casi todos los demás habían elegido colores apagados, y su abrigo rojo buzón destacaba como un faro. Al ver a Rosanna, Judith pensó en Tristram e intentó localizarlo entre el gentío, pero no lo vio.

—¿Ves a Tristram por alguna parte? —le preguntó a Suzie.

—No —repuso su amiga—. Me pregunto dónde se habrá metido. Por cierto, ¿te fijaste en cómo miró a Becks?

—Sí.

—Porque tienes razón, hoy está impresionante, ¿no? El elegante Tristram Bailey la fichó cuando vino a hablar con nosotros, descaradamente.

—Puede que fuera por el zafiro nuevo que luce en la mano. Me imagino que habrá costado un dineral.

—¿Qué zafiro?

—¿Es que no te has dado cuenta? Pues échale un vistazo. Es espléndido, en talla baguette y engastado en oro viejo, precioso. Supongo que se lo habrá regalado Colin.

—¿Tú crees que le ha comprado un anillo así?

Las mujeres se miraron de soslayo; las dos sabían lo poco probable que era eso.

Dos coches patrulla y una ambulancia entraron en el camino de acceso, con las luces intermitentes, y se detuvieron haciendo crujir la gravilla junto a la casa. Cuando estacionaron, Becks salió de la casa y se dirigió hacia los vehículos.

Judith y Suzie vieron que una mujer se bajaba del coche que iba en cabeza. Se miraron y sonrieron.

—Vaya, esto sí que no me lo esperaba —comentó Suzie.

—Qué gratificante —añadió Judith—. ¿Vamos?

—Sí. Creo que sí.

Las dos mujeres fueron hacia el coche patrulla y alcanzaron a Becks justo cuando esta se unía a la subinspectora Tanika Malik.

—Creo que debemos dejar de vernos de esta manera, la verdad —observó Judith.

—¿Qué estáis haciendo aquí las tres? —preguntó Tanika, asombrada.

Tanika tenía cuarenta y pocos años, llevaba el pelo liso recogido en una coleta tirante y lucía un traje gris oscuro. Había sido la investigadora jefe en funciones de los asesinatos que se habían cometido en Marlow el verano anterior, y si había resuelto el caso había sido gracias a que había incorporado a Judith y sus amigas a su equipo para que la ayudaran.

—No es más que una coincidencia —explicó torpemente Becks—. Pero, al ver que llegaba la policía, se me ocurrió salir para decirte que el hombre que ha muerto, sir Peter Bailey, estaba a punto de casarse con una mujer llamada Jenny Page. Colin y yo la hemos llevado arriba, a su dormitorio. Está hecha polvo. Si tienes que hablar con ella, ya sabes dónde encontrarla. De hecho, debería volver a su lado, si te parece bien.

—¿Estás con la prometida de sir Peter? —preguntó Tanika.

—Sí.

—Gracias, es muy amable por tu parte. ¿Te importaría decirle que iremos a hablar con ella cuando hayamos asegurado la escena? Pero solo cuando esté lista.

—Desde luego que no —contestó Becks. Y volvió a la casa.

Tanika miró a Judith y Suzie y vio en sus ojos algo que le hizo recelar.

—¿De verdad me estáis diciendo que vuestra presencia aquí es mera coincidencia? —les preguntó.

—Es curioso que lo digas —contestó Judith—. No es del todo una coincidencia, pero te contaré todo lo que sé cuando te hayas ocupado del cuerpo. Mientras tanto, creo que sería de ayuda que considerases esta muerte sospechosa.

—¿Qué te hace decir eso?

Antes de que Judith pudiera responder, Tristram, lívido, se unió a las mujeres.

—Querrá usted hablar conmigo —dijo a Tanika—. Soy Tristram Bailey, el hijo de papá. O sea, el hijo de sir Peter. El hombre que...

Tristram no fue capaz de terminar la frase. Parecía completamente hundido.

—Venga —pidió Tanika; su profesionalidad le permitía reconfortar al joven y ser práctica al mismo tiempo—. Aquí fuera hace frío. Vamos dentro y me cuenta lo que ha sucedido.

Tanika le puso la mano en el codo y lo guio hacia la casa.

Suzie y Judith se dieron cuenta de que no tenían mucho que hacer y Tanika estaba en lo cierto cuando dijo que hacía frío. Desde que el sol había bajado, el calor del día se había visto sustituido por un ambiente gélido.

—Aquí fuera hace un frío que pela —dijo Suzie.

—En tal caso sugiero que entremos —propuso Judith, que miró a dos agentes de policía que explicaban a los invitados cómo iban a tomarles declaración.

—No podemos interferir. Tanika nos mataría.

—¿Interferir? —repitió Judith con fingida indignación—. Interferir es de aficionados.

Suzie se rio.

—Nosotras investigamos.

—Vale —aceptó Suzie—. Y ¿qué estamos investigando?

—La cocina de sir Peter.

—¿Por qué? ¿Qué estamos buscando?

—¿Acaso no es obvio? Una botella de aceite de oliva que se haya utilizado recientemente.

Una vez en el estudio, Tanika se tomó un momento para mirar la habitación en la que yacía el cuerpo sin vida de sir Peter Bailey. Había papeles revueltos en un escritorio antiguo y un cenicero y una copa de vino vacía junto a un sillón ajado al lado de una chimenea de piedra llena de ceniza. Tras el escritorio había un par de viejas radiografías de cajas torácicas humanas enmarcadas. Se preguntó cuál sería el motivo.

Se vio un breve destello cuando uno de sus agentes fotografió el cuerpo de sir Peter y Tanika se acercó para efectuar una inspección visual. Al agacharse, vio que estaba tendido en un caos de viejos instrumentos científicos y matraces, vasos de precipitados y vasijas de cristal rotos. Había un osciloscopio antiguo, soportes de metal doblados y un mechero Bunsen, así como válvulas acopladas a partes de circuitos eléctricos. Entre el caos se distinguían pequeñas etiquetas amarillentas con palabras escritas en tinta desvaída como «Papel tornasol», «Sulfato de bario» e «Hidróxido de aluminio». También había manchas de polvos de distintos colores en la alfombra, allí donde se había vertido el contenido de los distintos recipientes rotos.

La subinspectora supuso que los instrumentos científicos guardarían relación con las radiografías de la pared de detrás del escritorio.

En cuanto al cuerpo, Tanika vio que las manos, el cuello y la cabeza de sir Peter presentaban cortes del material de laboratorio de cristal que le había caído encima cuando el armario se desplomó. También tenía sangre seca en la cara y apelmazada en el oscuro cabello, así como un importante traumatismo por un objeto contundente. No era de extrañar, pensó al mirar el armario de madera. Era casi el doble de alto que ella, de caoba negro azabache, y medía por lo menos cuatro metros y medio de ancho. Las tallas ornamentales de la parte superior —y los arañazos y las marcas de muchas décadas de uso— hacían que pareciese la clase de mueble que uno encontraría en una iglesia o un colegio. No le sorprendería que pesara una tonelada.

Teniendo en cuenta lo voluminoso que era, Tanika se sorprendió preguntándose cómo habría caído. El armario se asentaba con firmeza en el suelo, costaba imaginar que pudiera llegar a desplomarse. Era una lástima que los invitados hubiesen sentido la necesidad de levantarlo, pensó. Comprensible, naturalmente, pero ello significaba que la escena se había visto comprometida antes de que su equipo y ella llegasen.

Tanika fue a mirar por el gran ventanal. A ambos lados había gruesas cortinas que olían a polvo y humo. Fuera, bajo la ventana, vio arbustos en la oscuridad. En cuanto a la ventana en sí, tenía el marco de metal, un poco oxidado en algunas partes, y la cerradura y el pestillo se habían repintado numerosas veces. Una inspección rápida le dijo que llevaba años sin abrirse.

Tanika recordó lo que le había dicho Judith. Sabía que esta podía ser exasperante a veces, excéntrica siempre, pero no tendía a ser fantasiosa cuando se trataba de un asesinato. Si decía que la muerte de sir Peter era sospechosa, valía la pena partir de esa hipótesis.

Se volvió hacia el agente que tenía más cerca.

—Mire a ver si encuentra la llave de la puerta. Veo que alguien tuvo que forzarla para llegar hasta el cuerpo.

—Creo que la tenemos —repuso el hombre al tiempo que sostenía en alto una bolsa de pruebas con una vieja llave de hierro—. Estaba en el bolsillo del pantalón del difunto.

—¿Fue el difunto el que cerró con llave?

—Y según todos los testigos estaba aquí solo cuando forzaron la puerta.

—En ese caso, ¿le importaría hablar con la familia? ¿Comprobar si había más llaves de esta habitación?

—Ahora mismo.

Tanika miró del difunto al armario que lo había aplastado. ¿Qué demonios había pasado allí?

Capítulo 5

—Vale —dijo Suzie, frotándose las manos cuando Judith y ella entraron en la cocina de la casa—, así que buscamos una botella de aceite de oliva, ¿no?

—Exacto. Una que se haya utilizado recientemente —precisó Judith mientras empezaba a abrir los armarios para echar una ojeada—. Pero si la encuentras, no la toques.

—Claro —convino Suzie—. Por si hay huellas.

Suzie fue al alféizar de la ventana, donde había una vieja radio Roberts. La encendió y comenzó a girar el dial para resintonizarla.

—¿Qué estás haciendo? —le preguntó Judith.

—Aumentar la audiencia de Marlow FM, ganando radioyentes de uno en uno. —Cuando empezó a sonar una canción de Bucks Fizz, Suzie anunció—: Ya te tengo. —Y apagó la radio—. Así la familia escuchará la emisora la próxima vez que encienda esto.

—¿Sintonizas todas las radios en Marlow FM?

—Siempre que puedo.

—Oh —dijo Becks al entrar en la cocina—. ¿Qué estáis haciendo aquí?

—Buscar aceite de oliva —repuso Suzie, como si eso lo explicara todo.

—Vale —contestó Becks, desconcertada con sus amigas—. Yo solo he venido a por un vaso de agua para Jenny.

Mientras cogía un vaso de una balda y lo llenaba de agua, Becks vio que Judith y Suzie rebuscaban en los armarios, pero se negó a dejarse llevar. Daba lo mismo lo que estuviesen tramando, se dijo, ella tenía que estar con Jenny. Era Jenny quien estaba sufriendo. Era Jenny la que necesitaba apoyo. Y Becks siguió diciéndose que no les preguntaría a sus amigas qué estaban haciendo cuando salió de la habitación con el vaso de agua.

—Vale, me lo tenéis que decir —decidió, deteniéndose en el umbral—: ¿por qué estáis buscando aceite de oliva?

Judith le contó que habían engrasado las bisagras de la puerta del estudio con aceite de oliva.

Becks entendió en el acto la importancia de ese dato.

—Es extraño, ¿no? —repuso—. Deberíais decírselo a la policía.

—No creo que le interese. Aún no, por lo menos. Pero tengo una teoría.

—Joder —exclamó Suzie cuando abrió la puerta de una despensa y vio estanterías de suelo a techo llenas de latas de comida, pasta, vino y toda clase de cosas—. Es como esa escena del final de *Encuentros en la tercera fase* —anunció antes de entrar en la habitación, con los ojos como platos del asombro.

—¿Cómo está Jenny? —le preguntó Judith.

—Muy afectada —contestó Becks—. Lo que dice no tiene mucho sentido.

—Supongo que no es de extrañar, con lo que acaba de ocurrir. ¿Qué cree que ha pasado?

—¿Por qué lo preguntas? —quiso saber Becks.

—No estoy segura de que la muerte de su futuro marido haya sido completamente accidental.

—¿Crees que se lo hizo alguien?

—¿Has visto las dimensiones de ese armario? Es imposible que se cayera solo. Y ¿por qué sir Peter no se quitó de en medio cuando empezó a caer?

—Ya veo por dónde vas. Pero ¿qué tiene que ver con Jenny?

—Estaba dentro de casa cuando sucedió, a diferencia de casi todo el mundo.

—¿Crees que le tiró el armario encima?

—Es una posibilidad.

—Pero todos la vimos salir al balcón de arriba cuando oímos el estrépito.

—Sé que eso es lo que parece, pero, después de que cayera el armario, ¿cuánto tardó en salir?

—Prácticamente nada.

—Tal vez fuese suficiente.

—Espera un momento: ¿crees que empujó el armario para que cayera encima de su futuro esposo, en el estudio, corrió escaleras arriba y salió al balcón una décima de segundo después?

Judith frunció el ceño.

—No, no parece muy probable, la verdad. Si lo dices así, no.

—Y ¿por qué querría Jenny matar a sir Peter un día antes de casarse con él?

—Esa es una muy buena pregunta —concedió Judith.

—Por favor —dijo Suzie cuando volvió de la despensa—. Ese sitio es como Narnia. Pero me temo que no hay aceite de oliva.

—Yo tampoco lo he encontrado. Y, que yo vea, hemos comprobado prácticamente todos los armarios.

—Pero es imposible —objetó Becks—. No puede ser que una familia como esta no tenga aceite de oliva.

—Pues te equivocas —aseguró Suzie—. Lo hemos comprobado y no tienen.

—Lo que significa que habéis mirado donde no es.

—¿Cómo es posible? ¡Si esto es la cocina!

—Apuesto a que seguro que tú averiguas dónde está —dijo Judith ladinamente a Becks.

—¡Buena idea! —coreó Suzie, que adivinó en el acto cuál era la estrategia de su amiga—. Si alguien puede encontrar el aceite de oliva en esta casa eres tú. Eres la persona más de clase media que conozco.

—Gracias —repuso Becks, sin darse cuenta de que las palabras de Suzie no eran del todo un cumplido—. Pero lo cierto es que no tengo tiempo. Debo llevarle el vaso de agua a Jenny.

—Seguro que no tardas nada —aventuró Judith.

—Tú conoces a esta gente —apuntó Suzie con una sinceridad fingida que Becks no captó—. Tú *eres* esta gente.

A Becks le conmovió el apoyo que mostraban sus amigas.

—Creo que es lo más amable que me has dicho nunca. Veamos.

Becks se tomó un momento para concentrarse, como un maestro de artes marciales. Después miró la placa de inducción y pasó la palma de la mano por las cuatro superficies de cocción y a continuación por la de trabajo.

No obtuvo ningún resultado, así que se giró lentamente —una vez más sin aparente inspiración— y sorprendió a sus amigas cuando se acuclilló, de forma que su línea de visión quedaba a la altura de la encimera. Judith y Suzie vieron que una expresión de perplejidad asomaba a su cara al ver la encimera blanca antes de levantarse, ir al fregadero y observar detenidamente la reluciente perfección de acero inoxidable. A continuación, puso el dedo índice en el tapón del desagüe y lo presionó. Cuando retiró el dedo, miró lo que tenía ahora en la punta y sonrió.

—Tenéis razón —afirmó.

—Espera un momento, ¿qué? —inquirió, asombrada, Suzie—. ¿Sabes dónde guardan el aceite de oliva?

—Sí.

—¿Cómo? ¡Si no has abierto ni un solo armario!

Becks fue a la pared más alejada de la cocina y señaló una pequeña lata de aluminio con un pitorro en un lado y un tapón en el otro. Parecía un atomizador anticuado para rociar plantas, una impresión tanto más creíble cuanto que estaba en una balda junto a un jarrón de cristal antiguo en el que había unos girasoles.

—El aceite de oliva está en esta lata —aseguró al tiempo que iba a cogerla.

—¡No la toques! —advirtió Judith, que corrió junto a su amiga—. Tenemos que ver si hay huellas.

—Pero ¿cómo lo sabes? —inquirió Suzie—. Si no tiene ninguna etiqueta y no se ve lo que hay dentro.

—Te lo aseguro, hay aceite de oliva —insistió Becks.

—Pero parece una regadera para esas flores.

—Las flores están secas, no necesitan agua.

—Pero ¿cómo has podido verla desde la otra punta de la cocina?

—No la he visto —admitió Becks—. Al menos no al principio. Pero sí que me he fijado en la encimera de Corian.

—¿Qué? —preguntó Suzie.

—La encimera es de Corian. Un material increíble, mucho. Lo fabrican por secciones y los instaladores las unen después con adhesivos especiales que eliminan las juntas: verlo es una maravilla, y resulta mucho más barato que el mármol. Pero a lo que iba —continuó Becks al percatarse de que su público no estaba tan interesado como ella en los pros y los contras de las distintas encimeras de cocina—, tienen una desventaja: hay que utilizar tabla de cortar. Si se corta directamente en la superficie de Corian, se pueden acabar dejando cortes, aunque sean casi imperceptibles. Y cuando miré la encimera hace un momento, vi marcas de cuchillo en la superficie de un tono verde.

Becks volvió a la isla donde estaba la placa de inducción y señaló la encimera del lateral. Suzie se dio cuenta de que, si miraba con atención, distinguía unos levísimos arañazos allí donde un cuchillo había dañado la superficie. Y sí, ahora que las observaba, las ínfimas señales estaban teñidas de un verde claro. Quizá. Costaba distinguirlo.

—¿Has visto esas marcas? —le preguntó Suzie.

—Prácticamente fue lo primero que vi al entrar.

—Pero ¿cómo demuestran unas marcas en la encimera que una lata en el otro extremo de la habitación contiene aceite de oliva?

—Esa es la parte fácil —aseguró Becks, que se acercó al fregadero y señaló el escurridor, donde había un rallador de queso Microplane junto a un vaso de cristal resplandeciente con una cuchilla metálica al lado—. Han fregado hace poco el accesorio picador de un procesador de alimentos. Igual que este rallador, que solo se utiliza para los quesos más duros, como el parmesano. Así que he pensado: ¿qué cosa de color verde picaría uno primero con un cuchillo y después trituraría en el accesorio picador de un procesador de alimentos con un poco de parmesano rallado? Y la respuesta es evidente, claro.

Las otras dos mujeres se miraron, sin tener la menor idea de cuál era la respuesta.

—Hojas de albahaca —repuso Becks—. Para hacer pesto casero.

—¡Hombre, claro! —exclamó Judith, con una voz risueña que no pudo reprimir—. Pesto casero. Lo primero que pensé yo también.

—Y cuando vi un piñón en el escurridor del sumidero, supe que estaba en lo cierto, lo que significaba que tenía que haber aceite de oliva en alguna parte, puesto que se utiliza para elaborar pesto. Y no estaría en un lugar obvio, porque vosotras ya habéis buscado en los sitios más lógicos. Así que busqué el cuerpo del procesador y vi que estaba en el otro extremo de la cocina. Y en el pequeño estante de arriba están esas flores, pero también hay una lata de aluminio. Lo que me sugirió que, si bien habían picado la albahaca y rallado el queso en este lado, el pesto lo hicieron donde está el procesador, y la lata debía de contener el aceite de oliva. Un simple proceso deductivo.

Judith y Suzie miraron a Becks asombradas.

—Tiene que haber alguna manera de que le saquemos pasta a esta habilidad —comentó Suzie.

Judith cogió un par de guantes de fregar amarillos que

colgaban de los grifos del fregadero y se los puso. A continuación buscó en un cajón hasta que encontró una espátula y, después de echar mano de un viejo mantel individual de la mesa del comedor con la estampa del castillo de Windsor, fue hasta la lata.

—¿Qué estás haciendo? —quiso saber Becks.

—Asegurarme de que no interferimos en lo que podría ser la escena de un crimen.

Judith colocó el individual a la altura del estante, deslizó la espátula bajo la lata y la pasó al mantel.

—¿Qué escena de un crimen?

—Ah, eso es bastante simple —contestó Judith—. Creo que la persona cuyas huellas estén en esta lata de aceite bien podría ser la que asesinó a sir Peter Bailey.

Capítulo 6

Tanika estaba saliendo del estudio de sir Peter cuando vio que Judith se acercaba con Suzie y Becks. A la subinspectora le dio la impresión de que Judith llevaba unos guantes de fregar amarillos y sostenía una pequeña lata en un mantel individual. Cuando Judith llegó hasta ella, Tanika constató que, en efecto, Judith llevaba puestos unos guantes de fregar amarillos y sostenía una pequeña lata en un mantel individual.

Saber que Judith se había vuelto a involucrar en uno de sus casos hizo que Tanika se mostrara cautelosa por si las moscas, aunque no es que pensase que Judith no tenía nada que ofrecer. Si algo había aprendido del año anterior era que Judith y sus amigas eran unas excelentes sabuesas, aunque en ocasiones caóticas e informales. Pero ya llevaba un día entero en el trabajo, sabía que su hija se había ido a la cama hacía horas y ella se lo había perdido y, sin lugar a dudas, al día siguiente le tocaría estar en su despacho antes de que Shanti y su marido, Shamil, se hubiesen despertado.

Tanika se calmó. Tal vez estuviera agotada, pero un hombre que esperaba casarse al día siguiente había muerto. Merecía que ella se volcase de lleno, y eso era lo que iba a hacer.

—Veo que has encontrado una lata, Judith —observó Tanika.

—Pues sí —confirmó Judith—. Aunque quien la ha encontrado ha sido Becks.

—Y que me traes en un mantel individual. Un individual, ahora que lo veo, del castillo de Windsor.

—Era el castillo de Windsor o Balmoral. Pensé que sabrías apreciar el toque local.

—¿Y los guantes de fregar?

—Para proteger la escena del crimen.

—¿Por qué no me cuentas qué has hecho?

Cuando Judith explicó por qué presentía que era preciso analizar la lata de aceite para ver si en ella había huellas dactilares, Tanika decidió que era el momento perfecto para dejar las cosas claras.

—No podéis ir husmeando por ahí —afirmó—. Sois testigos.

—Si no hubiésemos husmeado, no sabrías lo de la lata de aceite —adujo Judith.

—¿De verdad necesitamos saber lo de la lata?

—Creo que sí. Porque la persona cuyas huellas estén en este recipiente bien puede ser la que ha matado a sir Peter Bailey.

Aunque solo fuera para no tener que ver a Judith con sus guantes amarillos un segundo más, Tanika llamó a un agente y le pidió que se llevase la lata para que la examinaran por si había alguna huella. El hombre se llevó las cosas con una mirada que sugería que en ese preciso instante se había dado cuenta de que acababa de tocar el punto más bajo de su carrera.

Mientras Judith se quitaba los guantes, Tanika dijo:

—Muy bien, veamos: ¿por qué crees que han matado a sir Peter?

—Por una serie de cosas. En primer lugar, el día. ¿Quién muere por causas naturales la víspera de su boda?

—Podría pasar —aventuró Tanika, pero su tono decía que era un poco forzado.

—¿Aplastado por un armario que casualmente cayó después de que sir Peter mantuviera una discusión?

—Vale, da la casualidad de que en eso estoy de acuerdo —coincidió Tanika. Sus agentes habían empezado a tomar declaración a los invitados y al personal del catering y ella no había tardado en enterarse de que sir Peter había discutido con su hijo, Tristram, justo antes de morir—. Sí que resulta extraño que cayese en ese preciso instante. Pero imposible no es.

—Sin embargo, y este es el factor decisivo —dijo Judith con aire triunfal—: sir Peter me advirtió de que lo iban a matar hoy.

—¿Cómo? —inquirió Becks con gran interés.

—Prácticamente dijo que lo iban a asesinar —precisó Judith, lo cual se acercaba más a la verdad.

—Espera —pidió Tanika—, no lo entiendo. ¿Lo dijo o no lo dijo?

—La cuestión es que no conozco a sir Peter ni a ningún miembro de su familia, pero esta mañana me llamó a casa, se presentó y me preguntó si me apetecía venir esta tarde a la fiesta. Lo cual fue sorprendente, como poco. Sin embargo, insistió. Dijo que quería que acudiesen todas las personas importantes de la ciudad, y eso implicaba invitarme a mí. No mencioné que, si de verdad quería que yo asistiera, podría haberme invitado antes. Y no entendí por qué me consideraba alguien importante. Lo único que he hecho, lo único que hemos hecho —Judith se volvió para incluir a Suzie y a Becks— fue ayudarte el año pasado con esos crímenes espantosos. Así que le dije de broma a sir Peter que esperaba que no matasen a nadie, y entonces sucedió lo más extraño: se puso nervioso. Y dijo: «Aquí nadie teme por su vida». Y después prácticamente me colgó. Por eso llamé a Becks y a Suzie. Me pareció una frase de lo más rara: «Aquí nadie teme por su vida». ¿Quién diría algo así?

—¿Crees que pensaba que alguien lo iba a matar?

—Creo que pensaba que alguien temía por su vida y le preocupaba que algo malo pudiera pasar en su fiesta. Por eso en el último momento decidió que me quería aquí. Como testigo fidedigno. O como alguien que quizá pudiera pararle los pies al asesino. Cosa que no he sido capaz de hacer.

—Pero, espera —pidió Tanika—. Que pensara que tal vez la vida de alguien corriese peligro no significa que lo hayan matado.

—¡Otra vez no! —exclamó Judith, levantando las manos.

—¿Qué? —preguntó Tanika, sorprendida por la vehemencia de Judith.

—El año pasado dijiste que era imposible que hubiesen asesinado al pobre Stefan Dunwoody y, francamente, no podías estar más equivocada al respecto.

—Eso es un golpe bajo. No tuve ningún problema en coincidir contigo en que fue un asesinato en cuanto determinamos lo que pasó. Pero no quería sacar conclusiones precipitadas, eso es todo. Y hay un problema si crees que han asesinado a sir Peter. Decidme, ¿cómo creéis que sucedió?

Las mujeres se miraron, sorprendidas por la pregunta.

—¿Es una pregunta trampa? —quiso saber Suzie.

—No.

—Vale, yo me encargo —dijo antes de volverse hacia Tanika—. Alguien le echó encima un armario descomunal.

—Es cierto. Perdonad, debería haber dicho: muy bien, si lo mataron, y en la fase en la que nos encontramos es un «si» muy grande, alguien le tiró el armario encima. Pero decidme, ¿cómo se descubrió el cuerpo?

—Tristram forzó la puerta del estudio —repuso Judith, que ya veía por dónde iba Tanika con su hilo argumentativo.

—¿Tú estabas con él?

—Estábamos nosotras tres y media docena aproximadamente de invitados.

—Entonces, ¿por qué hubo que forzar la puerta?

—Porque estaba cerrada. Y yo misma comprobé la cerradura. El pasador destrozó el marco de la puerta.

—Eso mismo me pareció a mí —coincidió Tanika—. Y hace años que esa ventana no se abre. Así que, decidme, ¿qué pasó cuando entrasteis en la habitación?

—Esta es mía —terció Suzie, contenta de saberse la respuesta de nuevo—. Encontramos a sir Peter debajo del armario. Con las piernas asomando como la Bruja Mala del Este.

—¡Suzie! —la reprendió Becks—. ¡No puedes decir eso!

—Oh, vamos, no finjas que no pensaste lo mismo. El pobre hombre estaba aplastado debajo de ese armatoste descomunal y lo único que se veía eran las perneras de color salmón y los caros zapatos de cordones marrones.

—Pues no, no lo pensé —respondió Becks, horrorizada—. Judith, ¿tú sí?

—Debo admitir que la idea se me pasó por la cabeza —contestó la aludida.

—Mirad —intervino Tanika para retomar el hilo de la conversación—, la cuestión es: cuando irrumpisteis en el estudio, ¿quién más había dentro, aparte de sir Peter?

—Esta es la pregunta más fácil de todas hasta el momento —aseveró Suzie—: nadie.

—¿Estáis seguras?

—Suzie tiene razón —convino Judith—. Allí dentro no había nadie más. Y tampoco había ningún lugar donde pudiera haberse escondido alguien. Lo comprobé.

—Entonces, lo que estamos diciendo —recapituló Tanika— es que se encontró el cuerpo sin vida de sir Peter en una habitación en la que no había nadie más, en la que había una única puerta para entrar y salir y que la misma estaba cerrada con una llave que se encontraba en el bolsillo de sir Peter.

—En cuyo caso habrá una segunda llave —aventuró Judith.

—Uno de mis agentes ha hablado con Rosanna Bailey, la hija de sir Peter. Ha dicho que la única llave del estudio es una antigua de hierro, de la que nunca se ha hecho ningún duplicado. Así que, en vista de que en el estudio solo estaba sir Peter cuando vosotras entrasteis, ¿cómo se las arregló el asesino para tirarle encima esa monstruosidad de armario y después salir del estudio cerrado con llave *después* de matarlo pero *antes* de que llegara todo el mundo?

La pregunta desconcertó a las tres amigas, y Suzie y Becks miraron a Judith para que respondiese.

—En fin, va a parecer poco probable si lo dices así —admitió, tratando de recuperar su estatus en la conversación—, pero, si la única conclusión lógica es que a sir Peter lo han matado, el modo en que salió de la habitación el asesino no es más que un misterio que hay que resolver, al igual que el misterio de quién lo ha matado y por qué tenía que morir.

—Yo diría que esos son muchos misterios.

—Ese armario no se cayó solo. Alguien lo empujó sobre sir Peter. Alguien, debo reconocer, que debía de ser bastante fuerte.

—Mirad —dijo Tanika al tiempo que levantaba las manos para interrumpir la conversación—, agradezco vuestra ayuda y todo lo que hicisteis por mí el año pasado, pero no debería tener que recordaros que no sois agentes de policía. No es cosa vuestra resolver este crimen, si es lo que es.

—Jefa —la llamó un agente mientras se acercaba. Judith y sus amigas vieron que era el mismo hombre que se había llevado la lata para que la analizaran—. He buscado huellas en la lata de aceite —contó con aire sombrío, como alguien que acabara de darse cuenta de que el reciente punto bajo de su carrera empezaba a parecer el apogeo.

—¿Y? —le preguntó Tanika, al ver que no continuaba.

—¿Era una prueba?

—¿Qué ha encontrado?

—No he encontrado nada.

—¿Qué quiere decir con eso?

—Que no hay ninguna huella.

—Pero ha de haber alguna —porfió Becks con desconfianza—. Se utilizó para preparar pesto de albahaca. Y recientemente. Hoy, me figuro.

—Quizá sea así —concedió el agente—, pero después alguien limpió la lata para borrar las huellas.

—¿Quién haría semejante cosa? —se preguntó Becks.

—Alguien que no quería que nadie supiese que la había utilizado para engrasar las bisagras de la puerta de la escena del crimen —respondió Judith.

—No podemos estar seguros de que sea la escena del crimen —objetó Tanika.

—Es justo lo que has dicho —comentó Suzie a Judith, desoyendo a Tanika—: Si averiguamos quién utilizó la lata de aceite de oliva, daremos con el asesino.

—Gracias, Suzie —dijo Judith mientras rebuscaba en el bolso y sacaba una lata redonda. Abrió la tapa, eligió con gran teatralidad un caramelo de viaje (recibían ese nombre porque se decía que aliviaban el mareo que producía el movimiento) entre el azúcar glas y se lo metió en la boca—. En cuyo caso, creo que tenemos que atrapar a un asesino, ¿no os parece? —añadió Judith antes de morder la golosina y escuchar un satisfactorio crujido.

Capítulo 7

Una agente de policía llegó corriendo por el pasillo para decirle a Tanika que había reunido a la familia de la víctima en la sala de estar. Estaba lista para hablar con ella.

—Aunque la prometida del difunto sigue arriba —puntualizó la agente—. Se encuentra con el pastor y dice que ahora mismo está demasiado afectada para hablar.

—Santo cielo, ¡Jenny! —exclamó Becks mientras miraba el vaso de agua que aún sostenía en la mano—. Pobre mujer. Como si no hubiese sufrido bastante hoy para quedarse a solas con Colin.

Becks se marchó deprisa y Tanika se dirigió a Judith.

—Mira —dijo—, admitiré que es posible que tengas razón. Digamos que alguien mató a sir Peter. De la manera que fuese. Ello hace que sea aún más importante que no os metáis donde no os llaman.

—Muy bien —contestó Judith como si nunca hubiese roto un plato—. Eso haremos.

—No te creo.

—¿Se puede saber por qué rayos dices eso?

—Porque no puedes evitar meterte donde no te llaman. Forma parte de tu naturaleza.

—Te doy mi palabra. Que me caiga muerta aquí mismo si miento.

—¿Me lo prometes?

—Te lo prometo.

—Vale, lo agradezco. Si no os importa ir fuera con los demás testigos, uno de los míos os tomará declaración formalmente. Gracias.

Tanika echó a andar hacia el recibidor principal, satisfecha de haberse ocupado por fin de Judith y sus amigas.

Se percató de que Judith iba a su lado.

—¿Qué haces? —le preguntó Tanika.

—Ir contigo.

—¿Adónde?

—Al interrogatorio.

Tanika frenó en seco.

—¿Se puede saber de qué estás hablando? Has dicho que saldrías para hablar con uno de mis agentes.

—No es verdad. Eso lo has dicho tú. He prometido que no interferiría.

—¿No crees que venir conmigo a que interrogue a la familia es interferir?

—Por desgracia, no tengo elección —respondió Judith con un tono de pesar que tanto Tanika como ella sabían que era falso—. Sir Peter me llamó esta mañana. Soy una de las últimas personas con las que habló. Incluso se podría decir que soy una testigo clave. Es posible que caiga en algo importante. O puede que algo de lo que diga la familia me recuerde a algo que sir Peter me dijo. Ahora mismo no lo sabemos, la verdad. Pero estoy segura de que las dos coincidimos en que es de vital importancia que esté allí.

Tanika hubo de reconocer que lo que decía Judith tenía

cierta lógica. Sir Peter quería que Judith estuviese presente ese día por si pasaba algo malo. Ahora que, en efecto, había pasado algo malo, tenía sentido que estuviese presente como testigo clave cuando ella hablara con la familia.

—Muy bien —accedió—. Pero tendrás que prometerme que no formularás ninguna pregunta.

—¿Por qué iba a hacer tal cosa?

—Porque tú *siempre* haces preguntas. No lo puedes evitar.

—A ver qué te parece esto: lo intentaré. Aunque, ¿te importa esperar un momento? —preguntó Judith, y a continuación volvió por el pasillo hasta donde Suzie seguía esperando. Poniéndose de puntillas para poder hablar al oído a su amiga, musitó—: Echa un vistazo por ahí, a ver qué descubres.

Suzie le guiñó un ojo exageradamente: mensaje recibido.

Judith volvió con Tanika esbozando una sonrisa angelical y la agente de policía las guio por la casa hasta una sala de estar empapelada con papel de seda amarillo huevo, óleos con pequeños apliques de latón encima, una soberbia chimenea de madera pintada de blanco y ventanas de guillotina de suelo a techo que daban al jardín y al río Támesis. Tal vez fuese una de las habitaciones más elegantes que Judith había visto en su vida.

Tristram y Rosanna levantaron la vista desde donde estaban sentados y Judith vio que Tristram tenía los ojos rojos y llorosos. En cuanto a Rosanna, la miraba con frialdad y desdén.

—¿Qué hace usted aquí? —le preguntó.

—Soy Judith Potts. Su padre me llamó esta mañana.

Parecía muy preocupado por lo que iba a suceder esta tarde.

—¿Les sorprende? —inquirió Tanika.

Los hermanos parecían perplejos.

—Me figuro que le preocupaba la boda —dijo Rosanna—. ¿A quién no? Había mil cosas que organizar.

—No —negó Judith—, no tenía nada que ver con la boda. Creo que era otra cosa. Cuando mencioné la palabra «morir» se sobresaltó. Sí, esa es la palabra: se sobresaltó.

—*¿Qué?* —preguntó Tristram, como si no se hubiese dado cuenta hasta ahora de que Judith se encontraba en la habitación—. Perdone, ¿qué ha dicho usted que está haciendo aquí?

—Su padre me pidió que asistiera.

—Gracias, Judith —intervino Tanika, que quería hacerse con el control de la situación—. ¿Me podría decir alguno de ustedes qué pasó esta tarde?

Tristram miró al suelo, así que Rosanna contó la historia de la fiesta y cómo descubrieron a su padre en su estudio. Mientras hablaba, Judith se percató de que del puño derecho del abrigo de Rosanna colgaba un hilo negro. Al mirar la manga izquierda, vio un botón dorado con forma de nudo marinero, y Judith se sorprendió rumiando cómo alguien que iba tan impecable no se había dado cuenta de que le faltaba un botón dorado en el puño derecho del abrigo.

—Gracias —dijo Tanika cuando Rosanna terminó—. Aunque, si me permiten la pregunta, los invitados les han contado a mis agentes que se produjo una discusión entre sir Peter y usted, Tristram, justo antes de que él entrara en la casa. ¿Es así?

El aludido levantó la cabeza, sin hacer ya el más mínimo intento de ocultar su sentimiento de culpa.

—Jamás me lo perdonaré —dijo.

—¿Qué ocurrió?

—Creí que sería divertido, pero también estaba dolido. Quería montar una escena. Provocarlo para que se dejase de tanta autocomplacencia.

—¿Autocomplacencia?

—Había preferido a Jenny en lugar de a mí —aclaró, con una nota de desesperación en la voz.

—Sí, hablemos de eso, si no les importa —aprovechó Tanika—. Su padre se iba a casar de nuevo.

—Después de muchos años de soltería —apuntó Rosanna.

—¿Y su madre?

—Mis padres se divorciaron cuando nosotros éramos pequeños.

—¿Cuántos años tenían?

—Tristram, seis, y yo, ocho.

—Debió de ser duro.

—La verdad es que no me acuerdo. Mi padre ha estado solo desde que tengo uso de razón.

—En tal caso, ¿me podrían decir cómo conoció a Jenny Page, su prometida?

Rosanna miró de soslayo a Tristram. Era evidente que ninguno de los dos lo quería contar.

—Es bastante sencillo —habló Rosanna, decidida a quitarse la historia de en medio lo antes posible—: es enfermera. Y mi padre nos dio un buen susto hace un par de años. Tanto vino tinto y tanta comida grasienta... En cualquier caso, le diagnosticaron diabetes de tipo 2, así que se puso en contacto con una agencia para que le enviaran a casa a una enfermera, que resultó ser Jenny. Una cosa llevó a la otra, empezaron a salir y aquí estamos, la víspera de su boda.

—Gracias. Parece bastante claro. Pero, si me permite la pregunta, Tristram, ¿qué ha querido decir con lo de la autocomplacencia de su padre?

—¿Acaso importa? —repuso este, de pronto agitado—. Ha muerto, ¿no? Sea cual fuere mi relación con él, ha terminado, así es como ha acabado, y ahora tendré que pasar el resto de mis días sabiendo que yo le causé la muerte.

—Eso es decir mucho —aseveró Tanika.

—Pero si yo no hubiera aparecido y no le hubiese pinchado, Jenny no se habría disgustado, ¿no? Y mi padre no la habría seguido hasta la casa y... en fin, no sé lo que sucedió, pero no se le habría echado encima el armario o lo que quiera que haya pasado. Todo es culpa mía.

—No es culpa tuya —afirmó con desdén su hermana—. No es culpa de nadie. Solo ha sido un accidente espantoso.

—Si me permite la pregunta —terció Tanika—, ¿por qué discutieron?

—Jenny prohibió a mi hermano que asistiera a la boda —contó Rosanna.

—¿Por qué?

—Porque Tristram es lo bastante idiota para decir en voz alta lo que debería callarse.

—¿Que es...? —preguntó Tanika a Tristram. Una vez más, el joven no contestó.

—Una enfermera salida de la nada (huérfana, de hecho) llega a esta casa y se hace con el título de baronetesa, una mansión y una pequeña fortuna en menos de un año —repuso Rosanna—. No perdió el tiempo.

—¿Cree usted que a Jenny solo le interesaba el dinero de su padre?

—Y el título, no lo olvide. Estaba a punto de ser lady Bailey.

—Aunque ya no lo será, ¿no es así? —inquirió Judith, que seguía la lógica de la situación—. No si su padre ha muerto antes de que se casaran.

—No —respondió Rosanna al darse cuenta de la verdad que encerraban las palabras de Judith—. Supongo que no.

—¿Me podrían decir quién heredará el título? —se interesó Tanika—. ¿Usted, Rosanna, al ser la primogénita?

Rosanna miró a su hermano.

—Creo que a esa pregunta deberías contestar tú —dijo.

Tristram pareció un tanto avergonzado cuando repuso:

—El título desciende por línea masculina.

—¿Eso qué significa? —quiso saber Tanika.

—Que yo heredaré el título de mi padre.

—Y todo su dinero —añadió su hermana—. Todo su patrimonio.

—Pero usted no es el primogénito —objetó, confusa, Tanika.

—No soy yo quien dicta las reglas —adujo Tristram.

—Tampoco tienes por qué aceptarlas —apuntó su hermana con mordacidad. Judith tuvo la clara impresión de que los dos hermanos no se llevaban bien.

—¿Cuándo recibió su familia el título nobiliario? —preguntó.

—Al término de la guerra civil —respondió Tristram.

—¿De veras? —dudó Judith—. No parece muy probable.

—¿Cuál es el problema? —se interesó Tanika.

—Pues que Cromwell ganó esa guerra y le cortó la cabeza al rey. No aprobaba los títulos hereditarios.

—No, en eso tiene usted razón —convino Rosanna—. Nuestra familia luchó a favor de Cromwell en la guerra, pero, cuando la república se desintegró, cambiamos de bando y nos sumamos a la campaña para restablecer la monarquía. Cuando eso se consiguió, Carlos II concedió a la familia el título, en 1660. Como ve, los Bailey siempre se amoldan a las circunstancias. Es uno de los rasgos más constantes a lo largo de las generaciones: nuestra inconstancia. Para qué preocuparnos por algo tan vulgar como los principios. Cambiaremos de chaqueta seis veces antes de comer si eso nos facilita la vida. Salvo en lo tocante a la sucesión, desde luego.

—Basta de preguntas, Judith —le advirtió Tanika.

—Naturalmente —convino Judith mientras entrelazaba las manos—. He terminado. Continúa.

—Gracias.

—Aunque... ¿alguno de ustedes sabe quién hizo pesto en la cocina?

La pregunta pareció desconcertar a Tristram, que se volvió hacia su hermana.

—¿Fuiste tú, Rosanna?

—Pues claro que fui yo —admitió ella, sin saber por qué era tan importante la pregunta—. Hice pasta para comer. Ya sabe, hidratos en abundancia para tener energía. Y para empapar el alcohol que beberíamos esta tarde en la fiesta.

Al saber que Rosanna había preparado el pesto, Judith se sorprendió recordando que no había visto a Rosanna en la fiesta antes de que cayera el armario. También había llegado a la puerta del estudio un poco más tarde que el resto.

—¿Dónde estaba usted cuando cayó el armario? —le preguntó Judith.

—¿Perdone?

—Es solo que antes no la vi en el jardín con los demás invitados.

Judith vio que la pregunta confundía brevemente a Rosanna, que sin embargo se recompuso deprisa.

—Oh, estaba allí —aseguró.

—En tal caso, seguro que me podrá decir quién salió al balcón de arriba cuando sucedió.

—¿Disculpe?

—Es una pregunta sencilla. Si estaba usted en el jardín con el resto de nosotros, ¿quién salió al balcón de arriba cuando se oyó el estruendo?

—Es fácil —respondió Rosanna, mirando a los ojos a Judith—. Jenny. Fue ella la que salió al balcón de arriba.

—En efecto —repuso Judith con cordialidad—. Gracias.

Llamaron a la puerta y la agente de uniforme que había acompañado a Judith y a Tanika a la sala de estar asomó la cabeza.

—Jefa, ha llegado el abogado de sir Peter —anunció—. Dice que necesita hablar con usted. Urgentemente.

—Dígale que pase —resolvió Tanika.

—Gracias —dijo una voz amable al otro lado de la puerta, que se abrió a continuación cuando un hombre rechoncho de cincuenta y tantos años entró en la sala con unas mejillas rubicundas y un mentón un tanto retraído, al parecer de Judith. Todo en él, desde el gastado Barbour hasta los pantalones de pana, le daba un aire a terrateniente—.

Andrew Husselbee —se presentó el hombre a Tanika—. Soy el abogado de sir Peter, me acabo de enterar de la trágica noticia y he querido venir cuanto antes.

—¿Por qué? —quiso saber Tanika.

Andrew miró un instante de soslayo a Tristram y Rosanna, incómodo por tener que hablar delante de ellos. Sin embargo, se armó de valor.

—Sir Peter cambió el testamento el mes pasado, y creo que tenemos que hacernos con él urgentemente.

Capítulo 8

Rosanna se levantó de la silla.

—¿En serio? —preguntó, asombrada—. ¿Al final hizo otro testamento?

—Así es —confirmó Andrew.

Judith se imaginaba perfectamente por qué estaba tan interesada Rosanna. Después de todo, si el testamento anterior se lo dejaba todo a Tristram, cualquier cambio sugería que sir Peter había ampliado la lista de herederos o la había modificado por completo, quizá para incluir a Rosanna, su primogénita. Judith vio que Tristram fruncía el ceño. Sí, él estaba pensando lo mismo. Qué interesante.

—Lo siento —se disculpó Andrew—, pero probablemente sea mejor que no diga nada más hasta que tengamos el testamento en las manos y lo podamos leer.

—Un momento —pidió Judith—. ¿De verdad está diciendo usted que sir Peter cambió el testamento el mes pasado y ahora, unas semanas después, ha muerto?

—Lo sé —dijo Andrew como si pidiera perdón—. El momento no podría ser más infausto. Y por eso creo que deberíamos ir por el documento. Está en la caja fuerte de sir Peter, en su dormitorio.

—¿Ahora? —preguntó Tristram, pero todos vieron que intentaba ganar tiempo—. Jenny está ahí. No podemos molestarla.

Judith miró a Tanika: las dos estaban pensando lo mismo. Instantes antes Rosanna había revelado que su hermano y ella pensaban que Jenny era una interesada y ahora, ¿de repente le preocupaba su bienestar?

—Pese a ello, sí —insistió Andrew, y se volvió hacia Tanika para que decidiera.

—Creo que quiero ver este testamento —afirmó—. Señor Husselbee, ¿por qué no me lleva hasta la caja fuerte?

Tanika salió de la habitación con el abogado. Sin embargo, cuando cruzó el recibidor para ir a la escalera principal, vio nuevamente a Judith a su lado.

—¿Qué estás haciendo ahora? —le preguntó Tanika.

—Es posible que me necesites para abrir la caja.

—¿Qué?

—Si no puedes acceder a esa caja fuerte, ahora que sir Peter ya no está con nosotros para decirnos la combinación, es posible que me necesites para abrirla. Seré tu maestro.

—Judith, ¿se puede saber qué rayos es un «maestro» en este contexto?

—Un muy buen sinónimo en un crucigrama, eso es lo que es. En la jerga cheli es alguien capaz de abrir una caja fuerte sin la llave o la combinación, el que abre las cajas fuertes.

Tanika resolvió que por esa tarde ya estaba bien.

—Si no te importa, quédate aquí…

—Desde luego —aceptó Judith.

Cuando Tanika subió la escalera con Andrew, Judith se

vio sola, lo cual le venía de perlas. Tenía mucho en lo que pensar.

Se acercó a un cuadro al óleo que colgaba en un rincón del recibidor. Era de sir Peter y una mujer sentados en un sofá chester con una niña de unos cuatro años y un niño de unos dos. La sonrisa de sir Peter transmitía fácilmente la impresión de que estaba a cargo de todo: con un brazo rodeaba a su hija, Rosanna, a su lado, y con el otro a su mujer, que tenía ambos brazos alrededor del pequeño Tristram, sentado en su regazo. Judith sopesó la composición, con el padre que quería abarcar a toda su familia y la atención de su mujer centrada por completo en su hijo.

La primera lady Bailey atrajo su mirada. Tenía el pelo rubio y largo y un aspecto saludable, además de una vitalidad que en opinión de Judith la dotaba de un gran atractivo. Se preguntó por qué habría fracasado el matrimonio. El cuadro no daba ninguna pista que permitiese intuir alguna tensión. Y resultaba interesante que sir Peter todavía conservara el lienzo en el recibidor, incluso cuando estaba listo para casarse por segunda vez.

Judith miró el reloj de pie que se alzaba junto a la escalera y se dio cuenta de que Tanika ya llevaba unos minutos arriba. «Mmm», pensó. Le estaba llevando más tiempo de lo previsto.

Oyó pasos en el descansillo superior y sobre la balaustrada apareció el rostro de Tanika.

—Está bien —dijo la subinspectora—, ¿de verdad sabes abrir cajas fuertes?

—Naturalmente —aseguró Judith, si bien no era del todo verdad—. De lo contrario, no lo habría dicho.

—En tal caso, ¿nos podrías echar una mano?

—¿Admites que me necesitas? —preguntó Judith con una sonrisa inocente.

—No te pases.

—Espera, que subo ahora mismo —dijo.

Judith subió la escalera y siguió a Tanika hasta un dormitorio amplio dominado por una gran cama de roble. En un lateral, la ventana daba a una zona del jardín descuidada y a un seto de laurel, pero la mirada de Judith se dirigió hacia las puertas de cristal que se abrían a un balcón desde el que se veían el río Támesis y, más allá, los tejados y la iglesia de Marlow. A esa hora de la noche, la luna teñía de plata el río y el campanario de la iglesia estaba iluminado por focos como un faro.

Jenny estaba sentada en un sofá con Colin a su lado, y Becks, en una silla delante de ella, le cogía las manos. Andrew, por su parte, se hallaba junto a una pequeña caja fuerte empotrada en la pared y oculta por un óleo que habían descolgado.

Judith fue directa a Jenny.

—Le acompaño en el sentimiento —dijo.

Jenny asintió a modo de agradecimiento, pero sin que se diera mucha cuenta de nada.

—¿De verdad podrás abrir esta caja? —preguntó Tanika a Judith, sin terminar de creerse que fuera cierto.

Daba la casualidad de que Judith no sabía abrir cajas fuertes, pero había leído la autobiografía de un hombre que afirmaba poder hacerlo, y no estaba dispuesta a perderse la acción. No por primera vez, decidió que su mejor estrategia era tirarse un farol.

—Yo no —repuso con falsa modestia—, Richard Feynman.

—¿Quién es ese señor? —se interesó Andrew.

—Alguien que tocaba los bongos y era artista aficionado, además de un físico que ganó el premio Nobel. Cuando trabajaba en Los Álamos durante la Segunda Guerra Mundial, le gustaba demostrar sus habilidades para abrir cajas fuertes.

—¿En serio? —le preguntó Tanika.

—Oh, sí, muy en serio.

—¿Cuál era su método?

—Veamos.

Judith se puso a dar vueltas por la habitación, inspeccionando cuadros y adornos; los cogía y les daba la vuelta, buscaba algo, pero no explicaba qué se traía entre manos.

—Haced como si yo no estuviera —dijo—. No tardaré mucho, vosotros seguid a lo vuestro.

Los demás intercambiaron miradas confusas y Tanika cayó en la cuenta de que debía ocuparse de la situación. Decidió conversar con Andrew.

—¿Qué me puede decir del último testamento? —le preguntó.

—Me temo que nada. Sir Peter no me lo quiso enseñar. Solo supe de él cuando me llamó para que acudiera en calidad de testigo. Junto con Chris Shepherd, el jardinero. Le pedimos que viniese para que fuera el otro testigo.

—¿Sir Peter le ocultó el contenido del testamento?

—Fue algo sumamente irregular y nada propio de sir Peter.

—Entonces, ¿me puede decir qué constaba en el testamento al que reemplazaba?

—Supongo que no importa, puesto que ya no tiene validez. El antiguo dejaba todo su patrimonio a Tristram.

—Sí, básicamente es lo que han dicho Rosanna y Tristram. ¿No se mencionaba a Rosanna?

—Había una cláusula que especificaba que se esperaba que Tristram la proveyese debidamente. Pasándole una asignación, por ejemplo. En mi opinión no era un arreglo satisfactorio, pero sir Peter insistió. Lo principal era proteger el título, su hijo tenía que heredar.

—¿Aunque fuese el segundogénito?

—Los Bailey son una familia muy vetusta y noble, nunca han creído en la primogenitura matrilineal.

—Conque es posible que el último testamento se asegurase de que Rosanna recibía la parte que le corresponde, ¿no es así?

—Confío de verdad en que así sea. Merece ser recompensada, en vista de lo que hace por la familia.

—Sobre todo teniendo en cuenta que padre e hijo no se llevaban bien.

—Ciertamente.

—¿Cómo vas con la caja? —preguntó Tanika a Judith.

—No muy bien, sinceramente —afirmó Judith con despreocupación—. La técnica de Feynman era simple, ¿sabes?, y, según él, un éxito casi siempre. Pero ahora mismo a mí no me está funcionando. Todavía no.

—¿Cuál era?

—Bien, cuando estaba ayudando a construir la primera bomba atómica, observó que a los científicos les preocupaba tanto olvidar las combinaciones de las cajas fuertes que siempre utilizaban una fecha fácil de recordar. Y, si sumas dos y dos, los dos primeros números (el mes según el sistema americano para escribir las fechas) solo podrían ser del cero-uno hasta el doce. Y tener solo doce opciones para esos dos números en lugar de noventa y nueve hacía que el proceso fuese mucho más manejable. Sobre todo cuando lo más probable era que los dos números siguientes estuvieran entre el uno y el treinta y uno (los días del mes) y los dos últimos fuesen casi con toda seguridad un número de dos dígitos de los cincuenta años anteriores. Básicamente, reducía las posibilidades y era capaz de descifrar la clave probando todas las combinaciones posibles si era preciso. Sin embargo, rara vez tenía que hacer eso, porque se dio cuenta de que la gente apuntaba la combinación en un papel (o en el dorso de una libreta) cerca de la caja fuerte en cuestión. En un cajón o un esquinero.

—¿En serio? —preguntó Tanika.

—Ese es el problema de los trucos de magia. Si se mira el efecto (Richard Feynman abriendo la caja fuerte de Robert Oppenheimer, en la que se guardaban los códigos de la bomba atómica), uno se queda pasmado. Pero, si se explica el mecanismo, todo parece de lo más tedioso. Sin embargo —agregó Judith mientras volvía con el grupo—, sigamos el razonamiento hasta el final. Que cerca no haya ninguna ayuda para la memoria con un número de seis dígitos me dice que quizá sir Peter no se sintiera cómodo anotando la combinación. Lo cual, según Richard Feynman, sugiere que escogería una fecha fácil de recordar. ¿Ha probado con el cumpleaños de sir Peter?

Judith se lo preguntó a Jenny, que asintió.

—¿El cumpleaños de sus hijos? ¿El suyo, Jenny?

Esta asintió de nuevo, y Judith fue a echar un vistazo a la caja fuerte de la pared. Los años habían apagado la pintura negra, y en la parte delantera había un nombre grabado: «Marlow Locksmiths & Co.». Las letras eran poderosas, sans serif, y a Judith se le parecían mucho a Futura, la fuente diseñada por Paul Renner en 1927. ¿Significaba eso que la caja fuerte era de antes de la guerra?

—La instaló el padre de sir Peter —dijo Judith, hablando sola—. ¿Alguien sabe cuándo nació el padre de sir Peter?

—Creo que yo —afirmó Jenny—. En verano de 1929, creo. A ver si me acuerdo.

Jenny se levantó y se acercó a la caja fuerte.

—Creo que en agosto —apuntó Andrew.

—Tiene razón, fue en agosto —corroboró Jenny mientras comenzaba a hacer girar el dial de la caja de izquierda a derecha—. Peter me dijo que su padre nació el primer día de caza del urogallo. El «glorioso doce», lo llamaba. Así que la combinación sería uno-dos por el doce, cero-ocho por agosto, y dos-nueve por mil novecientos veintinueve.

Todos oyeron el clic de la cerradura al abrirse.

—Tenía usted razón, Judith —dijo Jenny mientras abría la puerta y todos se acercaban.

—El testamento está en un sobre marrón, no es grande —contó Andrew.

—No lo entiendo —admitió Jenny mientras se hacía a un lado.

—¿Qué es lo que no entiende? —inquirió Tanika mientras miraba el interior de la caja fuerte—. Ah, ya veo a qué se refiere.

En la caja fuerte no había nada.

—Pero tiene que estar ahí —insistió Andrew—. Vi con mis propios ojos cómo lo metía sir Peter.

—¿Tal vez lo sacó y lo guardó en otra parte? —sugirió Judith.

—No, él no haría tal cosa —porfió Andrew, y a Judith y

Tanika les dio la impresión de que Andrew se estaba callando algo.

—¿Por qué no? —le preguntó la subinspectora.

—Verá, es que no se lo puedo decir —reconoció Andrew con incomodidad.

—Permítame que le recuerde que sir Peter acaba de morir en circunstancias muy desafortunadas —incidió Tanika—. Si hay algo que me pueda contar que ayude a arrojar luz sobre lo que ha sucedido, es su deber decirlo.

—Naturalmente —reculó Andrew—. Tiene usted razón.

—Usted sabe cuál es el contenido del testamento, ¿no es así? —probó Judith.

—No, no es eso. De verdad que lo desconozco. Aunque creo que Rosanna no se equivoca al suponer que sir Peter tal vez efectuase cambios significativos a su favor. Es solo que tuve un pequeño rifirrafe con sir Peter cuando guardó el testamento en la caja. Yo creía que no debería haber hecho testamento sin mi asesoramiento, él replicó diciendo que no era asunto mío y que tenía que actuar deprisa porque... en fin, no es fácil decir esto, pero dijo que ese testamento nuevo era su póliza de seguro.

—Una póliza de seguro ¿para qué? —quiso saber Tanika.

—Dijo que le preocupaba que su hijo, Tristram, fuera a matarlo.

—¿Qué? —soltó Jenny, horrorizada.

—Sé que parece inverosímil —admitió Andrew—, y así se lo expresé. Que lo que decía era un disparate, que por qué iba a querer alguien matarlo, y menos Tristram. Pero sir Peter podía ser muy testarudo (y orgulloso, ya que estamos) cuando tomaba una decisión. Y se mantuvo en sus trece. Temía que, antes de que pudiera casarse con Jenny, Tristram intentara asesinarlo. Y tenía que hacer un testamento nuevo lo antes posible, que sería su póliza de seguro.

Tanika se volvió hacia Jenny y le preguntó:

—¿Le mencionó a usted esto sir Peter?

—No —negó Jenny, que intentaba procesar lo que acababa de oír.

—¿No le dijo a usted que temía por su vida?

—No.

—¿Ni que había cambiado el testamento?

—No. No me dijo ninguna de esas cosas.

—Pero seguro que le hablaría a usted de Tristram, ¿no?

—Claro —afirmó Jenny—. No hablábamos de otra cosa. Que Tristram estaba intentando minar nuestra relación. Que era egoísta. «Un niño mimado», decía siempre Peter. Pero se culpaba de ello. Decía que había sido demasiado indulgente con él desde que era pequeño. Que debería haber puesto más límites.

—Y usted, ¿qué opina? —quiso saber Judith.

—¿De qué?

—De Tristram.

—Siempre le decía a Peter que seguro que para sus hijos no había sido fácil que entrara en su vida alguien como yo y les quitara a su padre, después de tantos años en los que habían sido solo ellos tres. Soy consciente de que piensan que voy detrás del dinero de Peter, pero confiaba en poder ganármelos. Con el tiempo. Solo tenía que demostrarles lo mucho que quería a su padre. No paraba de decirle a Peter que Tristram acabaría admitiendo que él y yo estábamos juntos. Que me acabaría aceptando. Era cuestión de tiempo, nada más. Pero no me contó que temiese por su vida...

—¿Cuándo prohibió sir Peter a Tristram que asistiera a la boda? —quiso saber Judith.

Jenny la miró como si no entendiese la pregunta.

—¿Fue el mes pasado, cuando cambió el testamento? ¿O más recientemente?

—Ah, entiendo. No, discutieron hacia finales de noviembre. Peter echó de casa a Tristram y le dijo que no viniera a la boda.

—¿Antes Tristram vivía aquí?

—Hasta finales de noviembre.

—¿Cómo se lo tomó Tristram? —preguntó Tanika.

—Estaba furioso, pero ¿qué podía hacer? Su padre lo había echado de casa y tampoco quería verlo durante las navidades. Dijo que no vería a Tristram hasta el día siguiente a la boda.

—Es una fecha muy específica.

—Supongo que solo quería decir que cuando estuviésemos casados sería demasiado tarde para que Tristram intentara hacerlo cambiar de opinión.

—¿Cuándo ejerció usted de testigo del nuevo testamento, Andrew? —se interesó Tanika.

—El 10 de diciembre —contestó el abogado.

—En resumidas cuentas —recapituló Judith—, sir Peter echa de casa a Tristram después de mantener una fuerte discusión a finales de noviembre, le prohíbe que asista a la boda y, aproximadamente una semana después, cambia el testamento: su póliza de seguro, o eso le dice a Andrew. Por si su hijo trata de matarlo antes de que se pueda volver a casar. Y aquí estamos, la víspera de la boda, tan solo un mes después, y sir Peter muere de pronto en circunstancias misteriosas y su testamento más reciente, su póliza de seguro, ha desaparecido.

—Sí —dijo Tanika, que había abandonado hacía un buen rato la idea de mantener a Judith apartada del caso—, más o menos.

Todos se miraron entre sí, pensando lo mismo.

¿Había matado Tristram a su padre?

Capítulo 9

Ya solo había un puñado de invitados esperando fuera para que los dos agentes de policía les tomasen declaración. Puesto que tenían frío y ganas de que todo aquello acabara cuanto antes, no repararon en la intensa luz que avanzaba moviéndose arriba y abajo hacia ellos por el lateral de la casa. Era Suzie, que había encendido la linterna de su *smartphone*. Miró a su alrededor, vio que Judith salía de la casa y fue hacia ella.

—¡Judith! —la llamó.

—¿Tienes algo?

—Un resfriado, a este paso, y los pies helados, te lo aseguro. Pero creo que he encontrado algo.

—¿Sí? —se entusiasmó Judith, y echó un vistazo para comprobar que nadie las oía.

—Eso creo. Ven a verlo por ti misma.

Sirviéndose de la linterna del móvil para iluminar el camino, Suzie dio la vuelta a la casa y Judith se dio cuenta de que ahora estaba en la parte del jardín descuidada que había visto desde arriba, desde la ventana lateral del dormitorio de sir Peter.

—No creo que lo hubiera visto si las luces no hubiesen

estado encendidas —comentó Suzie mientras se aproximaba a la ventana del estudio. Un nítido trapecio de luz procedente del interior se dibujaba en el jardín. Al mirar por la ventana, Judith vio que un agente de policía ayudaba a dos paramédicos a colocar una camilla junto a sir Peter.

—¿Qué has encontrado? —quiso saber.

Suzie señaló los arbustos que crecían bajo la ventana, apartó las ramas de una azalea y apuntó con la linterna al suelo.

Había una pisada en la blanda tierra.

—Una bota. Y no es la única. Quienquiera que estuviese aquí, se acercó hasta la mismísima ventana y después dio la vuelta a la casa.

Suzie apartó más ramas e iluminó más huellas de botas que iban hasta la ventana y después desaparecían detrás de las azaleas.

—Alguien intentaba averiguar qué estaba pasando en el estudio —dedujo Suzie.

—Estas pisadas las han debido de dejar hoy en algún momento —razonó Judith—. Ayer llovió todo el día y por la noche, ¿no? Estas huellas son posteriores.

—Y la cosa mejora —afirmó Suzie mientras alumbraba la pisada que tenía más cerca—. Hay un corte en la suela del pie izquierdo. Lo único que tenemos que hacer es dar con alguien que tenga unas botas con una raja en la goma del pie izquierdo.

Judith vio que Suzie tenía razón. En todas las huellas de la bota izquierda se distinguía un tajo en la suela, donde la goma se había rajado.

—Qué gran trabajo, Suzie —alabó Judith. Suzie esbozó

una sonrisa radiante—. Tenemos que decírselo a Tanika inmediatamente, aunque no creo que le haga mucha gracia que la vuelva a interrumpir. Iré a por Becks. Tú busca a Tanika y cuéntale esto.

—Pero ¿qué le pasa? Solo intentamos ayudar.

—Está obsesionada con que interferimos en su investigación. Así que, hagas lo que hagas, no le digas que estabas buscando pistas cuando la veas. Dile que te tropezaste con estas pisadas por pura casualidad.

—Vale —contestó Suzie, asegurándose de que pillaba el mensaje—. No estaba buscando pistas, me encontré estas huellas por pura casualidad.

Unos minutos después, Suzie volvía con Tanika a los arbustos que crecían bajo la ventana del estudio.

—Estaba buscando pistas —declaró con orgullo Suzie, que ya había olvidado lo que le había prometido a Judith. Entonces se acordó—. Uy, no —se corrigió—. Me estaba fumando un cigarrillo, eso. Si vine por este lado de la casa fue pura coincidencia, me estaba fumando un piti cuando vi las huellas. ¿Te lo puedes creer?

Tanika sabía que Suzie le había dicho la verdad la primera vez, pero una pista era una pista. Mientras examinaba las pisadas de bota, Judith se aproximó con Becks.

—Cómo no —comentó Tanika, y exhaló un suspiro—. Las otras dos mosqueteras.

—Sé lo que estás pensando —afirmó Judith.

—Créeme, no lo sabes.

—Pero esto no tiene nada que ver conmigo. Suzie me pidió que fuera a buscar a Becks.

—¿Ah, sí? —soltó Suzie antes de darse cuenta, una vez más, del error que acababa de cometer y volverse hacia

Tanika—. Es verdad, se lo pedí —dijo con mucha más seguridad.

—Mira, te agradezco que encontraras las huellas, Suzie, pero ¿me podríais decir qué está pasando?

—Es un proceso de identificación —repuso Judith—. Pensé que te gustaría saber qué botas dejaron esas pisadas.

—Somos la policía —les recordó la subinspectora—. Tenemos bases de datos de pisadas de botas. Seremos capaces de averiguarlo.

—Pero ¿para qué esperar si tenemos acceso a Becks?

—No entiendo —aseveró esta, tan perpleja como Tanika.

—¿Qué nos puedes decir de esta huella? —le preguntó Judith.

—Estoy segura de que nada —contestó Becks, sorprendida al ver que todas la miraban—. Aunque —añadió tras observar la pisada con un poco más de atención—, supongo que si me presionarais diría que se parece mucho a una bota de goma Hunter de señora. Por esas marcas triangulares del tacón. Es un dibujo que solo lo tienen las Hunter de mujer. Y, si insistís, diría que es un número cuarenta, de caña estrecha. Claro que no soy ninguna experta.

—¿Lo ves? —dijo Judith a Tanika—. No hace falta esperar a mañana. Esas huellas las dejó una mujer con pantorrillas finas, que calza un cuarenta y tiene unas botas de goma de la marca Hunter.

—Con un corte en la suela del pie izquierdo —añadió Suzie, por si acaso—. Si encuentras a su propietaria, yo diría que habrás encontrado al asesino.

—No —negó Tanika—. Os voy a tener que parar aquí...

—Y yo voy a tener que pararte aquí —se adelantó

Judith—. Porque nosotras tres ya te hemos encontrado una lata de aceite de oliva a la que han borrado las huellas, hemos abierto una caja fuerte que demuestra que ha desaparecido un testamento y ahora hemos dado con las huellas de unas botas de goma en un arriate debajo de la escena del crimen.

—A eso quería llegar. Sigo sin poder afirmar categóricamente que haya sido un crimen...

—Sé que tienes que decir eso, de verdad que lo sé. Tienes unas reglas que has de seguir.

—No son reglas, Judith. Son leyes. Leyes que dicen que, si no las cumples, vas a la cárcel. Y eso significa que tengo que seguir cadenas de custodia y el proceso reglamentario, asegurándome de que todo cuanto hagamos sea legal.

—Bien, pues tú haz las cosas a tu manera y nosotras las haremos a la nuestra. En cuanto estés dispuesta a admitir que a sir Peter lo han asesinado y necesites nuestra ayuda, aquí nos tendrás para lo que haga falta. Como la última vez. Vamos, señoras —concluyó Judith, y dio media vuelta y se fue.

Suzie no tardó en seguir a su amiga, pero Becks se rezagó un instante.

—De verdad que no me gusta interferir —se disculpó—, pero son mis amigas.

Tanika le regaló una sonrisa tranquilizadora.

—No te preocupes, Becks. Lo entiendo.

Con un gesto de asentimiento para darle las gracias, Becks se volvió y dio alcance a Judith y Suzie.

Cuando se fueron, Tanika examinó la huella. A continuación fue hasta la esquina de la casa, desde donde veía el césped que descendía hasta el Támesis, la impecable carpa de un blanco reluciente bajo la luz de la luna. Pensó que no era posible imaginar un lugar más idílico. Entonces, ¿cómo había terminado el día en una muerte tan violenta?

Su instinto le decía que Judith estaba en lo cierto. A sir Peter lo habían asesinado. Pero eso era lo que le decía el corazón. La cabeza le decía algo muy distinto. Porque, para que un caso fuera admisible, sabía que tendría que demostrar en los tribunales que alguien se las había arreglado para cometer un asesinato en una habitación cerrada con llave y luego, como por arte de magia, desaparecer antes de que la puerta se abriera minutos después. En suma, si a sir Peter lo habían matado, ¿cómo demonios lo había hecho el asesino?

Capítulo 10

Judith y sus amigas fueron las últimas personas a las que los agentes de policía tomaron declaración. Cuando terminaron, Suzie sugirió que fuesen a casa de alguna de ellas para tomar una copita rápida y repasar lo que había sucedido, pero Becks quería volver con sus hijos y Judith también puso reparos. Pese a que había disfrutado de lo lindo de ese día tan dramático, seguía pasando la mayor parte del tiempo sola, y estar rodeada de docenas de personas durante tanto tiempo había sido agotador. Lo único que quería era llegar a casa.

Cuando cerró la puerta de su mansión, Judith sintió que la envolvía una sensación de calma. Fue hasta el aparador, se sirvió un reconfortante vaso de whisky y se acomodó en su sillón preferido. «Qué día más extraordinario», pensó mientras sopesaba que todo había empezado con la extraña llamada telefónica de sir Peter y había terminado con su asesinato.

Judith vio su ejemplar del *Marlow Free Press* en la mesa que tenía al lado. Lo cogió mientras se preguntaba distraídamente si sería capaz de ver ahora lo que esa mañana le había resultado tan desconcertante en las respuestas del crucigrama. Eso era algo que solía pasar con los crucigramas. Una pregunta parecía incomprensible y la única forma de resolverla era apartarse, olvidarla por completo y volver sobre ella mucho más tarde.

Esta vez, como confiaba en que sucediese, la solución a aquello que le había estado rondando en el subconsciente llegó de repente. Las respuestas de cada una de las cuatro esquinas de la cuadrícula componían un mensaje cuando se leían seguidas. En la esquina superior izquierda, la respuesta a 1 Horizontal era CUATRO; en la inferior izquierda, la respuesta a 27 Horizontal era TARDE; la respuesta en la esquina inferior derecha era DOMINGO, y en la superior derecha, la respuesta a 5 Horizontal era CHEQUERS. Estaba claro que cuatro tarde era una hora: las 16:00; domingo no requería explicación y Chequers bien podía ser una referencia a un pub de High Street, The Chequers.

¿Era un mensaje secreto de que iba a pasar algo —o de que había una reunión— el domingo a las cuatro de la tarde en el pub The Chequers? Si lo era, ¿por qué el crucigramista se comunicaba así y a quién intentaba hacer llegar el mensaje? Parecía tan poco probable que Judith decidió que debía de estar equivocada. No era más que una coincidencia que las respuestas de las cuatro esquinas de la cuadrícula formaran un mensaje. Dejó el diario con idea de volver a los sucesos mucho más importantes del día, pero sintió que los ojos se le cerraban. En cuestión de segundos roncaba apaciblemente.

En cuanto a Becks, cuando llegaron a la casa parroquial Colin y ella estaban enzarzados en una pelea monumental.

—No eres quién para decirme lo que tengo que hacer

—espetó Becks mientras dejaba las llaves del coche con fuerza en la consola.

—No te estoy diciendo lo que tienes que hacer —aseguró Colin, que pensaba que estaba siendo de lo más razonable.

—No, claro que no, estás siendo controlador.

—No es verdad, yo lo único que intento decirte es que la muerte de sir Peter es cosa de la policía, que no te involucres.

—Tienes envidia, ¿no? Eso es lo que pasa. Yo fui el centro de atención el verano pasado y eso no te gusta, ¿a que no?

—Eso no es cierto...

—El pastor de Marlow a la sombra de su mujercita. Que no es que ni siquiera te interese yo. Podría estar resolviendo asesinatos a destajo o, Dios me libre, haciendo algo mucho peor y tú ni siquiera te enterarías.

—¿De dónde sale toda esta rabia?

—¿Por qué no vas al estudio a ver los correos electrónicos, como haces siempre, y yo voy a ver cómo están los niños, como hago siempre?

Becks se quitó los zapatos y subió la escalera ruidosamente. Cada paso que daba lo acompañaba de un golpecito en la balaustrada con la banda de su nuevo zafiro.

Colin estaba al pie de la escalera, inquieto. Lo cierto es que no había sentido envidia de Becks cuando había ayudado a esclarecer los asesinatos del año anterior. Había estado más orgulloso de ella que nunca. Y desde entonces su mujer tenía una vitalidad que él no había visto en años. Pero siempre que intentaba decírselo, se atoraba. No sabía cómo decirle lo que sentía. Era consciente de lo irónico que resultaba que pasara la mayor parte de su vida profesional comunicándose con la gente.

La triste verdad era que, desde entonces, daba la impresión de que Becks siempre estaba enfadada con él. Y la única vez que le preguntó si no estaba en la perimenopausia, supo que esa sería la última vez que saldría impune si volvía a formular esa pregunta. Sin embargo, el instinto le decía que no eran las hormonas las que estaban volviendo irascible a su mujer. Seguía teniendo la misma paciencia y bondad con los niños y los feligreses con los que se encontraba; la única persona con la que por lo visto tenía un problema era él. Pero ¿qué podía hacer al respecto?

Mientras Colin iba a mirar el correo —después de todo, tenía que comprobar cómo estaban sus feligreses al término de cada jornada—, en la otra punta de la ciudad Suzie entraba en su casa y recibía una alegre bienvenida con profusión de babas de *Emma*, su dóberman. La fachada todavía era una maraña de tubos y planchas de andamios, y la parte de abajo seguía siendo un horror de linóleo arañado y sofás destrozados —gajes del oficio cuando uno era cuidador de perros profesional, decía siempre Suzie—, así que fue arriba, a la parte privada y mucho más ordenada y limpia de la casa, abrió su lata de tabaco, sacó su papel de fumar con sabor a regaliz y se lio un cigarrillo.

Estaba agitada debido a las emociones del día, y aún no terminaba de creerse que hubiese estado presente cuando se cometía un asesinato en vivo y en directo. Sabía que al día siguiente en las llamadas que entraran en Marlow FM solo habría un tema de conversación, y el hecho de que ella se encontrara en la fiesta donde se había producido la acción haría que las interacciones con sus oyentes fuesen mucho más jugosas.

Cuando cogió el móvil para averiguar lo que se decía del fallecimiento de sir Peter en las redes sociales y otros medios de comunicación de la localidad, vio que tenía un mensaje de uno de sus clientes habituales. Tenía que viajar por trabajo a Londres al día siguiente y quería saber si Suzie estaba libre para quedarse con su cockapoo. Suzie no estaba dispuesta a faltar a su programa de radio por nada del mundo, así que le contestó que, por desgracia, ya no podía coger más perros.

Después, sabía exactamente con quién quería hablar de las emociones del día. Era demasiado tarde para charlar con su hija Rachel, pero Amy, su otra hija, vivía en Australia. Tras consultar el reloj, Suzie supuso que Amy ya habría vuelto de llevar a su hijo al colegio por la mañana. Sonriendo, cogió el teléfono y marcó el número de su hija.

A la mañana siguiente, Judith intentó quitarse de la cabeza la muerte de sir Peter, pero se dio cuenta de que no podía. Empezó a elaborar un crucigrama nuevo, pero no era capaz de concentrarse debidamente, así que se puso con el último puzle que estaba haciendo para ver si se relajaba. Lo había comprado en la tienda solidaria Thames Hospice, y al voluntario que se ocupaba de la caja registradora le impresionó que Judith escogiese un rompecabezas de mil piezas que era un primer plano de alubias en salsa de tomate. Lo que no sabía era que Judith no tenía ninguna intención de completar un puzle en el que solo había alubias en salsa de tomate: pensar en semejante revoltijo le repugnaba. No, su nueva idea, para poner a prueba su habilidad, era darle la vuelta al rompecabezas para que no hubiera ninguna imagen por la que guiarse, tan solo un gris monótono en cada pieza. Pero ni siquiera mientras hacía su monocromático puzle podía dejar de pensar en sir Peter.

Judith comprendió que momentos desesperados requerían medidas desesperadas, así que decidió recoger un poco, aunque lo único que hizo fue echar mano del ejemplar del día anterior del *Marlow Free Press*. Tras mirar las respuestas que había escrito en las cuatro esquinas, una vez más se sorprendió preguntándose si tenían por objeto lanzar un mensaje o si se trataba únicamente de una coincidencia. Volvió a la portada, encontró el número de teléfono de atención al cliente del periódico y lo marcó. Cuando cogieron la llamada, Judith pidió que la pasaran con el editor del crucigrama.

—No tenemos —repuso la mujer en el otro extremo de la línea.

—En tal caso, ¿me podría decir quién se ocupa de los crucigramistas?

—Eso es fácil: yo.

—¿Sabe usted quién elabora los crucigramas?

—Sí, aunque solo hay una persona. Me pongo en contacto con él cada semana. O, mejor dicho, él se pone en contacto conmigo cuando me envía los crucigramas. Y ¿sabe qué? Que nunca hay que perseguirlo: podría poner en hora el reloj con él. Envía el crucigrama por *mail* los lunes a las nueve de la mañana.

—Me alegra oír eso.

A continuación Judith le contó que ella también era crucigramista. Cuando la mujer insistió, ella incluso admitió que hacía crucigramas para los periódicos nacionales.

—Es asombroso —afirmó la mujer—. ¿Para todos ellos?

—La cuestión es que admiro a su crucigramista —respondió Judith, que no quería desviarse del tema— y me gustaría ponerme en contacto con él.

—Lo siento, pero no va a ser posible.

—Entiendo que no pueda facilitarme sus datos, pero, si le doy los míos, ¿se los podría pasar?

—Ese es el problema. Hace los crucigramas con la condición de que no nos pongamos en contacto con él nunca.

—¿Cómo?

—Sé que suena raro, pero lleva años haciéndolo así. No cobra, no falla ni un solo lunes y lo cierto es que no sé quién es. Entre usted y yo —añadió la mujer en tono confidencial—, ni siquiera sé cómo se llama, ni si es hombre o mujer, ya puestos. Firma sus correos con «Higginson».

—Ya, veo que así es como se hace llamar en el periódico.

En el mundo de los crucigramas era habitual que un crucigramista ocultase su identidad tras un seudónimo jocoso. Judith publicaba los suyos como «Pepper», un juego de palabras con su apellido, Potts. En cuanto al nombre del crucigramista del *Marlow Free Press*, «Higginson» era perfecto, ya que aparte de ser un nombre bueno en sí, Higginson Park era el parque público más grande de la ciudad.

—¿Está usted completamente segura de que no se puede poner en contacto con él?

—Es curioso, porque hace un par de años quise enviarle unas flores de parte de todo el periódico. Ya llevaba diez años haciendo el crucigrama. Recuerdo el correo electrónico que me envió. Era educado, el tono casi anticuado, pero decía que, si alguna vez alguien descubría su identidad, dejaría de enviar los crucigramas. Y contenido gratuito es contenido gratuito, así que dejamos las cosas como estaban.

—Pero seguro que alguien sabrá quién es, ¿no?

—Posiblemente alguno de los veteranos. Pero se han ido marchando a lo largo de los años. En la actualidad en el periódico no hay nadie que lleve aquí ni diez años. Y ni siquiera sé si debería estar contándole a usted esto. No quiero perder a ese hombre.

—No, desde luego, pero es sumamente extraño.

—Ahora que se lo oigo decir a usted en voz alta, sí que parece bastante extraño, ¿no? Pero me temo que me es imposible decirle quién es.

Judith le dio las gracias a la mujer por su tiempo y colgó.

Se sorprendió acercándose al mirador para pensar en lo que había averiguado. Era una de esas mañanas de invierno en las que el sol era un borrón amarillo tras las nubes. La hierba del jardín, de la que pensó, y no era la primera vez, que debería cortarla más a menudo —que debería cortarla, vamos—, estaba tumbada de lado en pesadas matas de escarcha blanca. Más allá, en el Támesis, una niebla fría se hallaba suspendida sobre el agua, y verla hizo que un escalofrío le recorriera el cuerpo a Judith.

¿Solo había sido ayer cuando había hablado por teléfono con sir Peter? Cuanto más lo pensaba, más claro tenía que el hombre prácticamente le había suplicado que fuese a la fiesta. De hecho, esa llamada era un grito de socorro, ¿acaso no? ¿Quién sería tan desalmado para negarse a ayudar a alguien a quien habían asesinado escasas horas después?

Judith fue hasta su bolso de mano y sacó la madeja de

lana roja con las agujas de hacer punto que sobresalían de ella y que guardaba allí de un año para el otro con la optimista esperanza de volver a tricotar algún día.

Sacó las agujas y miró la madeja de lana roja.

Sí, sería perfecta.

Había llegado el momento de ponerse a trabajar.

Capítulo 11

En la comisaría de policía de Maidenhead, la subinspectora Tanika Malik también intentaba desentrañar la muerte de sir Peter Bailey.

El informe de la autopsia concluía que sir Peter había muerto de un traumatismo causado por un objeto contundente; por ejemplo, el armario que se le había caído encima. Todas las demás heridas, contusiones y huesos rotos también eran compatibles con que hubiese muerto aplastado. Es más, según el informe, su muerte había sido casi instantánea. En el cuerpo no había restos de fármacos o toxinas, aparte de una pequeña cantidad de alcohol, ni tampoco lesiones *antemortem* o *postmortem* inexplicables.

En cuanto al análisis forense digital, la científica no había encontrado ningún resultado digno de mención en su búsqueda inicial en el ordenador y el teléfono de sir Peter. Sus correos electrónicos eran, sobre todo, de cenas con amigos o partidas de caza. Daba la impresión de que el hombre llevaba una vida de lo más ociosa. Y, aunque con frecuencia se refería a Jenny como «aquella a la que hay que obedecer», de su correspondencia se desprendía claramente lo mucho que quería a su prometida. Delegaba en ella todas las decisiones sobre la boda y no tenía ningún problema en afirmar que era «el amor de su vida».

En cuanto a los mensajes que Jenny enviaba a sir Peter, permitían deducir que era una mujer práctica que no soportaba las discusiones. «La típica enfermera», pensó Tanika. Y aunque, al parecer, no había ninguna correspondencia entre sir Peter y su hijo Tristram, Rosanna siempre estaba en contacto con su padre para informarle de las decisiones que tomaba: el rendimiento de las granjas que tenían, subvenciones del Gobierno, asuntos relativos a la mano de obra y el sinfín de preocupaciones propias de una finca de gran tamaño. Sir Peter no contestaba siempre inmediatamente, lo cual frustraba a Rosanna, que perseguía a su padre con correos posteriores, pero por lo general él se mostraba conforme con lo que ella proponía. «Igual que tendía a estar de acuerdo con todas las sugerencias de Jenny», cayó en la cuenta Tanika.

Sir Peter no era la fuerza dominante en la familia, como había supuesto ella al principio.

La única pista con la que el análisis forense digital había dado hasta el momento procedía de una de las aplicaciones de mensajería de sir Peter. Habían encontrado cuatro mensajes que habían entrado una semana antes de Navidad, pero sir Peter había borrado tanto los mensajes originales como las respuestas. Todavía se podía ver la fecha y la hora de los mensajes y las respuestas, pero Tanika vio el secretismo al seguir las demás interacciones de sir Peter, en las que siempre se mostraba abierto —a veces de un modo efusivo— y encantado de ser indiscreto y en ocasiones directamente lenguaraz. ¿Qué era tan delicado en este intercambio en concreto como para que fuese necesario borrarlo? Tanika sabía que sería casi imposible conseguir que la compañía de mensajería revelase el contenido de los mensajes, así que encomendó a un miembro de su equipo el cometido de identificar al propietario del número de teléfono que se había puesto en contacto con sir Peter esas cuatro veces. Tal vez saber quién le había enviado esos mensajes la ayudara a desvelar su contenido.

Mientras trabajaba, Tanika no podía sacudirse la sensación de que Judith estaba en lo cierto. La muerte de sir Peter no había sido accidental. Por eso había solicitado que comprobaran si Jenny Page y los demás miembros de la familia tenían antecedentes, centrándose especialmente en el hijo de sir Peter, Tristram. Después de todo, sir Peter creía que su hijo quería matarlo: estaba lo bastante convencido de ello para echarlo de casa, prohibirle que asistiese a su boda y cambiar el testamento: su «póliza de seguro», significara lo que significase. Aunque, tenía que admitirlo, en ese sentido solo contaban con la palabra del abogado, Andrew Husselbee. No habían encontrado ninguna prueba entre las pertenencias de sir Peter —ni físicas ni digitales— que corroborase la afirmación de que sir Peter temía que su hijo quisiera matarlo. Claro que, ¿por qué iba a mentir un abogado sobre algo tan importante?

En cuanto a cómo podía haberlo hecho el asesino, en opinión de Tanika había dos opciones: la primera era que el autor había tirado el armario encima de sir Peter, cerrado la puerta por dentro, metido la llave en el bolsillo a sir Peter y después se había escondido en la habitación hasta que los invitados forzaron la puerta y entraron. Eso difícilmente parecía creíble, ya que a esas alturas tenían un buen número de declaraciones de testigos según las cuales en el estudio solo estaba el cuerpo sin vida de sir Peter cuando irrumpieron. ¿De verdad era posible que ningún testigo hubiese visto que había alguien escondido en la habitación? Claro que la otra opción era igual de poco plausible, porque implicaba que el asesino le echó encima el armario a sir Peter, salió de la habitación, cerró la puerta por fuera y se las ingenió para introducir la llave en el estudio cerrado y en el bolsillo del fallecido.

Eso hizo que Tanika se plantease una posible tercera opción. ¿Alguien había hecho un duplicado de la llave? Costaba imaginar quién podría copiar una llave de hierro como la del estudio de sir Peter. Supuso que era demasiado antigua para una cerrajería o ferretería de la calle principal. Aun así, Tanika le había pedido a un agente que preguntase en todas las cerrajerías y ferreterías en un radio de ochenta kilómetros de Marlow. ¿Habrían hecho alguna vez una copia de la llave? También había solicitado a un cerrajero forense que desmontara la cerradura del estudio y analizara las partículas de polvo, óxido y láminas de metal sueltas que hubiese en el interior. Cualquier copia de la llave original estaría hecha de metal moderno y había muchas probabilidades de que parte de ese metal se hubiese descascarillado al introducirse en la vieja cerradura. No cabía duda de que, si había algún residuo de metal moderno en el mecanismo, resultaría difícil de explicar, teniendo en cuenta que la familia aseguraba que solo había una llave, muy antigua, que abría esa puerta.

A Tanika le sonó el teléfono. En la pantalla ponía «Papá» y su mano se quedó suspendida sobre el icono de contestar. Desde que su madre había muerto de un derrame cerebral hacía siete años, su padre cada vez se apoyaba más en Tanika, aunque tenía dos hijos varones que también podían echarle una mano. Sin embargo, el padre opinaba que cuidar de unos padres achacosos era cosa de una hija. Y, desde luego, el anciano estaba achacoso. Su memoria había ido cayendo en picado desde hacía años, pero, cuando Tanika había ido a verlo no hacía mucho y se había encontrado el piso lleno de pósits con mensajes que él mismo se había escrito, se dio cuenta de que tenía que hacer algo antes de que fuera demasiado tarde. Le propuso a su padre que vendiese la casa y se fuera a una residencia, pero él dijo que no. Sugirió que un terapeuta ocupacional le aconsejara cómo acondicionar la casa de cara a futuros cambios, pero también se negó a eso. Encontró a un cuidador para que fuese a su casa una hora todas las mañanas, y el no también fue rotundo. De hecho, cualquier cosa que modificase su vida un ápice a su padre le resultaba inaceptable. Y ello incluía cada vez más incluso hablar de si sufría o no pérdida de memoria. Como es natural, Tanika se ofreció a llevarlo al hospital para que le hiciesen pruebas —fue lo primero que sugirió—, pero una vez más el anciano dijo que no.

Mientras tanto, a su padre le había dado por llamar a Tanika todos los días para que lo ayudara a sortear pequeños inconvenientes de su vida... y con frecuencia muchas veces a lo largo del día, puesto que no siempre recordaba haber hablado con ella antes.

Tanika no estaba de humor para coger la llamada y, desde luego, no tenía tiempo para hacerlo.

La cogió.

—Papá —dijo.

—¿Qué voy a cenar?

—Estoy en el trabajo.

—La nevera está vacía.

—Ah, vale. ¿Y si bajas a comprar algo?

—Sabes que no sé cocinar.

—No hace falta que te compliques. Compra algún plato precocinado rico en el supermercado.

—Las porciones son muy pequeñas. Sigo teniendo hambre después de comérmelas. Y saben a plástico.

Tanika decidió ofrecer el inevitable final de la conversación. Total, ¿qué más daba? De ese modo, al menos pondría fin a la llamada.

—¿Qué te parece si te llevo algo cuando me vaya a casa?

—¿Me harías el favor?

—Lo haré encantada.

—Algo de pescado rico. Necesito mantener mis niveles de omega 3. Es lo que me dices siempre.

—Venga, pues te preparo pescado.

Tras negociar con su padre qué pescado quería y asegurarle que miraría el color de los ojos para cerciorarse de que era fresco, Tanika por fin colgó.

Se sorprendió mirando a la nada unos instantes.

Salió de su ensimismamiento cuando la puerta se abrió de sopetón y un hombre que rondaría la sesentena entró con seguridad en la habitación. Vestía un elegante traje gris. Era ancho de cadera, tenía la nariz rota de un jugador de rugby y el pelo gris rapado. Tanika tardó un momento en caer en la cuenta de quién era.

—¿Señor? —dijo al tiempo que se levantaba de la silla.

El hombre que tenía delante era el inspector Gareth Hoskins. Si Tanika se había visto al frente de los asesinatos del verano pasado era porque el hombre había estado de baja por enfermedad. Desde entonces había seguido de baja y ella había continuado ejerciendo de investigadora jefe en funciones.

—Subinspectora —saludó Gareth con una cordialidad que sin embargo le recordó a Tanika cuáles eran sus respectivos rangos.

—¿Qué está haciendo aquí?

—Este es mi despacho.

Era cierto. Tanika había estado utilizando el despacho del inspector Hoskins desde que había asumido el mando.

—Y lo voy a necesitar. El jefe me ha asignado el caso Bailey. A partir de ahora seré el investigador jefe. Pero no se preocupe, que seguirá siendo usted un miembro muy importante del equipo. Me gustaría que fuese mi gestora de documentos. ¿Puede desalojarlo todo para dentro de media hora?

Tanika miró los dibujos hechos con ceras y lápices y pegados con celo a la ventana que le había hecho su hija, Shanti, y las fotografías enmarcadas de su marido y su hija que tenía en la mesa. Ese había sido su hogar fuera del hogar durante un año.

—Naturalmente, señor.

—Me alegra estar de vuelta —aseguró el hombre con una sonrisa.

Sus ojos no sonreían.

Capítulo 12

A la mañana siguiente, Judith hizo pasar a Suzie y a Becks a su sala de estar, donde había dispuesto una tetera y tres tazas con sus correspondientes platos. Becks llevó un bizcocho con glaseado de limón que acababa de sacar del horno y todavía estaba caliente y, cuando lo dejó en la mesa de juego de Judith, no pudo evitar mirar, como siempre, el cristal, que era bastante más transparente y completamente claro: el cristal que habían cambiado después de que el año anterior lo atravesara una bala.

—El bizcocho no es nada especial —le restó importancia Becks mientras servía sendas porciones a Suzie y Judith.

—Si lo has hecho tú, estoy segura de que será delicioso —afirmó Judith.

—¿Tú no tomas? —preguntó Suzie a Becks.

—Estoy controlando el peso —adujo esta con una sonrisa tensa.

Suzie miró a su amiga y se dio cuenta de que ciertamente estaba más delgada incluso que de costumbre.

—No conozco a nadie más que sea capaz de adelgazar durante las navidades —comentó Suzie, y después recordó lo que Judith había dicho en la fiesta—. De hecho, ayer

Judith comentó lo estupenda que estabas, y coincido con ella.

—¿De verdad lo creéis? —inquirió Becks.

—Y el anillo que te ha regalado Colin es precioso.

—¿Qué anillo?

—El zafiro —precisó Suzie mientras señalaba el anillo de Becks—. Es auténtico, ¿no?

—Sí, claro —contestó Becks, y escondió la mano en el regazo—. Pero no es nada.

Suzie y Judith se miraron. ¿Por qué Becks se mostraba de pronto tan melindrosa?

—Porque te lo ha regalado Colin, ¿no? —se quiso asegurar Suzie.

—Pues claro, ¿quién sino me iba a comprar joyas caras? —contestó Becks, pero Judith y Suzie tuvieron claro que mentía—. Pero decid —añadió, y se volvió hacia Judith para cambiar de tema—, ¿por qué querías que quedáramos?

—Buena pregunta —admitió Judith, que además decidió respetar la intimidad de Becks—. Solo quería saber si estaríais dispuestas a ayudarme.

—¿Con qué? —quiso saber Suzie.

—Con el caso de sir Peter Bailey.

—Pues claro, mira que soy burra. Sí, cuenta conmigo.

—¿Becks?

Esta apenas se lo pensó un segundo.

—Desde luego —dijo—. Cuando pueda, claro. Sigo teniendo responsabilidades en la parroquia. Y los niños me necesitan. Y los martes mi amiga Zoë quiere que la ayude a organizar un coro protesta...

—Pero ¿nos ayudarás? —la cortó Judith, que quería anticiparse a lo que sabía que de otro modo sería una lista interminable de responsabilidades.

—Sí, claro —afirmó Becks.

—¡Bravo! —exclamó, entusiasmada, Judith.

—Aunque apuesto a que ya has fraguado algunas teorías, ¿me equivoco? —terció entre risitas Suzie.

—¿Sabéis qué? Creo que he hecho algo mejor que eso —respondió Judith mientras se agarraba la llavecita que llevaba al cuello, colgada de una cadena.

Suzie y Becks miraron la puerta del rincón de la salita; estaba cerrada con un grueso candado. El año anterior habían descubierto que Judith había reaccionado exageradamente después de que su marido muriera en circunstancias sospechosas —*muy* sospechosas, por lo visto— y había empezado a coleccionar todos los periódicos locales. No tardó mucho en reunir todo el material impreso que pudo conseguir, desde circulares de la parroquia hasta diarios nacionales.

A lo largo del otoño, Becks había tratado de convencer a Judith de que se librase de esa biblioteca de papeles completamente secos llena de polvo, entre otras cosas por el peligro de incendio que entrañaban. Después, en la semana entre Navidad y Año Nuevo, Judith anunció que estaba preparada para hacer una limpia. Sus archivos secretos ocupaban dos habitaciones, y, si bien se negó a consentir que tocaran la del fondo —donde guardaba los documentos de mayor antigüedad, de la época en que había muerto su marido, en la década de 1970—, Judith sabía que la primera habitación estaba llena en su mayor parte de basura de la última década aproximadamente. Esa habitación no era su «Santo Grial», sino más bien la consecuencia de un rasgo de su personalidad que había permitido que se saliera de madre. Y era esta primera habitación, considerada más «segura», la que Judith dejó que Becks la ayudase a despejar.

Becks se apresuró a hacerse con sacos de escombros, mascarillas de obra, un lote de bolsas de aspiradora y carritos de la compra hasta arriba de productos de limpieza. Sin embargo, el cometido no fue todo lo bien que Becks esperaba. Judith le permitió empezar a echar abajo las torres de periódicos que llegaban casi hasta el techo y también accedió a vaciar las estanterías de suelo a techo que estaban igual de llenas de periódicos amarillentos, pero, durante el proceso, se volvió cada vez más retraída. Cuando finalizó el primer día, habían quitado casi todos los periódicos de un extremo de la primera habitación, pero Judith anunció que hasta ahí habían llegado y que no quería terminar el trabajo. De hecho, quería que Becks se fuera. Inmediatamente, de hecho. Becks propuso dejar el trabajo para otro momento, pero Judith se cerró en banda. Quería que Becks se marchara y que nadie volviera a tocar esa habitación.

Desde entonces no había dejado que sus amigas entraran en las habitaciones cerradas.

Pero ahora, mientras seguían a Judith hasta la puerta reforzada con un candado, Suzie y Becks se miraron de reojo, preguntándose lo mismo: ¿había empezado Judith a acumular cosas de nuevo?

Esta abrió el candado y empujó la puerta. Cuando entraron, a Becks le alivió ver que la mitad de la habitación que había vaciado con Judith seguía tan despejada como la recordaba... aunque cayó en la cuenta de que eso no era del todo cierto, ya que veía papeles y lo que parecía un hilo de un rojo vivo en las estanterías vacías.

—Dios mío, ¡esto es como en las películas! —exclamó Suzie cuando vio lo que había hecho Judith.

—¿Eso es lana? —preguntó Becks, asombrada.

En un gran mapa de Marlow pegado a la pared había fotografías e imágenes impresas de sir Peter y su familia, sujetas con chinchetas a un lado y una telaraña de lana roja, que iba desde cada instantánea familiar hasta agujas señalizadoras que marcaban lugares en el mapa.

Judith había creado un tablero de pruebas policial casero.

—¿De dónde has sacado las fotos? —quiso saber Becks.

—Es increíble lo que se puede encontrar en internet —repuso Judith, rebosante de orgullo.

—Y también tienes las pistas —aseveró Suzie mientras señalaba un A4 en el que ponía «Indicios», bajo el cual había una fotografía de una lata de aceite de oliva, otra de una huella de una bota de goma e imágenes de un testamento.

—Esto es como un juego de mesa —aseveró Becks con entusiasmo—. ¿Qué historia puedes inventar con una lata de aceite de oliva sin huellas dactilares, una bota de goma con una raja y un testamento que ha desaparecido?

—Una cuyo final es un asesinato —repuso sombríamente Suzie mientras escudriñaba las caras de la familia—. ¿Tú qué opinas?

—Veamos —empezó Judith—, creo que las tres podemos coincidir en que Tristram es... vaya, ¿cómo se dice?

—No lo sé —reconoció Suzie.

—Lo que fue Helen Mirren en televisión.

—¿La reina? —aventuró Becks, confusa.

—No, la reina no, mujer... *Principal sospechoso*, ¡eso! Tristram es nuestro principal sospechoso.

—Ya lo creo que sí —coincidió Suzie—. Discutió con su padre antes.

—Y no olvidemos que su padre ya creía que intentaba matarlo.

—Y por eso cambió el testamento.

—Un testamento que ha desaparecido —les recordó Judith—. Lo que significa que el anterior sigue siendo válido, el que nombra heredero universal a Tristram. Así que ahí hay muchos motivos.

—Pero todas nosotras estábamos fuera con Tristram cuando el armario cayó —objetó Becks—. No es posible que sea el asesino.

—Entonces, ¿quién pudo hacerlo? —inquirió Suzie—. Todo el mundo estaba en el jardín con nosotras.

—No todo el mundo —puntualizó Judith—. Cuando sucedió el incidente, Jenny también estaba en la casa. Aunque estoy con Becks en que no acabo de ver cómo pudo tirarle un armario a su prometido si estaba arriba en su habitación.

—Y os diré una cosa más —añadió Suzie—. Ninguna mujer mataría a su prometido la víspera de su boda. No cuando ese matrimonio estaba a punto de hacerla rica.

—No solo sería rica —les recordó Becks—. También tendría un título nobiliario. En cuanto se casara con sir Peter habría sido lady Bailey.

—Coincido contigo —aseguró Judith—. Todo lo cual me dice que debía de haber una tercera persona en la casa cuando sir Peter murió. Alguien a quien desconocemos.

Una persona que se encontraba abajo, en el estudio, con él.

—Y que le tiró encima el armario —agregó Suzie.

—Y después salió de la habitación cerrada con llave —terció Becks.

—Sí, esa parte es la más difícil de explicar —concedió Judith—. Pero la alternativa es que el armario se cayó solo, y eso también me cuesta creerlo. Así que sugiero que averigüemos quién pudo haberlo hecho y veamos si mientras tanto logramos desentrañar el cómo. Y sé exactamente por dónde deberíamos empezar si partimos de la base de que había alguien más con sir Peter en el estudio. Su primogénita, Rosanna. Asegura que estaba en la fiesta con los demás cuando mataron a sir Peter, pero llevaba un abrigo de un rojo vivo y no recuerdo haberla visto por ninguna parte antes. ¿Vosotras?

Becks y Suzie coincidieron en que no recordaban haber visto a nadie con un abrigo rojo en la fiesta.

—Y hay otra cosa —continuó Judith—. Cuando le pregunté a Rosanna quién salió al balcón de arriba justo después de que se escuchara el estrépito, nombró a Jenny, pero su respuesta no me convenció del todo. Si queréis que os diga lo que pienso, oculta algo.

—¿Que estaba en el estudio de sir Peter echándole el armario encima? —planteó Suzie.

—¡Exacto! —exclamó Judith—. Porque no puedo dejar de pensar en la llamada que me hizo sir Peter. Llamaba porque creía que su vida corría peligro, estoy segura. Lo que significa que, a mi juicio, me estaba pidiendo que investigara si moría de repente en circunstancias sospechosas. Y creo que deberíamos aceptar el caso. Aunque nuestro cliente haya muerto, ¿no os parece?

Capítulo 13

—No lo entiendo —dijo Jenny mientras acompañaba a Judith, Becks y Suzie a la cocina de White Lodge—. ¿Peter la llamó a usted ayer por la mañana?

Judith miró a esa mujer más joven y vio que parecía más ausente incluso que el día anterior. Era como si se hubiese replegado por completo o estuviese procesando la información mucho más despacio que los demás.

—Sir Peter quería que asistiera a la fiesta por un motivo, y creo que es lo que decía su abogado ayer: temía por su vida.

—Eso no es posible.

—Y, sin embargo, lamento decirle, mire lo que ha pasado.

—¿De verdad cree que alguien le hizo eso?

—Creo que es muy posible. Y permítame que le advierta que la policía pensará que usted está involucrada.

La sorpresa hizo que Jenny se quedara boquiabierta.

—¿Cómo va a pensar tal cosa? Yo quería a Peter, me iba a casar con él, era... —Jenny se dejó caer en una silla de la cocina.

—Lo sé —afirmó Becks, en modo «mujer del pastor»—. ¿Qué le parece si hago té para todas?

Acto seguido fue a los armarios y adivinó con facilidad dónde estaban las tazas y cuál de las numerosas puertas era la del frigorífico para coger la leche.

Judith se sentó junto a Jenny.

—Siento tener que hacerle esta pregunta, pero ¿sabe si hay alguien que pudiera desear hacer daño a sir Peter?

—No, claro que no.

—¿Qué me dice de Rosanna? —inquirió Suzie.

Jenny cabeceó.

—No. A veces puede ser un poco fría, pero eso es solo porque la personalidad de Peter era arrolladora (y Tristram es muy sensible), de ahí que ella sea tan reservada. Pero ha sido un apoyo para Peter. Y para mí. No sé lo que habría hecho sin ella.

—¿A qué se refiere?

—Administra el patrimonio familiar, y se le da de maravilla. Pero también ayuda a llevar la casa. La verdad es que es estupenda.

—Como lo de preparar pasta con pesto para que todo el mundo comiera ayer, ¿no? —apuntó Judith.

—Es típico de ella —afirmó Jenny con una sonrisa triste—. Es tan lista. Siempre va un paso por delante. A mí ni se me había pasado por la cabeza comer, iba corriendo de un lado a otro, estresada. Tan pagada de mí misma, tan a lo mío.

—Usted era la novia —recordó Becks con amabilidad—. Normal que fuera a lo suyo.

—¿Me puede decir cómo se llevaba Rosanna con su padre? —se interesó Judith.

—Había tensiones que venían de lejos, claro, pero nada serio.

—¿Qué clase de tensiones?

—Siempre tenían que ver con los negocios, nunca eran algo personal. Nunca afectaba a su relación. A Peter no se le daba muy bien planificar, le gustaba gastarse el dinero en pasarlo bien. O con sus amigos. Por eso lo quería yo. Era impetuoso.

—¿Eso suponía un problema?

—Rosanna es muy mirada, siempre muy cuidadosa con el dinero. Y no quiero que me malinterprete, Peter no hacía nada que pusiera en peligro el negocio familiar. Tan solo quería gastarse lo que ganaba en divertirse y Rosanna quería que invirtiera. Él decía que teníamos más dinero del que podríamos gastar en toda una vida, ¿qué sentido tenía?

Becks se acercó con una taza de té humeante que ofreció a Jenny.

—He echado un par de cucharaditas de azúcar.

—Gracias.

—Si me permite la pregunta, en un principio a usted la contrataron como enfermera de sir Peter, ¿no es así? —continuó Judith.

El recuerdo hizo sonreír a Jenny.

—Sí, aunque, conocernos, nos conocimos en Florencia, en Italia.

—¿Ah, sí? ¿Estaban de vacaciones?

—Qué va. Yo había estudiado enfermería, pero la sanidad pública era demasiado dura. Una locura, se mirara por donde se mirase. A punto de cumplir los treinta, dejé el mundo de los hospitales y las listas de espera y entré en una agencia que proporciona enfermeras a clientes adinerados que necesitan asistencia a domicilio. Hace dos años estaba trabajando para una clienta que tenía casas en Londres, París y Florencia. Tenía ochenta y muchos años, vivía sola y era bastante frágil. Yo era su enfermera, aunque en realidad lo de menos era comprobar cómo tenía la tensión y asegurarme de que se tomaba las pastillas. Lo cierto es que nunca lo es. También era su amiga, alguien con quien podía hablar.

—Y jugar a las cartas, imagino —agregó una risueña Judith, que recordó que ella cuidó de forma similar a su tía abuela Betty durante muchos años.

—Exacto. Se le daba de miedo el *gin rummy*. Así que eso es lo que estuve haciendo en Florencia: pasármelo en grande, si les soy sincera. Pero, cuando tenía tiempo libre, siempre estaba sola. Y captaba la atención de los hombres. No porque se sintieran atraídos por mí, creo yo, sino solo porque querían hablar conmigo. O preguntarme si me había perdido. Esa clase de cosas, ya saben.

Las mujeres lo entendieron: las tres sabían lo que era.

—Así que, cuando este señor mayor empezó a hablar conmigo en un bar, di por sentado que era otro pesado. Un hombre que se creía con derecho a hablarme al ver que estaba sola.

—¿Qué estaba haciendo sir Peter en Florencia?

—Me dijo que había ido a buscar a su hijo. Tristram es actor, ¿saben?, y estaba haciendo una obra de teatro en Florencia. Pero empezó una aventura con uno de los miembros del elenco y se negaba a volver al Reino Unido. Así que Peter me dijo que había ido a Florencia en su busca antes de que quemara más dinero suyo. Pero cuando mencioné que era enfermera, ya solo quiso hablar de eso. Me contó que no hacía mucho le habían diagnosticado diabetes tipo 2 y que necesitaba darle un giro a su vida, en lo relativo a la salud. Traté de explicarle que esa enfermedad no tenía por qué limitarlo, pero él se negó a aceptarlo. Aseguró que, cuando diese con Tristram y lo llevara a casa, necesitaría a un profesional que lo controlase y le diera las pautas necesarias. —Jenny hizo una pausa mientras recordaba el encuentro—. Como digo, en su día no me cayó muy bien, pero le di los datos de mi agencia por si quería contratar a una enfermera. En realidad solo estaba siendo educada.

»Unas semanas después llamó a la agencia y pidió que me asignaran a él. Desconozco el motivo, porque no fui especialmente amable con él cuando nos conocimos. Nada más lejos de la realidad, de hecho. Pero le dijo a la agencia que no aceptaría un no por respuesta, y la cuestión es que la señora para la que yo estaba trabajando se había dado cuenta de que necesitaba más ayuda de la que yo le podía ofrecer y decidió ir a una residencia de ancianos. Así que se acercaba el final de mi contrato, con lo cual me resultó fácil aceptar. Un trabajo es un trabajo.

—¿Cuándo fue esto? —quiso saber Judith.

—Empecé a trabajar para Peter en febrero del año pasado. Si le soy sincera, no me cayó en gracia. No al principio. Era exactamente como yo pensaba que sería. Tomaba oporto y queso después de cada comida, llamaba a las mujeres «potrillas» y lo que más feliz le hacía era cazar faisanes con los demás terratenientes de la zona. Todos hombres, por descontado. Y para él todo era una broma, no había nada serio. Lo cierto es que era una pesadilla. No se tomaba la medicación, no cuidaba su salud. Justo como me había dicho.

—¿Qué cambió?

—No lo sé, pero cuando se es enfermera a domicilio es imposible pasar tiempo con alguien sin que este revele su verdadera forma de ser. Y fui consciente de que toda esa fanfarronada de Peter no era más que eso, fanfarronada. Bajo toda esa confianza había alguien que... es difícil de explicar, pero no creo que fuese tan seguro de sí mismo.

—En su opinión, ¿a qué se debía esto?

—Creo que tiene que ver con crecer sabiendo que algún día se heredará una fortuna y sin ningún objetivo en la vida. No vale la pena vivir si uno no pelea un poco, ¿no le parece? Y la cosa es que acabé viendo un lado suyo mucho más cariñoso. Adora a sus hijos.

—¿Incluido Tristram? —inquirió Judith.

—Incluido Tristram.

—No fue esa la impresión que nos dio.

—Son demasiado parecidos, ese es el problema. Demasiado apasionados, propensos a perder los estribos. Pero yo veía cómo se disgustaba Peter. Sabía que su relación con Tristram se había roto, pero no sabía cómo arreglarla.

—Según Andrew Husselbee, estaba más que rota. ¿De verdad no le mencionó a usted sir Peter que creía que Tristram lo quería muerto?

—No, y estoy intentando no sentirme traicionada, si le soy sincera. Si me hubiese contado lo que estaba pasando, tal vez hubiese podido ayudar a que las cosas se solucionaran. Peter no era de los que ocultaban secretos a nadie, y menos a mí. ¿Por qué no me lo contó?

Todas oyeron un ruido que venía de la puerta. Judith levantó un dedo para pedir silencio, pero no se oyó nada más, así que indicó a Suzie que siguiera hablando mientras ella empezaba a avanzar hacia la puerta.

—Pues no —afirmó Suzie, tratando de retomar la conversación—. No tiene sentido que no se lo contara a usted.

Judith abrió la puerta de golpe y un sorprendido Tristram entró a trompicones en la cocina. Cuando se irguió, Judith se dio cuenta de que parecía abochornado y furioso al mismo tiempo... y un tanto perplejo. Comprendió que quizá el joven no fuese una lumbrera.

—¿Tiene usted la costumbre de escuchar detrás de las puertas? —le preguntó.

—Cuando estas me pertenecen —espetó Tristram, que había recuperado parte de su aplomo—. Creo que puedo escuchar detrás de todas las puertas que me dé la gana. Solo he venido a ver a Jenny para preguntarle cuándo tiene pensado marcharse.

Jenny no entendió la pregunta.

—Ahora esta es mi casa —afirmó el joven—. Así que, ¿cuándo te vas?

Las mujeres se indignaron.

—Su prometido murió ayer —objetó Becks.

—Sí, lo sé. Era mi padre. Pero eso significa que la casa es mía y quiero que se largue.

—Se ha recuperado usted deprisa —señaló Suzie.

—¿Cómo?

—Ayer estaba usted hecho polvo, pero por lo visto se ha recuperado bastante deprisa de la muerte de su padre.

—No tiene usted ni idea de lo que estoy sufriendo —repuso con desdén el joven.

—Esta no es su casa —aseguró Judith con firmeza—. No heredará nada hasta que se determine la validez del testamento de su padre, lo cual llevará meses. Y, ya puestos, ¿qué le hace pensar que ha heredado usted su casa?

—El primer hijo varón siempre es el que hereda en la familia Bailey. Siempre ha sido así. Desde el siglo XVII.

—Hasta que el mes pasado su padre cambió el testamento —dijo Judith.

—Ya, bueno, eso es lo que dice el abogado. Pero no significa que sea cierto.

Mientras Tristram hablaba, Judith metió la mano en su bolso y sacó su lata de caramelos.

—En tal caso, ¿me permite que le haga una pregunta? —repuso al tiempo que escogía una pastilla de limón envuelta en azúcar glas—. ¿Por qué exactamente lo echó su padre de casa a finales de noviembre?

Judith se metió el caramelo en la boca, a sabiendas de que su parsimonia estaba irritando a Tristram.

—¿No es evidente? —espetó este, y su mano derecha se cerró en un puño—. Discutimos.

—¿Por qué?

—No tengo por qué contárselo.

—Cierto, pero es una pregunta razonable.

—No hay nada razonable en nada de esto.

—¿Por qué discutieron su padre y usted?

—No es asunto suyo, ¿vale? —soltó Tristram, hecho una furia—. Lo que pasó con mi padre queda entre él y yo. Y, ahora que lo pienso, ¿qué están haciendo aquí?

—Nos ha invitado Jenny —respondió Suzie, que se situó junto a Judith para crear una barrera adicional entre Tristram y Jenny.

—En efecto —coreó Becks, que asimismo se sumó a la barricada, si bien era evidente por su forma de vacilar, justo detrás de Judith, que se sentía mucho menos cómoda enfrentándose a Tristram que sus dos amigas.

—Y Jenny le pide que se marche —aseguró Judith al tiempo que se guardaba la lata de caramelos en el bolso para dar a entender que la conversación había terminado—. Así que será mejor que se vaya.

—Usted no me da órdenes.

—Yo diría que tiene usted dos opciones: o se va por las buenas o llamamos a la policía para que se asegure de que se va usted, tanto si quiere como si no.

—Esto es increíble —exclamó Tristram, pero las mujeres vieron que estaba ganando tiempo mientras decidía qué hacer.

Tras unos instantes más de indecisión, dio media vuelta y se fue con paso airado. Nadie dijo nada durante unos segundos, y Judith se sorprendió recordando las pisadas de botas que Suzie había encontrado debajo de la ventana del estudio. Casi con toda seguridad las había dejado alguien que había intentado ver lo que estaba pasando allí, y acababan de comprobar que Tristram las había estado escuchando en la cocina. ¿Tenía por costumbre hacerlo?

—Becks, ¿estás segura de que las huellas de debajo de la ventana del estudio son de unas botas de goma de mujer? —preguntó Judith.

A Becks le sorprendió la pregunta, pero le dedicó toda su atención.

—Segurísima —se reafirmó—. Las Hunter de mujer tienen un dibujo en la suela distinto de las de los hombres.

—Así que quien estaba junto al estudio era una mujer, ¿no?

—A menos que Tristram llevase unas botas de mujer —aventuró Suzie, consciente de adónde la había llevado el razonamiento de Judith.

—¿Sería posible? —planteó esta.

—Supongo que depende de lo pequeños que tenga los pies —razonó Becks.

—¿De qué están hablando? —les preguntó Jenny.

Al mirar a Jenny, Judith recordó que el dormitorio principal de la casa estaba justo encima del estudio de sir Peter y que tenía una ventana que daba a los arbustos en los que habían encontrado las huellas.

—Cuando subió usted a su habitación después de discutir con Tristram, ¿por casualidad miró por la ventana lateral y vio a alguien merodeando en el jardín? —le preguntó Judith.

—No, creo que no.

—¿Está segura? —insistió Judith—. Es posible que hubiese alguien escondido entre los arbustos junto al estudio.

—Yo no vi a nadie —aseguró Jenny, pero las mujeres se dieron cuenta de que les estaba ocultando algo.

Judith y sus amigas se miraron con disimulo. ¿Qué era?

—Miren —empezó Jenny—, no debería sentirme avergonzada por esto, pero la cuestión es que no miré por ninguna de las ventanas del dormitorio porque subí a fumar un cigarrillo. Sé que no debería fumar, y lo cierto es que no fumo (fue Peter el que hizo que recayera), pero de vez en cuando vuelvo a las andadas. Como ayer, después de que Tristram me humillara delante de todo el mundo. Sabía que Peter había dejado un paquete de tabaco en la chimenea de nuestra habitación, por eso subí. Para fumarme un pitillo a escondidas.

—Lo que le pasó a sir Peter no es culpa suya —afirmó Becks.

—Soy su enfermera, se supone que mi deber es cuidar de él.

—Pero no esperaría estar con él las veinticuatro horas del día.

—Y no puede cambiar el pasado —añadió Judith, profiriendo un suspiro—. Sencillamente es imposible. Sin embargo —continuó, animándose—, *sí* que puede cambiar el futuro, y debería saber que no tiene de qué preocuparse por lo que pueda hacer Tristram. No la puede echar de aquí. Esta casa todavía pertenece a sir Peter, hasta que se determine la validez del testamento. Lo que significa que se puede usted quedar.

—¿Sabe lo que creo? —intervino Suzie, tratando de insuflar un poco de energía a la conversación—. Que tenemos que encontrar el testamento que ha desaparecido. ¿Y si sir Peter le dejó a usted la casa? ¿O una buena cantidad de dinero? ¿De verdad no tiene usted idea de dónde puede estar?

—Ni siquiera sabía que había cambiado el testamento —adujo Jenny—. No me lo dijo.

—Entonces, es preciso que empecemos a buscarlo —decidió Judith con despreocupación—. Después de todo, es una cuestión moral: el testamento constituye la última voluntad de sir Peter. Se podría argüir que la mejor manera de honrar su vida es hacer todo cuanto esté en nuestro poder para dar con él.

Jenny se acercó al fregadero y abrió el grifo. Cogió un vaso, lo llenó de agua, bebió un sorbo y, tras volver con las tres mujeres, las miró.

—Tienen razón —dijo—. Creo que deberíamos intentar encontrar ese testamento.

Judith sonrió.

—En tal caso, sugiero que pongamos la casa patas arriba hasta que demos con él.

Capítulo 14

Judith, Becks, Suzie y Jenny comenzaron a buscar el testamento desaparecido en el estudio de sir Peter. En el marco de la ventana y en los herrajes de la puerta había restos de polvo de grafito allí donde la policía había buscado huellas. Y lo mismo en el armario de madera que había caído encima de sir Peter y le había causado la muerte. Delante, la alfombra seguía llena de material de laboratorio y cristales de los distintos recipientes y matraces que se habían hecho añicos cuando había caído el armario.

—¿Se encuentra usted cómoda haciendo esto? —preguntó Becks a Jenny.

—La verdad es que no —admitió esta, pero acto seguido las mujeres vieron que sacaba fuerzas de flaqueza—. El testamento de Peter no estaba en su caja fuerte, así que tiene que estar en la casa, en alguna parte.

—Si esto la supera en algún momento, díganoslo —pidió Becks.

—Bien, ¿por dónde aconseja que empecemos? —quiso saber Suzie.

—Por el escritorio, quizá. Ahí guardaba un montón de papeles.

Mientras Jenny, Becks y Suzie se ponían a buscar en la mesa. Judith fue a examinar el armario. Ahora volvía a estar de pie, pero había un espacio entre él y la pared, puesto que no lo habían devuelto a su posición original. Judith se introdujo en el angosto hueco. La trasera estaba llena de polvo y telarañas y había una vieja hembrilla de metal cerca de la parte superior. Al volverse, vio el correspondiente gancho de hierro embutido en la pared. No sobresalía mucho, pero parecía un objeto sólido, y Judith vio que estaba alineado para que se enganchara en la hembrilla de la trasera del armario. Era lógico que un mueble tan ingente contase con ese elemento de seguridad adicional para evitar que se venciera hacia delante.

El hecho de que el gancho no estuviese arrancado de la pared ni la hembrilla de la trasera del armario le indicó a Judith que, antes de que se cometiera el asesinato, alguien —quizá varias personas, teniendo en cuenta lo que pesaba el armario— lo había levantado lo suficiente para soltarlo del gancho.

Judith apoyó ambas manos en la polvorienta trasera del mueble, empujó y se sorprendió al comprobar que el armario se inclinaba ligeramente hacia delante. Al levantar la vista, se percató de que, con los pesados ornamentos de madera que lo remataban, el armario pesaba mucho en la parte de arriba. Con todo, habría requerido bastante fuerza, casi con toda seguridad más de la que tenía ella, pero a Judith ya no le cabía la menor duda de que había sido posible que alguien se lo echara encima a sir Peter.

Judith salió de detrás del armario.

—Hay un gancho al que se supone que está unido el armario —comentó.

—¿Lo han quitado? —quiso saber Suzie.

—No, pero alguien lo soltó. Puede que hace años, puede que hace poco. Jenny, ¿el armario suele estar afianzado a la pared?

—No tengo ni idea —replicó ella—. No he mirado nunca. Lo siento.

—Supongo que da lo mismo. Pero, dado que el armario no está enganchado, estoy segura de que alguien fuerte habría podido hacerlo caer. Permítame que le pregunte: ¿por qué tiene sir Peter un armario con material científico? Creía que era un terrateniente.

—Es cosa del padre de Peter —explicó Jenny—. Creó una empresa de equipo médico después de la Segunda Guerra Mundial. Inventó una máquina de rayos X, o algo por el estilo.

—Lo que explica las radiografías que hay detrás del escritorio —dedujo Judith.

—Exacto. Creo que son del padre de sir Peter y su socio. Fueron las primeras que hicieron las máquinas.

Mientras Judith y Jenny hablaban, Becks se acercó al material de laboratorio que estaba hecho trizas en el suelo delante del armario.

—¿El magnesio es seguro? —preguntó—. La cinta de magnesio, en realidad.

Becks señaló un frasco de cristal alto en la alfombra que tenía una etiqueta en la que ponía, escrito a mano: «Cinta de magnesio».

—El magnesio es completamente estable —respondió Judith—. Siempre que no le prendas fuego, porque entonces arde como la pólvora.

—No lo entiendo —admitió Suzie, que se acercó a su

amiga—. En el bote no hay nada. ¿Qué más da lo que ponga la etiqueta?

—Me preocupaba que pudiera tener algún residuo —contestó Becks—. O algo tóxico... algo. Quería ser prudente.

—¿Qué tiene de interés? —inquirió Jenny, que se unió a las otras mujeres.

—Que el frasco no está roto.

—¿Y? —inquirió Suzie.

—Pues que todos los demás objetos de cristal se rompieron cuando el armario cayó al suelo, pero este único frasco no. Me ha parecido raro, eso es todo.

—Tienes razón —coincidió Judith mientras miraba los cristales y el material de laboratorio que se veía en la alfombra. El caos abarcaba un rectángulo que coincidía con la forma del armario, y el frasco de Becks era el único recipiente de cristal que había sobrevivido a la caída—. Espera un momento —dijo Judith, y se puso a buscar algo largo y fino que pudiera utilizar para coger el frasco. En la repisa de la chimenea vio un pequeño soporte de latón que en su día posiblemente albergara algún objeto decorativo. Vio que había una inscripción en una placa de latón: «Sir George Bailey, juez», y una fecha: 1906. Puesto que el hombre era juez, Judith supuso que en su día en el soporte hubo un mazo—. ¿Aquí normalmente hay un mazo?

Jenny fue hacia ella, perpleja.

—Lo hay, sí —confirmó—. Creo que pertenecía a un familiar de Peter.

—¿Tiene idea de dónde podría estar?

—No. Lo siento, no suelo venir a este sitio. Era el refugio de Peter.

Frustrada, Judith se dirigió al escritorio de sir Peter. El mazo tampoco estaba allí —habría sido ideal para lo que ella quería hacer—, pero en un organizador de escritorio que contenía algunos bolígrafos y monedas antiguas encontró un destornillador bastante grande.

Cogió el destornillador y volvió con el frasco de cristal que estaba a los pies de Becks. Lo introdujo en el frasco, lo levantó y lo llevó hasta la mesa de sir Peter. A continuación bajó con cuidado el destornillador para que el frasco quedara de pie.

El sol matutino entraba a raudales por las ventanas y el cristal relucía con la luz. De hecho, Judith cayó en la cuenta de que relucía como si lo hubiesen limpiado recientemente.

—Un momento —observó mientras metía la mano en el bolso y sacaba la lata de caramelos de viaje. Acto seguido, con la precisión de un científico que trabajase en unas instalaciones de alto riesgo, desenroscó la tapa con el mayor cuidado del mundo. Dejó la tapa a un lado, acercó la lata al frasco y sopló: una nube de azúcar glas se alzó en el rayo de sol y se depositó en el frasco.

—¿Se puede saber qué estás haciendo? —le preguntó Suzie.

—Busco huellas dactilares —le contestó Judith.

—¿Con azúcar glas? —se sorprendió Becks.

—El cristal es lo bastante duro, seguro que servirá. Vaya, qué interesante —añadió antes de dar la vuelta a la mesa para situarse frente al otro lado del frasco. Judith volvió a soplar azúcar glas al rayo de sol y vio cómo se asentaba en el cristal—. Si no me equivoco, y no creo que me equivoque, en este frasco no hay ninguna huella.

Judith miró los cristales y el material de laboratorio del suelo.

—¿No hay ninguna huella? —repitió Jenny, desconcertada.

—Las huellas se mantienen durante mucho tiempo en el cristal —afirmó Judith—. Años.

—¿Cómo sabes eso?

—Por *Se ha escrito un crimen* —repuso Judith, como pidiendo perdón.

—Puede que lo hayan limpiado a conciencia hace poco —sugirió Suzie.

—No lo sé —aseveró Jenny—. Pero me da que no. Yo nunca vengo a limpiar a este sitio, y creo que Patricia tampoco. Es nuestra asistenta. A Peter no le gustaba que la gente tocara sus cosas. Pero no tiene sentido que no haya ninguna huella, ¿no? Aunque alguien limpiara el frasco, seguiría teniendo sus huellas cuando lo pusiera de nuevo en el estante, ¿no?

—Eso mismo pienso yo —convino Judith.

—¿Lo puedo ver? —pidió Suzie, pero al acercarse se dio contra la esquina de la mesa, el frasco se tambaleó, cayó del escritorio y se hizo añicos en el suelo—. Dios mío, cuánto lo siento —se disculpó Suzie, horrorizada por su torpeza.

—Era una prueba, Suzie —le recordó Becks, como una madre que reprende a su hijo—. No puedes ir como un elefante por las escenas del crimen.

—¿Como un elefante?

—Ya sabes lo que quiero decir.

Las mujeres miraron los cristales en el suelo.

—¿Sabéis qué? —inquirió Suzie, que decidió que tenía

que intentar salvar la situación—. Que es posible que nos haya hecho un favor.

—¿Cómo? —quiso saber Becks.

—Acabo de demostrar lo que estabais diciendo: que el frasco tendría que haberse roto al caer del armario.

—Tienes razón —coincidió Judith—. El cristal era tan frágil como parecía. Se ha roto con gran facilidad, ¿no?

Judith miró el armario y los cristales en el suelo. ¿Por qué había sobrevivido ese frasco y todos los demás no?

—Creo que tenemos que contarle esto a la policía —decidió Judith.

—¿Te refieres a que me he cargado el bote? —preguntó Suzie, preocupada.

—No, no te apures por eso. Pero tenemos que contarle a Tanika que había un frasco de cristal sin una sola huella que no se rompió cuando se cayó del armario. Puede que sea importante.

Mientras Becks, Suzie y Jenny continuaban buscando el testamento por el resto de la casa, Judith sacó el teléfono y llamó a Tanika. Cuando le contó lo del frasco, Tanika no sabía si había oído bien.

—¿Me estás diciendo que hay una prueba importante, pero que la habéis roto?

—A ver, no es necesario que nos centremos en lo negativo. Y tampoco es que importe mucho: las huellas que pueda haber (o no) en el frasco seguirán allí. Después de todo, solo se ha partido en unos cuantos trozos. Y ya que lo mencionas, creo que deberíais buscar huellas en todo el material y el cristal que se cayeron del armario. Yo diría que aquí hay un patrón. No olvides que en la lata de aceite de oliva tampoco había ninguna huella. Nuestro asesino ha sido muy cuidadoso para asegurarse de no dejar ninguna huella en la escena del crimen.

—¿Y se puede saber qué estáis haciendo en el estudio de sir Peter?

—Jenny nos ha pedido que la ayudemos a buscar el testamento que ha desaparecido. Y sé que ahora tú dirás que no deberíamos interferir, pero no lo estamos haciendo. Estamos ayudando a una amiga.

—No te preocupes, necesitamos dar con ese testamento, me da lo mismo quién lo encuentre. Y gracias por avisarme de lo de las huellas. Enviaré a un agente para que recoja la prueba.

Judith no estaba segura de haber oído bien.

—¿No te importa que investiguemos?

—Pero si no estáis investigando, ¿no? Es como has dicho: estáis ayudando a una amiga. Mientras informéis de cualquier pista con la que os topéis, simplemente nos estáis ayudando en la investigación.

Judith le dio las gracias a Tanika y colgó con una ligera sensación de inquietud. ¿Desde cuándo no le importaba a Tanika que investigaran uno de sus casos? Aquello era muy raro.

Tras apartar ese pensamiento, Judith cruzó el recibidor y encontró a Becks, Suzie y Jenny en la habitación de la entrada trasera. Había una hilera de impermeables colgados de ganchos en un lateral y, debajo, varios tipos de botas de senderismo y de goma, además de dos lavabos de porcelana en el otro lado.

—Y bien, ¿qué tenemos? —preguntó al entrar.

—Envidia —repuso Becks desde el extremo de la hilera de botas.

—Estoy con Becks —coincidió Suzie—. Tener todo este espacio. Una habitación entera solo para los abrigos y las botas.

—Lo sé —admitió Jenny, que miró a su alrededor agradecida—. Cuando era pequeña, yo no tenía nada. Nada en absoluto. Me decía que no necesitaba nada. Y no lo necesito, de verdad que no. Pero no tener preocupaciones es agradable. Sentirse seguro, para variar.

Una oleada de tristeza arrolló a Jenny.

—¿Quiere hacer un descanso? —le propuso Becks.

—Sí, creo que sí. Necesito alejarme de este sitio. Conducir, despejarme.

—¿Quiere que la acompañemos alguna de nosotras?

—No, estoy bien. Ustedes quédense aquí y sigan buscando el testamento.

—¿Hay algún sitio en particular en el que cree que deberíamos buscar? —le preguntó Judith.

—No, busquen donde se les ocurra. No hay ningún lugar prohibido. Desmantelen la casa, quiero que aparezca el testamento de Peter.

Después de que Jenny se fuera, Becks informó a Judith de los sitios en los que habían buscado ya.

—En esta habitación no hay ningún testamento —aseguró—. Hemos mirado en todos los armarios y en todos los bolsillos de los abrigos.

—Y en las botas —agregó Suzie.

—Me figuro que no hay ninguna del número cuarenta con un corte en la suela izquierda, ¿no? —se interesó Judith.

—Aquí no hay ninguna Hunter de mujer —puntualizó Becks—, lo cual no es de extrañar.

—¿Por qué? —quiso saber Suzie.

—Porque las Hunter dejaron de estar de moda hace por lo menos diez años.

—Espera un momento —pidió Suzie, que quería asegurarse de que había oído bien—. ¿Me estás diciendo que hay una moda en las botas de agua?

—Claro.

—¿En serio?

—No sé por qué te sorprende tanto. Hay una moda en todo.

—Y dime, ahora mismo, ¿cuáles son las botas de agua que están de moda?

—Es fácil: Le Chameau Vierzonord.

—Perdona, ¿qué?

—Es lo que lleva Kate, la princesa de Gales.

Suzie se tomó un momento para asimilar la información.

—Tengo muchas preguntas —dijo—. Aunque no creo que quiera oír ninguna de las respuestas. Pero, contestando a tu pregunta, Judith, ninguna de estas botas tiene un corte en la suela izquierda.

Las mujeres decidieron buscar en otra parte y se trasladaron a la cocina. Después de casi media hora de búsqueda, nuevamente concluyeron que ni detrás de las latas de tomate pera ni en los tarros de cristal de pasta había ningún testamento. Y lo mismo en la sala de estar. No encontraron ningún sobre escondido debajo de los cojines o detrás de los óleos de la pared.

—¿Alguien tiene la impresión de que estamos perdiendo el tiempo? —planteó Suzie.

—Bobadas —negó Judith—. Cada vez que peinamos una habitación aprendemos algo nuevo.

—Sí, que seguimos sin dar con el testamento.

—Probemos arriba —propuso Judith—. Sugiero que empecemos por la habitación de Tristram.

A las mujeres les resultó fácil averiguar cuál de las habitaciones era la de Tristram antes de que lo echaran de casa. Las paredes estaban llenas de carteles de obras de teatro y había estanterías de libros sobre interpretación y obras de teatro publicadas.

Al comenzar la búsqueda, Judith se sorprendió mirando los carteles de teatro. Reparó en uno de una obra titulada *Savonarola*, en la que el rostro de Tristram aparecía en primer plano y en el centro, con la cara de otros cuatro actores ligeramente por detrás. Bajo la imagen, un texto explicaba que la obra se representaría en el British Council de Florencia. ¿Así que esa era la función que había estado haciendo Tristram cuando tuvo un amorío con uno de sus compañeros y se negó a volver a casa?

Judith escudriñó los rostros del cartel, todos eran hombres. ¿Se había enredado Tristram con uno de los hombres del elenco o había alguna mujer relacionada con la producción que no aparecía en el cartel? Judith miró el resto de los nombres que figuraban y vio que el director y el productor de la obra también eran varones. Decidió almacenar la información para otro momento.

—Aquí tampoco hay ningún testamento —afirmó Suzie, exasperada.

—Venga, pues vayamos a otra habitación —resolvió Judith—. Ahora no podemos darnos por vencidas.

—Sí que podemos, ¿sabes? Podemos darnos por vencidas e irnos a tomar una tacita de té a alguna parte. Con una porción de tarta.

—Pero le hemos prometido a Jenny que buscaríamos por todas partes —objetó Becks—. No podemos decepcionarla. Vamos —las animó mientras se dirigía hacia la puerta—. Creo que a continuación deberíamos buscar en el dormitorio de sir Peter y Jenny.

Sin embargo, en esa habitación sucedió lo mismo. Buscaron debajo de la cama y del colchón, en el baño en suite, y Suzie incluso miró hacia arriba por dentro de la pequeña chimenea del rincón.

—Si hubiese un testamento escondido en la chimenea, se habría quemado hace años —razonó Becks.

—No si nadie ha encendido fuego desde que murió sir Peter —replicó Suzie.

—¿Y bien? ¿Está ahí dentro el testamento?

—Da la casualidad de que no.

Mientras Becks y Suzie discutían, Judith recordó que Jenny había dicho que había subido a la habitación a fumar. Fue con Suzie a la chimenea y vio un paquete de tabaco con un encendedor barato encima.

—Podrías ponerte a buscar tú también —dijo Suzie a Judith, malhumorada.

—Sí, desde luego —respondió esta—. Solo estaba dándole vueltas a lo que pasó.

Judith miró a su alrededor y decidió registrar un armario que había cerca.

—Cuanto antes terminemos con esta habitación, antes podremos irnos a casa —espetó Suzie.

—Con todo, tenemos que ser meticulosas —recordó Becks—. Porque, si demostramos que no hay ningún testamento en la casa, esa información será útil, ¿no?

—¿Tú crees?

—Y aunque no encontremos el testamento, siempre podemos dar con alguna cosa interesante, quién sabe —opinó Judith mientras miraba en el armario.

Su tono captó la atención de sus amigas.

—¿Has encontrado algo? —le preguntó Becks.

Judith se agachó y cogió algo de la parte inferior del armario, al fondo.

—¿Qué? —quiso saber Suzie.

—Es curioso, porque en su momento me pareció raro.

—¿El qué?

—El puño del abrigo de Rosanna.

—¿Qué concretamente?

—Pues que esa mujer iba de punta en blanco, impecable. El abrigo era nuevecito. Y sin embargo, en uno de los puños faltaba un botón.

—¿Y? —inquirió Suzie, que se había perdido hacía un rato.

—Los demás botones del abrigo eran dorados, con forma de nudo. Así que, en respuesta a tu pregunta, en vista de que perdió un botón del abrigo ese día, lo que me gustaría saber es cómo es posible que lo acabe de encontrar en el armario de la habitación de sir Peter y Jenny.

Judith abrió la mano y las tres vieron un botón dorado en la palma.

Capítulo 15

El despacho de los Bailey ocupaba una de las oficinas de Old Barrel Store, una antigua fábrica de cerveza de ladrillo situada en una bocacalle de Marlow High Street. A Rosanna le sorprendió ver a Judith y a sus amigas a la puerta, pero las hizo pasar a un despacho oscuro en el que había un par de sillones de piel junto a una chimenea, óleos y mapas antiguos de las propiedades de la familia en las paredes y un gran escritorio con montones de papeles. En muchos sentidos, a Judith le recordó a una versión más ordenada del estudio de sir Peter.

—Lo siento, pero solo puedo dedicarles unos minutos —se disculpó Rosanna mientras volvía a su mesa—. Tengo que estar en Hambleden dentro de media hora. He quedado con un funcionario de urbanismo para hablar de unas obras.

—No se preocupe, no le robaremos más tiempo del necesario —le aseguró Judith—. Solo queremos saber cómo acabó el botón de su abrigo rojo en el armario de su padre el día que este murió.

Después de decirlo, Judith dejó el botón dorado en la mesa.

Rosanna apenas reaccionó.

—¿Qué es esto? —preguntó al tiempo que lo cogía.

—Un botón del abrigo que llevaba usted en la fiesta.

—¿Me está diciendo que lo encontró en el armario de mi padre?

—En su dormitorio.

—Tiene usted razón. Parece el botón que perdí en la fiesta. No sé cómo pudo acabar en el armario. ¿Es todo?

Rosanna se levantó, pero Suzie no estaba dispuesta a dejar las cosas así.

—Desde luego que no —replicó mientras daba un paso hacia Rosanna que solo podía interpretarse como amenazador—. Estaba usted escondida en el armario, ¿no es verdad? Así es como llegó el botón hasta allí.

—Suzie está en lo cierto —corroboró Judith—. Por eso tenía usted una expresión tan culpable la primera vez que hablamos y le pregunté quién había salido al balcón cuando sir Peter murió. No vio a Jenny desde el jardín, ¿me equivoco? Estaba usted en la misma habitación que ella.

Tras verse presionada primero por Suzie y después por Judith, Rosanna miró a Becks para ver qué iba a decir, pero esta sacudió la cabeza a modo de disculpa, como para darle a entender que esa conversación la incomodaba tanto como a Rosanna.

—Hay más de una forma de explicar cómo pudo llegar hasta ese sitio —adujo con cautela Rosanna.

—Pero solo una es cierta —objetó Judith—. Y será mejor que nos la cuente a nosotras, porque, si no lo hace, quien se lo preguntará será la policía.

Rosanna casi estaba impresionada.

—¿Me están *chantajeando*?

—Naturalmente que no —negó Judith, y sacó su lata de caramelos de viaje y la abrió—. Tan solo señalando que no es preciso que de esta conversación quede constancia formalmente, a diferencia de lo que sucedería con la policía. Estoy segura de que existe una explicación de lo más inocente de por qué estaba usted escondida en el armario de la habitación de su padre y de Jenny el día que mataron a su padre. ¿Un caramelo?

Judith le ofreció la lata a Rosanna.

—Muy bien —repuso esta, desechando el ofrecimiento—. Porque tiene usted razón. Hay una explicación de lo más inocente. Para empezar, debería usted saber que no tenía intención de esconderme.

Judith tapó la lata.

—Desde luego —convino.

—La culpa de todo esto la tiene el puñetero testamento de mi padre.

—¿En qué sentido?

—Me enteré de que había cambiado el testamento poco antes de Navidad.

—Pero vi su reacción cuando Andrew Husselbee nos lo contó. Pareció usted sorprendida.

—Tristram no es el único actor en la familia.

—¿Cómo lo averiguó?

—Me lo contó Chris, el jardinero. Había estado recortando unos setos y había encendido una hoguera. Esto fue un par de semanas antes de Navidad. Ya saben el poder de atracción que ejerce el fuego. Nos pusimos a charlar y me preguntó si sabía lo que ponía en el nuevo testamento de mi padre. Me chocó. Como ya les comenté, mi padre siempre decía que no tenía elección en lo tocante al testamento.

El título de baronet y el patrimonio llevaban cientos de años recayendo en el primogénito varón. Todo tenía que ir a parar a Tristram. Pero yo también sabía que mi padre y Tristram habían discutido, así que, si ahora cambiaba el testamento, solo había una conclusión lógica: debía de haberme legado parte del patrimonio. O todo. Lógicamente, Jenny habría tenido lo que le correspondiese en cuanto se casara con mi padre, desde luego, pero aquí lo importante no eran los próximos años. Lo importante era la certeza de que, cuando mi padre y Jenny murieran, el testamento reflejase que soy el único miembro de la puñetera familia que trabaja. Merezco mi parte.

—Sí, Jenny mencionó lo bien que se le da a usted su trabajo —apuntó Judith.

—¿Ah, sí? —inquirió, sorprendida, Rosanna—. No estaba segura de que se diese cuenta, como siempre estaba tan volcada en mi padre... La cuestión es que, cuando supe que había un testamento nuevo, ya no pude pensar en otra cosa. Y ya sabe lo que pasa cuando una no deja de darle vueltas a algo y empieza a volverse un poco loca. No tardé en intentar abrir la caja fuerte de mi padre siempre que iba de visita. Sabía que lo habría guardado allí. Peor incluso, la verdad es que empecé a ir a White Lodge solo para intentar abrir la caja fuerte.

»Probé con todas las combinaciones que se me ocurrieron: el cumpleaños de mi padre, el de Jenny, el de Tristram, el mío. Su número de la seguridad social, el día que se casó con mi madre y hasta su cumpleaños. Pero no hubo manera. Y hablamos de la habitación de Jenny y mi padre, que estaban entrando y saliendo todo el tiempo, ya que se estaban preparando para la boda. Pero, cuando llegó el día de la fiesta, supe que tenía otra oportunidad. Vi que mi padre y Jenny estaban charlando fuera con sus amigos, así que entré en casa y fui arriba. Tenía un listado de números nuevos en el móvil que quería probar, pero ninguno de ellos abrió la caja fuerte.

—¿No? —preguntó intencionadamente Judith.

—Ese día, al igual que los anteriores, no fui capaz de abrirla. En cualquier caso, en cuanto me puse a ello, oí voces airadas fuera. Y, cuando me quise dar cuenta, oí que alguien subía por la escalera. No me podía arriesgar a que me pillaran tratando de abrir la caja fuerte (¿qué impresión habría dado?) y no tenía tiempo para pensar, así que me escondí en el armario. Y yo diría que justo a tiempo. Era Jenny. La vi cuando yo cerraba la puerta.

—¿La vio ella a usted? —quiso saber Judith.

—No. Fue directa a la chimenea. Estaba disgustada.

—¿Qué pasó después?

—No lo sé. No lo podía ver. Pero sí la oí, y creo que se encendió un cigarrillo.

—Sí, eso nos contó ella.

—Sabemos desde hace siglos que a veces fuma un cigarrillo a escondidas con mi padre.

—No lo entiendo —admitió Becks—. Era su enfermera.

—Lo sé. Y lo era cuando llegó. Consiguió que mi padre llevase un diario de comidas, que bebiera menos y que tomara esos *smoothies* asquerosos que parecían solo de col rizada. Y funcionó. Mi padre perdió mucho peso, logró controlar la diabetes; un milagro, la verdad. Jenny era una buena influencia. Pero para mantener a raya a mi padre hacía falta tener mano dura. Siempre fue así. Y a él siempre se le dio bien corromper a las personas. Hacer que tomen una copa más de vino o que repitan en la comida. «La vida es para vivirla», decía a cualquiera que quisiera escucharlo. Y no sé cómo pasó, pero empezó a volver a sus viejas costumbres, y esta vez dio la impresión de que Jenny se lo permitía.

—¿Estaban saliendo por aquel entonces? —inquirió Becks.

—No lo sé. Ahora que lo pienso, supongo que sí. Cuando dejó de ser la enfermera de mi padre y pasó a ser su novia, Jenny empezó a tener menos control sobre él. Y él más sobre ella.

—Decía usted que estaba dentro del armario, ¿no? —preguntó Suzie, que quería que Rosanna volviera a centrarse.

—Y decidí salir para admitir lo que había estado haciendo. Soy una mujer adulta, no debería esconderme en armarios. Pero entonces oí el tremendo golpe abajo. Me atreví a abrir la puerta del armario una rendija y vi que Jenny salía al balcón. Durante una décima de segundo me planteé salir corriendo, pero no tuve agallas y cerré la puerta. Y menos mal, porque nada más hacerlo, Jenny entró, cruzó la habitación y bajó corriendo. Yo tenía tanta adrenalina que tardé un minuto o dos en recuperarme. Entonces oí jaleo abajo. No sabía lo que estaba pasando. Al final, salí del armario, bajé y averigüé lo que había sucedido. Supongo que así es como acabó ese botón en el armario. Se me debió de enganchar con algo cuando estaba escondida dentro.

Rosanna miró a las mujeres como si lo que acababa de contar fuese más bien normal y aburrido. Judith se preguntó qué haría falta para sacudir a esa mujer. Estaba claro que era alguien que concedía una gran importancia a no perder nunca el control. Sin embargo, Judith no pudo evitar darse cuenta también de que Rosanna había admitido que, cuando la conoció y fingió sorprenderse al oír la noticia de que había un nuevo testamento, su reacción había sido solo eso, algo fingido, y Judith sabía que había sido de lo más convincente. Así que, ¿por qué iba a creer ahora lo que dijera?

—Ustedes creen que alguien mató a mi padre, ¿no es verdad? —les preguntó Rosanna.

—Sí —confirmó Judith.

—¿Le sorprende? —le preguntó Becks.

—Pues sí. Mi padre era un viejo al que nadie respetaba. Un hazmerreír. ¿Quién querría matarlo?

—¿Sabe que a su padre le preocupaba que Tristram quisiera matarlo? —le preguntó Suzie.

Rosanna se rio, pero la risa no era muy sana.

—Eso es imposible —repuso—. En serio. Tristram siempre ha sido un niño mimado. Se enrabieta si no se sale con la suya, pero no podría hacerle eso a su propio padre.

—¿Se lleva usted bien con su hermano? —se interesó Becks.

—Es complicado —admitió ella—. Lo quiero, pero me saca de quicio. Es impaciente, ese es su problema. Aunque es buen actor, se niega a aceptar los trabajillos que le ofrecen en teatros pequeños del país. O a ser secundario en funciones más importantes en Londres. Dice que es mejor que eso. Y luego, cuando no trabaja, se queja.

—¿Sucede eso a menudo, que no trabaje? —quiso saber Becks.

—Creo que lleva sin hacer nada más de un año.

—Y ¿de dónde saca el dinero?

—Mi padre le pasa una pequeña asignación. Y vivir en White Lodge le sale gratis.

—¿Dónde está viviendo ahora?

—En casa de mi madre. Vive en esa calle de casas adosadas que hay frente a lo que antes era el supermercado Waitrose. Pero, en respuesta a su pregunta, apuesto a que Tristram diría a sus amigotes que ojalá su padre muriera para poder heredar, pero no creo que lo dijese en serio. De verdad que no. Aunque sea una locura decirlo, pese a todas sus quejas, quería a mi padre.

—Jenny ha dicho que eran demasiado parecidos.

—Sí, solíamos comentar que estaban cortados por el mismo patrón. Tan egocéntricos y, sin embargo, tan susceptibles a su manera. Una combinación bastante tóxica.

—Entonces, ¿cómo puede estar tan segura de que no fue el responsable de la muerte de su padre?

—Tristram no tiene agallas.

La respuesta de Rosanna dejaba traslucir tanta ira que a Judith le dio una idea.

—¿Cabe la posibilidad de que tuviese un cómplice? —preguntó—. ¿Alguien con más valor que él, si por sí solo no podía encargarse?

Rosanna pareció sorprendida, culpable incluso.

—¿Cómo dice? —inquirió, pero solo para retrasar la verdadera respuesta.

—Hay alguien más, ¿no? —insistió Suzie con cierta impaciencia.

Rosanna no sabía qué decir, y las mujeres vieron que desviaba la mirada hacia la pared donde había un árbol genealógico enmarcado, escrito con una caligrafía desvaída. Los nombres y las líneas que unían a los distintos miembros de la familia Bailey se remontaban cientos de años atrás.

Rosanna miró de nuevo a las mujeres.

—No —afirmó.

—Eso no es verdad —porfió Suzie—. Hay alguien.

—No lo hay —negó Rosanna, que cerró el ordenador portátil y lo desenchufó—. Y ahora me tengo que ir. Si continúan insistiendo en que a mi padre lo mataron, lo único que puedo decir es que estoy segura de que no fue Tristram (ni ningún cómplice suyo) y, desde luego, yo tampoco. Como acaban de demostrar, sin querer, con ese botón: estaba arriba, metida en un ropero, cuando el armario le cayó encima a mi padre. Supongo que debería estar agradecida de que haya aparecido —añadió Rosanna, que cogió el botón de su mesa y se lo metió en el bolsillo—. Es mi coartada.

Rosanna salió del despacho y una Judith profundamente frustrada fue detrás con sus amigas.

—Ese árbol genealógico no la protegerá —observó mientras Rosanna comenzaba a quitarle el candado a una bicicleta—. Toda esa historia... y toda ella en manos de los hombres. Igual que su futuro ahora está en manos de su hermano.

—No sé de qué me habla —aseguró Rosanna.

—Usted es la primogénita, la que hace todo el trabajo, pero Tristram está a punto de convertirse en su jefe. Será él quien herede. Y querrá mangonearla, ¿me equivoco? Porque las dos sabemos que lo hará. De hecho, apuesto a que se muere de ganas de decirle a usted lo mal que ha administrado el patrimonio todos estos años. Que él lo hará todo mejor. Y lo irónico del asunto es que lo echará a perder todo, ¿a que sí? —añadió Judith, sorprendida al ocurrírsele de repente la idea—. Porque no es como usted. No es brillante. Ni trabajador. Pero se cree superior a usted, el típico hombre.

Rosanna vaciló, y de nuevo las mujeres vieron que se planteaba decir algo. Judith estaba encantada consigo misma al ver que por fin había conseguido sacudir a Rosanna.

Pero después la joven se cerró en banda.

—Se equivoca usted —aseguró—. Tristram y yo formamos un buen equipo. Siempre lo hemos formado. Juntos administraremos el patrimonio de fábula. Y ahora, me tengo que ir a Hambleden.

Dicho eso, Rosanna se subió a su bicicleta y se fue pedaleando.

—¿Por qué lo protege? —inquirió Suzie.

—No lo entiendo —convino Judith—. Él no la protegería a ella, eso desde luego.

Becks se sobresaltó cuando notó que le vibraba el móvil. Lo sacó, lo miró subrepticiamente, se puso muy roja y se guardó de nuevo el teléfono en el bolso.

—¿Va todo bien? —le preguntó Judith.

—Lo cierto es que me tengo que ir.

—¿Sí? —probó Suzie, al ver lo azorada que estaba su amiga.

—Nada importante. Cosas de la iglesia. Bastante aburridas, en realidad. Pero será mejor que me vaya. Ahora mismo.

—¿Necesitas ayuda? —se ofreció Judith.

—¡No! —exclamó Becks, despavorida, antes de recuperar el aplomo—. Te lo agradezco, pero no es nada. Aunque me tengo que ir ya, de verdad. Os veo luego.

Antes de que se descubriera más, Becks echó a correr High Street abajo hacia la casa parroquial.

—¿Qué ha sido eso? —preguntó Suzie.

Las mujeres vieron que Becks dejaba atrás la casa parroquial.

—Vale, así que a la casa no va —advirtió Suzie—. Supongo que irá a la iglesia, puesto que ha de ocuparse de cosas de la iglesia. Sería lo lógico.

Justo antes de llegar a la iglesia, Becks se metió por uno de los pequeños callejones que entrecruzaban la ciudad y desapareció de su vista.

—Un momento —dijo Suzie, y miró a Judith, puesto que sabía que las dos estaban pensando lo mismo—. ¿Adónde va?

—Esa es una muy buena pregunta.

—Deberíamos seguirla.

—¿Qué?

—Vamos, sé que quieres saber qué está pasando tanto como yo. Porque tienes razón, Becks está distinta, ¿no? Se asustó cuando le preguntamos por el anillo nuevo. ¿Y por qué ahora recibe llamadas telefónicas misteriosas de las que no nos puede hablar?

Judith se mordió el labio unos segundos.

—Es verdad, lo admito. Andando —dijo, y fue detrás de su amiga.

Cuando las dos mujeres llegaron a la entrada del callejón, se detuvieron derrapando, se tomaron un instante para prepararse mentalmente y asomaron la cabeza. A Becks no se la veía por ninguna parte, así que enfilaron el callejón lo más deprisa que pudieron y, al llegar al final, pararon ruidosamente. Tras asomar la cabeza de nuevo, vieron que

Becks pasaba por delante del pub Two Brewers y se metía en una calleja.

Procurando ser lo más invisibles posible, aunque en realidad no lo eran en absoluto, Judith y Suzie cruzaron la acera y entraron en la calle justo a tiempo de ver que Becks corría hacia una casa adosada. Vieron que se pasaba las manos por el pelo, respiraba hondo y tocaba el timbre.

Poco después la puerta se abrió, un hombre de pelo moreno y unos cuarenta años salió y abrazó a Becks antes de invitarla a pasar. Momentos después, Becks apareció en la ventana de la planta de arriba y corrió la cortina.

Judith y Suzie se miraron, completamente atónitas.

—Por eso no nos podía contar lo del anillo —logró articular al cabo de un rato Suzie.

—No me lo puedo creer —afirmó Judith, pero era evidente que coincidía con su amiga—. Becks no.

—¿Te refieres a una mujer que está casada con uno de los hombres más aburridos del mundo? Seamos sinceras, solo hay un motivo por el que una mujer casada visitaría a escondidas a un hombre en su casa a plena luz del día, iría arriba con él y echaría la cortina para que nadie vea nada.

Judith miró a su amiga y fue consciente de que coincidía con ella.

Becks estaba teniendo una aventura, ¿o no?

Capítulo 16

Sentada a su mesa en la sala del grupo, Tanika pugnaba por contener la frustración que sentía. No era tanto que el inspector Hoskins hubiese recuperado su antiguo puesto, aunque en su opinión el momento que había elegido para volver no podía ser más sospechoso. Lo que le fastidiaba era que se notaba que el inspector estaba perdiendo interés en el caso Bailey. Tras revisar las pruebas, se frotó el mentón como si sopesara los hechos y a continuación anunció a su equipo que no veía que alguien pudiera haber empujado el armario y después hubiese salido de una habitación que estaba cerrada con una llave que habían encontrado en el bolsillo del difunto. Hoskins escuchó con atención todas las objeciones de Tanika, a la que pese a todo le seguía pareciendo sospechosa la muerte —esa siempre había sido la forma de hacer las cosas del inspector Hoskins, escuchar atentamente las opiniones de los demás—, y dijo que no cambiaría de parecer. Esa también había sido siempre su forma de hacer las cosas.

No ayudó mucho que Tanika no encontrara nada que demostrase cómo pudo salir el asesino de la habitación cerrada después de empujar el armario para que le cayera encima a sir Peter. Todos los cerrajeros con los que su equipo se había puesto en contacto habían dicho que no habían hecho un duplicado de la llave del estudio, y la mayoría aseguró que, aunque quisieran, no serían capaces. Era una llave muy antigua. Más frustrante aún fue que, cuando desmontó la cerradura, el cerrajero forense no encontró ninguna limadura metálica de una llave de factura reciente. Lo único que encontró fue polvo, óxido y viejas virutas de hierro de la llave antigua acumuladas a lo largo de las décadas.

En cuanto al nuevo papel que desempeñaba en el equipo, a Tanika le costaba no tomarse como algo personal que la hubiesen degradado a gestora de documentos. No es que no fuese una labor importante —asegurarse de que todas las pruebas se registraban y vinculaban correctamente era de vital importancia—, pero dicho cometido suponía una bajada de categoría para la persona que escasos días antes era investigadora jefa en funciones.

Tanika retomó la tarea de etiquetar copias escaneadas de los extractos bancarios de sir Peter de los seis últimos meses. Sabía que sus sentimientos personales no eran excusa para ser chapucera, así que, antes de subir cada extracto, revisaba todas las entradas. Después de todo, parecía de sentido común cerciorarse de que estaban bien digitalizadas. Por desgracia, aparte del hecho de que el banco de sir Peter era Coutts, una división de banca privada, la cuenta personal del aristócrata no era muy interesante. El saldo era de poco más de veinte mil libras. Sir Peter no gastaba dinero en servicios ni en facturas domésticas —Tanika supuso que habría otra cuenta bancaria para cubrir esos gastos—; esa cuenta era únicamente una larga lista de facturas de restaurantes, pubs y taxis, pedidos al club de vinos Wine Society y distintos pagos al Royal Automobile Club de Londres. Ninguna de esas facturas era excesiva... hasta que a Tanika le llamaron la atención cuatro retiradas de efectivo justo antes de Navidad. Todas ellas ascendían a cinco mil libras y se habían sacado los días 17, 19, 22 y 23 de diciembre.

Al volver atrás en la cuenta, Tanika vio que a principios de diciembre el saldo era de más de cuarenta mil libras. Comprobó el extracto de noviembre y vio que el saldo asimismo rondaba las cuarenta mil libras. Y lo mismo en octubre. De hecho, Tanika pudo comprobar los extractos de todo el año y el saldo de sir Peter nunca bajaba de las cuarenta mil libras. Y el hombre tampoco sacaba nunca una cantidad superior a unos cientos de libras.

Las cuatro visitas al banco para retirar veinte mil libras poco antes de Navidad eran anómalas, sin lugar a dudas. ¿A qué se debía? ¿Era dinero para hacer regalos? Parecía demasiado, y, si sabía que iba a necesitar veinte mil libras en efectivo, ¿por qué no sacar ese dinero de golpe en lugar de en pequeñas retiradas a lo largo de los días?

Pero Tanika se dio cuenta de que era más que eso. Había algo en las retiradas —o en los días en los que se habían efectuado— que le recordaban a algo. ¿A qué? Tanika era muy metódica, así que sacó la libreta y anotó las cuatro fechas en las que sir Peter había sacado dinero. El subconsciente le quería decir algo al respecto, pero ¿qué? Se sorprendió pensando distraídamente que resultaba extraño que entre las dos primeras fechas había un día y, después de un lapso de dos días, las diez mil libras restantes se habían sacado en días consecutivos.

Cuando pensó en los días consecutivos se percató de qué era lo que la inquietaba y, por suerte, Tanika se encontraba en el lugar adecuado para comprobar si estaba en lo cierto.

Echó mano del historial de mensajes de sir Peter y abrió las capturas de pantalla del intercambio de mensajes que el aristócrata había borrado. La memoria no le había fallado: aunque el texto había desaparecido, la fecha y la identidad del autor del mensaje no. Así pues, vio que cada mensaje estaba fechado justo un día antes de las respectivas retiradas de cinco mil libras en efectivo. Los mensajes borrados se habían recibido los días 16, 18, 21 y 22 de diciembre y el dinero se había sacado el 17, 19, 22 y 23 de diciembre.

Para Tanika era evidente: alguien había enviado un mensaje a sir Peter para pedirle cinco mil libras —en efectivo— en cuatro ocasiones y sir Peter había ido a su banco el día siguiente, había sacado el dinero y lo había entregado. También se había asegurado de borrar el mensaje en el que le pedían dinero y su respuesta.

Tanika recordó que cuando estaba al frente del caso le había pedido a uno de los miembros de su equipo que identificara el número de teléfono que había enviado los mensajes a sir Peter. Cuando comprobó el documento pertinente en el ordenador, le satisfizo ver que la captura de pantalla del intercambio ahora contenía un hipervínculo. Hizo clic en el enlace y averiguó que los mensajes que le habían llegado a sir Peter se habían enviado desde un número virtual que estaba registrado a nombre de una empresa ubicada en las islas Vanuatu, en el Pacífico Sur.

Ahora ya no tenía la menor duda: lo que fuera que pasase entre sir Peter y el misterioso autor de los mensajes era oculto en el mejor de los casos e ilegal en el peor. Tanika empezó a salir de la sala del grupo antes de que hubiese decidido de manera consciente qué hacer con esa información. Cuando se sorprendió ante el despacho del inspector Hoskins, llamó una vez y entró sin esperar a que la invitase.

—Jefe —dijo, y se detuvo al ver que el inspector Hoskins estaba reunido con el superintendente—. Siento interrumpir —se disculpó.

—No, pase, subinspectora —repuso el inspector Hoskins, y Tanika recordó lo cordial que era su jefe cuando estaba delante de sus superiores.

—Confío en que no le importe la reasignación —observó el superintendente, un hombre al que, en opinión de Tanika, definía casi por completo el cansancio que parecía tener siempre—. Precisamente le estaba diciendo al inspector Hoskins lo bien que defendió usted el fuerte en su ausencia. Me figuro que tendrá intención de presentarse al examen de acceso a inspectora, ¿no?

Tanika aún estaba intentando ubicarse en la conversación.

—¿Cómo dice, señor?

—Puesto que ejerció de inspectora el año pasado, espero que realice el examen formal.

Daba la casualidad de que Tanika no se había parado a pensar mucho en ello. Había estado tan ocupada manteniéndose a flote —haciendo su trabajo lo mejor posible, ayudando a cuidar de su hija y encargándose de su padre— que tan solo había abrigado una vaga esperanza de que el inspector Hoskins permaneciera de baja por enfermedad todo lo posible.

—Un sentimiento que refrendaría —terció el inspector

Hoskins, que quería cambiar de tema—. Y bien, ¿qué hay que valga la pena interrumpir esta reunión?

Tanika contó que sir Peter había recibido cuatro mensajes de texto de lo que parecía un teléfono móvil de prepago registrado en las islas Vanuatu y que había borrado cada uno de esos mensajes y su respuesta antes de sacar cinco mil libras en efectivo el día siguiente de recibirlos.

—No es así como se comporta un hombre que no tiene nada que ocultar —concluyó.

Tanika vio que el superintendente observaba al inspector Hoskins para ver cómo reaccionaba.

—Estaría de acuerdo con usted —convino el inspector, y Tanika sintió una oleada de entusiasmo. Por fin iban a tratar el caso con la seriedad que merecía—. Sin embargo —continuó—, todo el mundo tiene secretos. Cosas que no querría que supiera el resto del mundo. Yo los tengo. Y aunque sir Peter estuviese metido hasta el cuello en el trato dudoso que fuese, la autopsia dejó claro que murió cuando el armario le cayó encima. No se encontraron toxinas ni sustancias extrañas en su cuerpo. Nada salvo un poco de alcohol, que, no es preciso que le recuerde a usted, le habría nublado el juicio. Y lo encontraron solo en una habitación cerrada, cuya única llave se encontró en su bolsillo. Así que, con independencia de lo que estuviera pasando en la vida de sir Peter, ¿con qué verosimilitud podemos decir que lo asesinaron?

—Es una muerte sospechosa, señor.

—Y ahí es donde me temo que vuelvo a disentir con usted. No existe tal sospecha. Le cayó una puñetera mole encima.

—Pero ¿cómo cayó? Y ¿por qué en ese preciso instante?

Se iba a casar al día siguiente. Y el testamento todavía no ha aparecido.

—Desaparecen testamentos todo el tiempo. Y, si está tan segura de que fue un asesinato, ¿cómo cree que el asesino salió de la habitación después?

Mientras hablaba, el inspector Hoskins guiñó un ojo al superintendente en una señal de complicidad que ni siquiera intentó que Tanika no viese.

En lugar de perder los nervios con esos dos hombres que eran sus jefes inmediatos, Tanika se sorprendió disfrazando la rabia que sentía de una aparente aquiescencia, como hacía siempre.

—No lo sé, señor.

—El motivo por el que no lo sabe es que es imposible, como usted misma acaba de admitir. Ya estamos bastante sobrepasados como para intentar resolver asesinatos que no se han perpetrado. Le sugiero que termine de subir las pruebas necesarias, después le buscaré un asesinato real en el que pueda ayudar.

—Sí, señor —respondió Tanika, y esbozando una sonrisa tensa se dio media vuelta y salió del despacho.

Cuando se dirigía a su mesa, Tanika ya sabía que la intransigencia del inspector Hoskins solo le dejaba una alternativa. Porque, si su jefe no pensaba tomarse en serio el caso, ella conocía a tres personas que ya lo estaban haciendo. Mientras sopesaba lo que estaba a punto de hacer, no pudo evitar sonreír. Había llegado el momento de que la perfecta Tanika —la delegada de clase, hija, esposa y madre solícita— fuera por libre.

Capítulo 17

Después del encuentro clandestino de Becks con el hombre de mediana edad el día anterior, Judith y Suzie quedaron en verse urgentemente en la esclusa de Hurley Lock. Les iba bien a ambas, ya que Judith podía ir andando desde su casa y Suzie podía llevar a algunos de sus perros a dar una vuelta.

Mientras *Emma* y una magnífica galga persa de color crema llamada *Princess* corrían por el campo describiendo amplios círculos, Judith y Suzie se sentaron en un banco poco más arriba de una hilera de chalanas amarradas.

—No le podemos decir a Becks que la seguimos. —Judith empezó la conversación con estas palabras—. No nos lo perdonaría. Yo misma creo que es imperdonable.

—No, claro —coincidió Suzie—, pero tenemos que decirle algo.

—No tenemos por qué. No podemos entrometernos.

—No... ya... claro. Lo que Becks haga con su vida no es asunto nuestro.

—Exacto.

Las mujeres permanecieron sentadas, sumidas en un silencio cómodo, mientras contemplaban a los perros.

—Aunque podríamos preguntarle directamente —sugirió Suzie.

—Desde luego que no —se opuso Judith con firmeza.

—No, claro —convino en el acto Suzie—. Tienes razón.

Las mujeres se callaron de nuevo, aunque Judith se dio cuenta de que Suzie se preparaba para tratar de convencerla otra vez.

—Lo debe de estar pasando fatal si está haciendo esto —opinó Judith, con la idea de pasar a otra cosa.

—En eso estoy contigo —dijo Suzie—. Siempre es perfecta. Si fuera feliz, jamás habría hecho esto. Y, por volver con lo que estábamos, si le dijésemos algo, ¿tú qué crees que podríamos decirle?

—Nada: acabamos de convenir en que no le diremos nada.

—Lo sé, y así será, te lo prometo. Pero si lo hiciésemos (es todo cuanto estoy diciendo), si lo hiciésemos, ¿qué le diríamos?

Judith lanzó un suspiro. Suzie no se daría por vencida.

—Creo que le diríamos que puede contar con nosotras si nos necesita. Que sea lo que fuere por lo que está pasando, estamos de su lado y puede hablar con nosotras siempre que quiera.

—Genial. Y después le preguntaríamos a quién se está tirando, ¿no?

—¡No, ni hablar!

—¿Por qué no?

—¡Porque no es asunto nuestro! Suzie, mírame. Tienes que prometérmelo: no nos pasaremos de la raya, somos amigas de Becks.

—Está bien —aceptó Suzie, aunque la decisión no le

hacía gracia—. No te preocupes por mí, mis labios están sellados, no diré ni pío.

Judith miró a su amiga: no conocía prácticamente a nadie que fuese menos capaz de mantener sus promesas. Aparte de ella misma, claro estaba. Por eso disfrutaba tanto de la compañía de Suzie.

—Pero ¡qué coño! ¿Becks infiel? —exclamó Suzie, asombrada—. ¿Quién lo habría dicho?

—Lo sé, es increíble —convino Judith—. ¿Sabes qué? Creo que no siento el trasero.

Suzie soltó una risotada.

—Ya —repuso—. Hace demasiado frío para estar sentadas fuera en pleno invierno. Y, de todas formas, yo tengo que seguir. He quedado con un cuidador de perros.

—¿Qué?

—Tengo que hacer el programa de radio después, y a *Emma* me la puedo llevar al estudio: se sienta en un rincón sin hacer ruido y me mira, pero no puedo ir también con *Princess*.

—Espera, pero tú eres cuidadora de perros —afirmó Judith, que seguía confusa.

—Lo sé.

—Entonces, ¿para qué necesitas un cuidador?

—Pues porque a veces un cuidador necesita un cuidador —le respondió Suzie, un tanto irritada por la pregunta cuando se levantó del banco.

—Un momento, no sé si lo entiendo bien. Te pagan por cuidar de *Princess* y tú le das dinero a otro cuidador para que haga el trabajo por ti, ¿es eso?

—La alternativa es no cuidar de ella, y ya he dicho que no a bastante trabajo para hacer el programa de radio. Ojo, que el cuidador al que la llevo cobra más que yo, cosa que me toca bastante las narices, créeme. En Marlow los puñeteros cuidadores son caros.

Suzie llamó a los dos perros y, cuando afianzaba la correa al collar de *Emma*, Judith vio que la galga ni siquiera tenía collar: seguía unido a la correa que sostenía Suzie.

—¿De verdad es buena idea que la hayas dejado suelta sin el collar? —inquirió.

—Supongo que no —admitió Suzie al tiempo que le ponía el collar a *Princess*—. Pero su dueño nunca la deja correr en condiciones. Es un perro de concurso, ¿sabes?, y ese hombre está obsesionado con que el perro se rompa una pata y no pueda ganar más premios.

—Pero ¿qué tiene eso que ver con el collar?

Ahora que la galga volvía a tener el collar, Suzie señaló una piedra gris de plástico que se hallaba afianzada al collar con las chapas identificativas.

—Es un rastreador. Hay una aplicación que te permite ver dónde está el perro en tiempo real. Es para localizar a *Princess* si alguna vez se la lleva alguien. O si se pierde en el bosque. Pero, como descubrí la primera vez que la solté, también es para que su dueño me pueda espiar y esté seguro de que cuando le digo que nunca la suelto no le miento.

—Muy inteligente por tu parte —alabó Judith—. Pero ¿qué clase de dueño no deja suelto al perro?

—Estoy convencida de que el único motivo por el que *Princess* gana premios es porque le quito el collar y dejo que corra suelta. Es bueno para su salud.

—Seguro. Anda, vamos.

Las dos amigas empezaron a volver a Hurley. Tras dejar atrás la primera chalana, oyeron que detrás de ellas una voz de mujer decía:

—Me ha parecido que eran ustedes.

Al volverse, vieron a Rosanna en la cubierta de la embarcación.

—Ah, hola —la saludó Judith.

—¿Qué hace usted aquí? —le preguntó Suzie.

—Vivo aquí —contestó Rosanna al tiempo que señalaba la chalana, cogía la bicicleta de un soporte y la depositaba en la hierba.

—Es preciosa —afirmó Judith. Por las ventanas vio a una mujer que se movía dentro. Llevaba un jersey grueso y un pantalón de pijama de flores y tenía el pelo rubio liso con las puntas teñidas de un azul vivo.

—He estado pensando en lo que dijeron —observó Rosanna—. Ayer.

Suzie iba a contestar, pero Judith le clavó el codo en el costado para que no dijese nada.

—Y tienen razón —continuó la joven—. Tristram se lo va a cargar todo. —Había una vulnerabilidad (una fragilidad, incluso) en Rosanna que Judith no había visto antes—. Y, si es inocente, lo que yo les cuente dará lo mismo, ¿no? Pero antes dejen que les pregunte: ¿están completamente seguras de que mi padre creía que Tristram quería... en fin, esto es demencial, de que quería matarlo?

—Es lo que nos dijo Andrew Husselbee.

Al oír el nombre del abogado, Rosanna miró a la mujer que estaba dentro del barco.

—Si lo dice Andrew, será verdad —aseveró, casi para sus adentros—. Y, de todas formas, no sé si es importante, la verdad, pero creo que Tristram tiene novia a escondidas. Desde hace años. Alguien de quien no quiere hablarnos.

—¿Se lo ha preguntado?

—Unas cuantas veces, pero su vida privada es privada. Así son las cosas con Tristram.

—¿Qué nos puede decir de ella?

—Casi nada. Aunque el verano del año pasado, cuando yo estaba en White Lodge, sorprendí a Tristram susurrando ternezas por teléfono, y, cuando le tomé el pelo con ello, se puso como un tomate. Como si lo hubiera pillado infraganti.

—¿Qué clase de ternezas? —quiso saber Suzie.

—Pues que tenían que ser pacientes, que ya les llegaría el momento, que tenían que seguir apoyándose, esa clase de cosas.

—¿Y no tiene usted idea de con quién estaba hablando? —inquirió Suzie.

—Ni la más remota. Pero se comportó de un modo muy raro. Después, cuando le pregunté, negó incluso que estuviese hablando por teléfono.

—¿Por qué haría tal cosa? —preguntó Judith.

—No lo sé, pero es lo que les iba a contar ayer.

—Gracias —contestó Judith.

Rosanna esbozó una sonrisa triste, se subió a su bicicleta y, una vez más, se fue pedaleando.

—Vaya, este sí que es un giro interesante —comentó Suzie.

—Sí, ¿no? —coincidió Judith—. Aunque, si la conversación es como la recuerda Rosanna, a mí no me parece que su hermano estuviera hablando con una novia. Me parece que hablaba con un cómplice.

—Opino lo mismo.

A Judith le sonó el teléfono, así que lo sacó del bolso de mano para ver quién la llamaba.

—Es Tanika —dijo—. ¿Qué querrá?

Capítulo 18

Judith, Becks y Suzie estaban en Higginson Park observando a docenas de niños pequeños que gritaban y vociferaban mientras jugaban en los columpios y los toboganes. A Judith le encantaba ver jugar a los niños, el caos y el ruido que hacían. A menudo se sorprendía preguntándose cómo convertía la sociedad a esos espíritus libres en adultos grises. En esta ocasión, sin embargo, también miraba de vez en cuando a Becks. Saber que su amiga estaba teniendo una aventura había perturbado a Judith más de lo que le gustaba admitir. Suzie tenía razón: lo que pasaba era que Becks siempre hacía lo correcto. ¿Qué demonios le había sucedido para volverse una transgresora?

—Me encantan los columpios y los toboganes —dijo Suzie, y Judith sonrió: igual que a ella.

—Me acuerdo de cuando llevaba a mis dos hijos al parque —contó Becks—. Era cuando vivíamos en Greenwich. Sam se encaramó a aquella casa de madera rara, enorme, no sé cómo lo hizo, con lo peligroso que era.

—Pero apuesto a que luego bajó sin problemas, ¿a que sí? Los niños saben hacer esas cosas.

—Se cayó y se rompió el brazo. Fue uno de los peores días de mi vida.

—Oh —dijo Suzie, procurando no reírse, y Judith se dio cuenta de que también estaba sonriendo. Con o sin aventura, lo cierto es que Becks no podía evitar ser una persona aprensiva.

—No tiene gracia. ¿Por qué os reís de algo así?

—No, claro que no la tiene. Perdona, pero es que solo tú pensarías que los parques infantiles son trampas mortales.

—Y lo son, cuando no cuentan con la supervisión adecuada.

Una mujer de mediana edad con un plumífero gris que le llegaba hasta la rodilla vio a Suzie y se acercó.

—¿Es usted Suzie Harris, de Marlow FM? —le preguntó.

Suzie pareció crecerse.

—Sí —contestó.

—La escucho todos los días, creo que es usted increíble. ¿Me firmaría un autógrafo?

—¿Yo? —inquirió Suzie con sorprendente modestia mientras se metía la mano en el bolsillo y sacaba una tarjeta de visita y un bolígrafo—. Yo en realidad no soy nadie —afirmó mientras firmaba el dorso de la tarjeta con una floritura y se la daba a la mujer—. Lo importante son los oyentes. Ustedes son las verdaderas estrellas de la emisora.

—Muchas gracias —repuso la mujer antes de dirigirse a Judith y a Becks—. Su amiga es famosa —aseguró como si ese fuese el principio y el final del asunto. Después dio media vuelta y se fue.

Cuando se hubo marchado, Judith vio lo importante que

había sido la comunicación con esa mujer para Suzie. Su amiga estaba inflada como un pavo.

—¿Esto pasa a menudo? —quiso saber Becks.

—No —negó Suzie, rebosante de orgullo—. Esta ha sido la primera vez.

Judith no estaba segura de que la adulación de personas a las que uno no conocía fuese la fuente de autoestima más sana, pero se sorprendió recordando que la primera vez que vio a Suzie, su amiga estaba hablando con un equipo de televisión de noticias locales después de que Tanika le hubiese indicado expresamente que no hablara con ellos. Gozar de la atención de los medios siempre le había gustado.

—Hola a todo el mundo —saludó alguien a su lado, y las mujeres vieron que Tanika se había unido a ellas—. Gracias por acceder a que nos veamos así.

—Siempre estamos encantadas de poder ayudar —aseguró Judith—. Pero ¿a qué viene tanta intriga?

—Me han apartado del caso.

—¿Qué? —dijeron al unísono las tres mujeres.

—Bueno, no del todo. Pero me han degradado.

Las mujeres estaban indignadas.

—Pero si eres un hacha en tu trabajo —apuntó Becks.

—Es muy amable por tu parte.

—¿Amable? —repitió Judith—. Es la verdad. Punto.

—Pero no he sido más que una sustituta. Durante todo este tiempo.

—¿Una sustituta?

—Significa que, cuando el inspector Hoskins quisiera volver de la baja, podría hacerlo.

—¿Y vuelve de repente, justo cuando se comete otro

asesinato? ¿No podía soportar que te llevaras los laureles otra vez?

—El momento no es... idóneo —contestó Tanika, que no quería hablar mal de uno de sus superiores—. Pero lo más preocupante es que no cree que a sir Peter lo hayan asesinado.

—¡Carape!

Las mujeres miraron a Judith con cara de desconcierto. ¿Qué acababa de decir?

—Pero tú sí, ¿no? —le preguntó Becks.

—Si os soy sincera, pensé prácticamente desde el principio que lo habían asesinado.

—Podrías haber dicho algo —le echó en cara Judith a Tanika.

—En realidad no podía. No mientras era investigadora jefa en funciones. Pero, como ya no lo soy, lo que piense da lo mismo. El caso seguirá abierto, el inspector Hoskins es demasiado listo para cerrarlo enseguida, pero nadie investigará activamente.

—¡Tenemos que coger al asesino! —exclamó Suzie, y una niña de cuatro años que pasaba por allí dejó de correr, rompió a llorar y cruzó los columpios para ir a refugiarse entre los brazos de su madre—. Uy —agregó—. Lo siento.

—La cuestión es que no puedo desobedecer las órdenes de mi jefe —dijo Tanika.

Ahora Judith supo lo que les estaba diciendo.

—Entiendo —aseguró—. Por eso me dijiste por teléfono que no te importaba que buscásemos el testamento en White Lodge. Y por eso ahora quieres que nos veamos a escondidas.

—Formalmente no os puedo pedir que hagáis nada, no

estoy aquí de manera oficial. Pero ¿no podríais seguir husmeando un poco? Para ver lo que podéis averiguar de sir Peter y su familia, porque no creo que nos hayamos tan siquiera acercado a saber lo que de verdad estaba pasando.

Judith no contestó en el acto, pero Tanika supo que su silencio era vital. Después de todo, si Judith y sus amigas habían sido de tanta ayuda la vez anterior, ¿por qué se iban a rebajar a ser sabuesas aficionadas esta vez?

—¿Qué averiguasteis del aceite de oliva que había en las bisagras de la puerta del estudio de sir Peter? —quiso saber Judith.

Tanika asintió: supo que Judith le estaba pidiendo que demostrara su buena fe.

—Hicimos que lo analizaran y el aceite de oliva que había en las bisagras de la puerta coincide con el que encontrasteis en la lata de la cocina.

—La lata a la que le borraron las huellas.

—Y es preciso que sepáis que tampoco hay una sola huella en los instrumentos científicos que cayeron del armario. Pero cuando se lo mencioné al inspector Hoskins, se limitó a decir que debían de tener una asistenta muy buena.

—Pero es lo que Jenny dijo entonces —recordó Becks—. Incluso una buena asistenta dejaría huellas al poner en su sitio lo que fuera que hubiese limpiado.

—Eso mismo pienso yo —coincidió Tanika—. Alguien borró a propósito todas las huellas dactilares de los instrumentos científicos, del mismo modo que eliminó las huellas de la lata de aceite de oliva. Pero hay algo en concreto que me gustaría que investigaseis. Sir Peter sacó cinco mil libras en efectivo en cuatro ocasiones distintas, poco antes de Navidad. Lo hizo en varias ocasiones después de recibir un mensaje de un número de teléfono ilocalizable registrado en las islas Vanuatu, un mensaje que luego borró, como también borró sus respuestas.

—Anda que no parece eso sospechoso —observó Suzie.

—¿En qué fechas? —inquirió Judith.

Tanika echó un vistazo para asegurarse de que nadie miraba y le pasó un papel en el que había anotado las fechas. Judith se lo guardó en el bolso y sacó su latita de caramelos de viaje. Tras abrirla, se la ofreció a la subinspectora.

—¿Un caramelo? —le preguntó, y las dos supieron que lo que en realidad le estaba ofreciendo Judith era algo más que una simple pastilla dulce.

Tanika fue consciente del trato que estaba a punto de hacer.

—Gracias —respondió—, con mucho gusto.

Cogió un caramelo y se lo metió en la boca.

—¿Habéis investigado a la familia? —quiso saber Judith.

—A los principales implicados, y siento decir que todos han recibido el visto bueno. La agencia de enfermeras dijo que Jenny era eficiente, formal y absolutamente digna de confianza y que llevaba trabajando para ellos casi quince años. Durante todo ese tiempo no habían recibido una sola queja.

—¿Qué me dices de Rosanna Bailey?

—Hablé con algunas de las personas que trabajan para ella y todas dijeron que es una mujer capaz, pero que no aguanta a los tontos, y una en concreto aseguró que podía ser despiadada, la clase de jefa que despide a un empleado fijo un viernes y contrata a uno temporal para que empiece el lunes si con ello se ahorra unas libras.

—El típico jefe —sentenció Suzie—. ¿Y Tristram?

—De Tristram recibí distintos mensajes. Hay quien dijo que era arrogante, pagado de sí mismo, el típico niño rico que no había dado un palo al agua en toda su vida. Pero hablé con la directora de su colegio y aseguró que, en su opinión, toda esa arrogancia era una fachada, que Tristram es profundamente inseguro y haría cualquier cosa para ganarse la aprobación de los demás.

—¿Algo que indique que tiene novia? —preguntó Judith.

—No —negó Tanika—. ¿La tiene?

—Rosanna dijo que el verano pasado lo oyó hablar por teléfono con alguien a quien susurraba lo que ella llamó «ternezas».

—Bueno, si fue el verano pasado, quizá quedara en nada.

—Quizá. Pero Rosanna contó que su hermano le dijo a esa persona que tenían que esperar a que llegara el momento adecuado. ¿Hay algún avance en cuanto a esclarecer cómo salió el asesino de la escena del crimen después de matar a sir Peter?

—Lo siento, pero eso sigue siendo un misterio. ¿Y vosotras?

—Lo mismo, todavía no sabemos nada. Es exasperante. A sir Peter lo asesinaron, no me cabe la menor duda...

—Yo no estoy tan segura —la interrumpió Becks.

—Ahora no, Becks —pidió Judith, pisando a su amiga.

—Si queréis que os diga lo que pienso —empezó Tanika—, es que si alguien lo puede averiguar, ese alguien sois vosotras tres. Bueno, y ahora tengo que volver a comisaría antes de que me echen en falta. Si averiguáis cualquier cosa, tenéis mi número de teléfono. Podéis llamar en cualquier momento del día o de la noche.

Tanika dio media vuelta y se fue. Las tres amigas vieron que se dirigía hacia la verja del parque.

—Tienes que dejar de decir que no lo asesinaron —advirtió Suzie.

—Lo sé —repuso Becks—. Lo siento.

—No me puedo creer que hayan degradado a Tanika —observó Judith—. Posiblemente sea lo más vergonzoso que he oído en mi vida.

—Pues entonces tenemos que coger al asesino de sir Peter —aseveró Suzie—. Para que Tanika recupere su trabajo.

—Estoy contigo. Y creo que deberíamos empezar con esa novia secreta, porque se me ocurre una persona que tal vez pueda identificarla.

—¿Quién?

—La persona que acogió a Tristram cuando lo echaron de White Lodge y el resto de la familia le dio la espalda: su madre. Rosanna dijo que vivía en una de las casas adosadas que hay frente a lo que antes era Waitrose. Creo que deberíamos ir a averiguar en cuál vive para hablar con ella, ¿no os parece?

Capítulo 19

Cuando llegó el momento de identificar dónde vivía lady Bailey, el impecable conocimiento de la clase media que tenía Becks jugó en su favor una vez más. Pese a que había más de una docena de casas adosadas en la calle en la que Rosanna había dicho que vivía lady Bailey, Becks se acercó con seguridad a la séptima puerta y llamó.

—¿Qué demonios te hace pensar que esta es su casa? —le preguntó Judith.

A Becks le desconcertó la pregunta de su amiga.

—La puerta y las ventanas del resto son todas negras o blancas o de madera natural —explicó—, pero esta puerta está pintada con Farrow and Ball.

—¿Eso qué es? —quiso saber Suzie.

—Creo que es Elephant's Breath.

Suzie no supo qué decir a eso.

—¿Jesús? —dijo al cabo.

—¿Qué?

—Eso que has dicho, me ha parecido que estornudabas.

—Elephant's Breath es un color dentro de la gama de Farrow and Ball —aclaró Becks, sorprendida de que tuviera que explicarlo—. Está a medio camino entre el Mouse's Back y el Dead Salmon —añadió, creyendo que de ese modo arrojaba algo de luz. Al ver que no era así, probó de nuevo—: Digamos que era el color que estaba más de moda hace unos diez años.

—¿Estás diciendo que en los colores hay modas? —inquirió Judith con una sonrisa—. ¿Como en las botas de goma?

—Pues claro.

—Es como si fuera otro mundo —opinó Suzie, asombrada.

Les abrió la puerta una señora de sesenta y tantos años, con un cigarrillo en la mano y un abrigo de piel de leopardo sintética, un pantalón de chándal gris claro y pantuflas de pelo blancas.

Suzie esbozó una sonrisa afectada, pues intuyó que, pese a toda esa palabrería pija, Becks se había equivocado de puerta.

—¿Lady Bailey? —preguntó Judith, pues supo que, en efecto, Becks había dado en el blanco.

—¿Sí? —inquirió la mujer, alargando la palabra con esnobismo.

Suzie se quedó de piedra. Le costó lo suyo que no se le abriera la boca.

—Somos amigas de la familia —afirmó Judith—. Le damos nuestro más sentido pésame.

Lady Bailey echó un poco de ceniza a la calle.

—Es muy amable por su parte.

—También estamos ayudando a la policía a tratar de averiguar lo que sucedió. ¿Le importa que hablemos con usted un momento?

Lady Bailey miró a las tres mujeres y decidió que no tenía nada mejor que hacer.

—Pasen —las invitó, y entró en la casa y dejó la puerta abierta.

Judith echó a andar delante de sus amigas por el pasillo hasta una acogedora sala de estar que era toda vigas de roble oscuro y cuadros al óleo que colgaban torcidos en la pared. Había un jarrón con amapolas de seda en la ventana que impedía ver un tráfico que pasaba a toda velocidad, un pequeño televisor en una mesita auxiliar con fotografías familiares en marcos de plata y un gran cenicero repleto de colillas en la otra.

La habitación entera olía a tabaco.

—Bien, ¿les apetece tomar algo? —preguntó lady Bailey.

—Con mucho gusto —respondió Becks.

—¿Ginebra o vodka?

—Té, por favor —contestó Becks mientras dirigía a Judith y Suzie una mirada firme cuyo mensaje era claro: no se pondrían a beber ginebra con lady Bailey.

—Un momento. No tardaré mucho —dijo esta mientras desaparecía en una cocinita contigua a la sala de estar.

En cuanto se vieron solas, Judith se acercó a las fotografías. En tres de ellas se veía a lady Bailey con Tristram, y solo había una de Rosanna. En la instantánea estaba ella sola.

Judith también reparó en un sobre con el logotipo de un banco. Lo cogió, hizo una señal a Suzie para que vigilara —su amiga lo entendió en el acto y se situó junto a la puerta— y sacó un extracto bancario. La boca de Becks dibujó horrorizada un: «¿Qué haces?».

Judith echó una ojeada a los números y concluyó deprisa que la mujer vivía con sencillez y modestia. Había pequeñas compras, casi diarias, en Sainsbury's y nada de extravagancias, viajes o restaurantes. En cuanto a la fuente de ingresos, recibía una pensión de trescientas libras y una transferencia periódica de mil libras que llegaba cada mes.

Suzie tosió ruidosamente y Judith tuvo el tiempo justo de esconder el extracto a su espalda cuando lady Bailey entraba en la habitación con una bandeja.

—¿Le importa que tome el té con azúcar? —preguntó Judith, con la esperanza de hacer volver a lady Bailey a la cocina.

—He traído.

—¿Moreno?

—Un ramequín de moreno y otro de blanco.

La sonrisa de Judith se tornó un tanto desesperada. ¿Cómo metía ahora el extracto en el sobre sin que lady Bailey la viera?

—Disculpe la molestia, pero ¿tendría leche de avena? —inquirió Becks.

—Naturalmente —repuso la aristócrata con la clase de sonrisa que dejaba claro que consideraba la pregunta de Becks un desafío, y volvió a la cocina.

En cuanto se hubo ido, Judith introdujo el extracto en el sobre, dejó este en la mesa y le pasó una mano para alisarlo. Se volvió con una sonrisa ancha justo cuando lady Bailey entraba en la salita con un cartón de leche de avena.

—Es muy amable por su parte —aseveró Becks.

—Tiene unos hijos muy guapos —observó Judith al tiempo que señalaba las fotografías de la mesa auxiliar.

—Gracias —contestó lady Bailey, agradeciendo la distracción—. Son muy especiales para mí.

—Es evidente. ¿Qué nos puede contar de ellos?

—Es mi tema de conversación preferido. ¿Qué quieren saber?

—¿Se llevaban bien con su padre?

Lady Bailey bebió un sorbo de té antes de contestar.

—Naturalmente.

Judith enarcó una ceja.

—Sé lo que está sugiriendo, pero Tristram y Peter nunca tuvieron una relación que no fuese exaltada. Yo diría que Peter le tenía envidia.

—¿En serio?

—Era un hombre vanidoso, que nadie les diga lo contrario. Y yo creo que envidiaba la juventud y el atractivo de Tristram. Odiaba que le recordasen lo viejo que era. Y debido a ello menospreciaba todo cuanto hacía Tristram. Eso era muy duro para mi hijo, que de todas formas no tiene mucha seguridad en sí mismo.

—Nos han contado que Tristram discutió con sir Peter el mes pasado. Acaloradamente. Y por eso se vino a vivir con usted. Nosotras estábamos en la fiesta cuando... en fin, cuando sir Peter murió, y él y Tristram mantuvieron un fuerte altercado justo antes. No vi que a su hijo le faltase seguridad.

—¿De veras? Ese muchacho estúpido. No lo puede evitar. Es un mecanismo de defensa. Si se siente acorralado, arremete. Pero solo es una fanfarronada. Cuanto más lo conoce uno, más cuenta se da de lo sumiso que es, como un cachorro de labrador. E igual de leal.

Judith estaba intrigada. Lady Bailey respaldaba la opinión de Rosanna —que asimismo había dado la que fuera su profesora— de que en realidad Tristram era mucho más frágil e influenciable de lo que parecía.

—Ya saben lo que dicen, que hay que juzgar a una persona por sus amigos, ¿no? —continuó lady Bailey—. Bien, pues Tristram aprueba ese examen con nota.

—¿Quiénes son sus amigos?

—Pues yo, naturalmente, pero también tiene otros. La mayoría del colegio.

—¿Alguna novia? —preguntó Judith como si no tuviese mayor importancia.

—Creo que siempre tiene a alguien —respondió lady Bailey, casi con orgullo—. Aunque no es que me cuente nada. Pero yo diría que más bien va de novia en novia.

—¿Ha tenido más de una?

—Por supuesto.

—Tenemos entendido que hubo una en particular que quizá fuese especial. A la que tal vez llamaba a escondidas.

—Qué interesante —apuntó la mujer, y bebió un sorbo de té mientras sopesaba qué decir—. Desde que se vino a vivir aquí, a veces entro en la salita y lo oigo hablar por teléfono, y entonces él cuelga o sale para tener un poco de intimidad, lo cual es comprensible, porque esta casa es poco más que dos habitaciones arriba y dos abajo. Pero me agrada la idea de que siente la cabeza. Confío en que esté usted en lo cierto.

—¿Alguna vez lo ha oído mencionar el nombre de la mujer? —se interesó Judith, y acto seguido le vino a la cabeza que sir Peter había tenido que ir a Florencia en busca de Tristram cuando huyó con alguien del elenco, que estaba compuesto únicamente por hombres—. ¿O del hombre?

—No creo que le hayan interesado nunca los hombres —señaló lady Bailey—. Claro que no ha tenido motivos para que sea así. Tiene un gran atractivo para las mujeres.

Pero tampoco es que yo lo sepa, desde luego. Cuando Tristram no quiere que sepas lo que está haciendo, no sabes lo que está haciendo. En ese sentido puede ser muy reservado.

Judith miró de reojo a Becks y Suzie y supo que, al igual que ella, sus amigas se habían quedado con la palabra «reservado». ¿Demostraba esto una vez más que en realidad lady Bailey y Rosanna no lo habían oído hablar con una novia, sino con un cómplice?

—¿Y Rosanna? —cambió de tercio Judith, procurando así que su interés en Tristram pareciese menos obvio—. ¿Cómo se llevaba con sir Peter?

—Si le soy sincera, Rosanna es leal y trabajadora, pero nunca ha entendido a Peter. Cree que era misógino. Y debo decir que no lo era. Nunca odió a las mujeres. Santo cielo, desde luego que no odiaba a las mujeres, pero sí es cierto que favorecia más a los hombres. Y un poco machista sí era.

—Tengo entendido que discutían por asuntos de trabajo.

—En efecto. Rosanna y su padre discutían con ganas, a veces yo me preguntaba si no llegarían a las manos, que no es que esté sugiriendo que ella le fuese a hacer daño —se apresuró a añadir lady Bailey—. Pero había una ira latente. A veces me pregunto qué es lo que hace que mi hija trabaje con tanto ahínco. Intentaba demostrarle a su padre que es tan buena como cualquier hombre. ¿Les importa si fumo?

—Naturalmente que no —afirmó Judith—. Es su casa, puede hacer usted lo que le plazca.

La mujer echó mano de un paquete de tabaco completamente blanco con el logotipo de Cartier en la parte delantera y sacó un largo cigarrillo blanco, que encendió con un mechero de oro.

—¿Qué tabaco fuma usted? —preguntó, intrigada, Suzie.

—Cartier.

—¿Como la marca de joyas?

—Sí.

—¿Fabrica tabaco?

—Ahora lo tengo que importar. Es mi pecadillo. ¿Fuma usted?

—Sí —confirmó Suzie—, pero no eso —agregó mientras miraba con recelo el paquete de borde biselado.

—¿Quiere uno? —le ofreció lady Bailey, y Suzie se vio ante un conflicto. Le apetecía un cigarrillo, ahora que lady Bailey estaba fumando, pero le daba demasiada vergüenza sacar su lata con tabaco de liar y ciertamente no tenía la seguridad necesaria para fumar un pitillo importado que fabricaba una firma de joyería francesa.

—No, estoy bien. Gracias —decidió.

—Si me permite la pregunta, ¿qué pasó entre usted y su marido? —quiso saber Judith.

Lady Bailey dio una chupada antes de contestar.

—Trato de centrarme en el presente —aseguró—. Siempre estuvimos en contacto. Seguíamos tomando las decisiones juntos.

—Es lo mejor para los hijos —opinó Becks con la sabiduría propia de la mujer de un pastor.

—Básicamente lo que le estamos preguntando es quién dejó a quién y por qué —simplificó Suzie.

Lady Bailey puso cara de sorpresa, se creía demasiado fina para responder a una pregunta tan directa, pero también sabía cuál era la verdad.

—Fui yo —contó—. Yo lo dejé.

Judith y sus amigas esperaron y lady Bailey continuó.

—No había diferencias irreconciliables, ni crueldad. Si hay algo que Peter no fue nunca fue cruel.

—Entonces, ¿cuál fue el problema? —inquirió Becks.

—Sus aventuras. Era incapaz de conocer a una mujer sin que intentara llevársela a la cama, y no todas conseguían resistirse a sus insinuaciones. Cuando se lo eché en cara, ni siquiera intentó negarlo. Siempre daba a entender que tenía apetitos que necesitaba satisfacer, como si eso disculpara su comportamiento. Y que ninguna de las mujeres significaba nada para él, que solo buscaba un poco de diversión. Cuando yo le preguntaba si significaba algo para él, se reía. En lo que a él respectaba, mi cometido consistía en darle hijos, aguantar sus líos de faldas y después, con el tiempo, envejecer juntos. Así se hacían las cosas en la familia Bailey. Así había sido su padre y así era él.

—¿Era contumaz?

—Del todo. El sentimiento de culpa no era propio de Peter. Es lo primero que me atrajo de él. Era muy divertido: llamaba a las cosas por su nombre y que fuera lo que Dios quisiera. Sin embargo, yo esperaba que cambiase cuando nos casamos.

—Los hombres no cambian —afirmó con tristeza Suzie.

—Algunos sí —porfió Becks, aunque también entristecida.

Becks y Suzie compartieron una sonrisa empática.

—Entonces, ¿por qué se quería casar otra vez? —planteó Judith.

—No lo sé —admitió lady Bailey—. Pero el tiempo pasa para todos, y Peter siempre fue hipocondriaco. Puesto que yo le di hijos, es posible que lo que quisiera ahora fuese una enfermera.

Judith tuvo claro que el nuevo matrimonio de sir Peter desazonaba a lady Bailey más de lo que estaba dispuesta a admitir. De hecho, al mirarla Judith recordó el óleo que había visto en el recibidor de White Lodge. En él, sir Peter rodeaba con sus brazos a su mujer y a su hija mientras que lady Bailey abrazaba a Tristram. Pero lo que de verdad llamó la atención de Judith al ver a lady Bailey tantos años después fue que la efervescencia y la vida que tan palpables resultaban en el cuadro se habían visto sustituidas por la grisura, «por el hastío», pensó Judith mientras veía cómo apagaba el cigarrillo la aristócrata.

—Hay algo que me gustaría preguntarle —volvió a la carga Judith—. Existen pruebas de que sir Peter pagó recientemente a alguien veinte mil libras en efectivo, justo antes de Navidad. Me figuro que no fue a usted, ¿no?

—¡Ja! —exclamó lady Bailey—. A mí ese hombre no me daba nada. ¡Nada! Porque es posible que fuera rico y amigo de todo el mundo, pero solo cuando uno formaba parte de su pandilla. Si se marchaba (o lo ponían de patitas en la calle), para él estaba muerto. Me pasaba una miseria. ¿Ven la casa en la que vivo? Lo único que me queda es el título.

Judith sintió una descarga eléctrica.

—Exactamente —convino Judith—. Es todo lo que tiene.

—¿Qué quiere decir con eso?

—No tiene usted dinero. —Judith empezó a desarrollar su teoría en voz alta—. Ni una mansión. Pero sí el título: lady Bailey. Y lo habría perdido en cuanto sir Peter se casara con Jenny Page, ¿no es así?

—Haga el favor de no pronunciar el nombre de esa mujer en esta casa.

—Estaba a punto de convertirse en lady Bailey, y usted,

¿en qué se habría convertido? En la señora Bailey. Es un buen paso atrás, ¿no es verdad?

—No estará insinuando usted que maté a mi ex para poder conservar el título, ¿no? —preguntó, horrorizada, lady Bailey—. Sé que parezco derrotada, pero no lo estoy tanto.

—Si me permite la pregunta —terció Becks, con idea de ejercer de mediadora—. Si no fue a usted, ¿sabe a quién pudo darle ese dinero sir Peter?

Lady Bailey miró a Becks y su serena belleza inglesa pareció calmarla.

—No lo sé —reconoció—. Veinte mil libras es mucho dinero, hasta para Peter.

—Y ¿se le ocurre alguien que tal vez quisiera hacerle daño? —inquirió Judith.

La pregunta captó la atención de la aristócrata.

—¿No cree que su muerte fue accidental?

—Alguien lo mató —espetó Suzie antes de que Becks pudiera expresar su escepticismo.

—Qué espanto —aseveró lady Bailey, estremeciéndose.

—Dígame, si tuviera que nombrar a alguien que quizá lo quisiera muerto, ¿quién sería?

Lady Bailey tardó en contestar, pero su silencio era más que elocuente.

—Hay alguien, ¿no es verdad? —se apresuró a observar Judith.

Oyeron que alguien introducía una llave en la cerradura de la puerta principal. Lady Bailey se levantó con aire expectante.

Al entrar en la salita, Tristram vio a las mujeres.

—¿Qué están haciendo aquí? —les preguntó.

—Ya se iban —repuso lady Bailey, cuya lealtad fue para su hijo en el acto.

—Bien —dijo Tristram, y empezó a subir con paso firme la escalera.

—Y ahora debo pedirles que se marchen —dijo lady Bailey mientras salía al pequeño pasillo.

Judith miró a sus amigas. Las tres se dieron perfecta cuenta del apocamiento que había asaltado repentinamente a lady Bailey en presencia de su hijo.

Dejaron que la aristócrata las acompañara a la salida.

—Pero hay alguien, ¿no? —insistió Judith—. Alguien que tenía motivos para desearle el mal a su exmarido.

—Es posible —reconoció la mujer—. Se llama Chris Shepherd.

Judith tardó un instante en ubicar el nombre.

—¿Se refiere al jardinero?

—Si me preguntan quién habría querido ver muerto a Peter, es la única persona que se me ocurre.

—¿Por qué?

—Ya les contará él la historia. Se la cuenta a todo el que le pregunta.

—Aun así, ¿nos podría dar una pista? Para que sepamos qué hemos de preguntar.

—El padre de sir Peter traicionó al abuelo de Chris. Desde entonces entre las dos familias hay una *vendetta*.

—¿Sabe usted dónde podríamos encontrarlo?

—A esta hora estará en el Two Brewers, apurando un almuerzo líquido. Y ahora me tengo que ir, Tristram querrá comer algo. Y debo pedirles que no vuelvan. Ya he hablado de más.

Dicho eso, Judith y sus amigas se vieron en la acera,

oyeron que la puerta se cerraba con fuerza tras ellas y, a continuación, una llave giraba en la cerradura.

—No ha ido como me esperaba —comentó Suzie, y la frase resumió lo que sentían las tres mujeres.

—Demos un paseo —propuso Judith.

Becks consultó el reloj.

—Tengo que estar de vuelta en casa antes de las dos. Hay una reunión parroquial.

—Seguro que para entonces ya hemos terminado.

—¿Por qué? —preguntó Suzie—. ¿Adónde vamos?

—¿Acaso no es obvio? Al Two Brewers. Tenemos que hablar con Chris Shepherd.

Capítulo 20

De camino al Two Brewers las mujeres debatieron su encuentro con lady Bailey. La principal conclusión que había sacado Judith era que, una vez más, aunque tal vez Tristram hablase por teléfono a escondidas con una novia, también podría tratarse de un cómplice —hombre o mujer— con el que planeaba matar a sir Peter. Para Suzie, la observación más importante—y le costaba lo suyo centrarse en otra cosa— era que tal vez lady Bailey hablase como Margaret Thatcher, pero vestía como Bet Lynch. En cuanto a Becks, dijo tan poco mientras iban al pub que incluso Suzie se percató.

—¿Te encuentras bien? —le preguntó esta cuando llegaron.

—No creo que deba entrar ahí —afirmó Becks mientras miraba por la ventana.

—¿Qué pasa, que un pub es demasiado popular para ti?

—No, desde luego que no. No es eso.

—Entonces, ¿qué es?

—Es solo que... no quiero entrar —adujo Becks, sin mucha convicción.

—No pasa nada porque te vean en un pub a la hora de

almorzar —señaló Judith—. Aunque seas la mujer del pastor.

—No es eso... —Becks no terminó la frase—. Vale, está bien. Entremos. Veamos si Chris Shepherd está aquí.

Becks pasó primero y Judith y Suzie se miraron con perplejidad antes de ir tras ella. Sin embargo, nada más entrar en la sala principal entendieron por qué Becks dudaba tanto. Había dos hombres sentados a la barra. Uno llevaba un viejo forro polar gris y pantalones de jardinero con rodilleras y estaba leyendo un ejemplar del *Marlow Free Press*. El otro era el hombre al que habían visto abrazar a Becks justo antes de que esta desapareciese en su casa y echara la cortina para estar a solas con él. Estaba solo, almorzando un plato de queso, encurtidos y pan, pero la intensidad con que se concentraba en su comida sugería que había visto a Becks e intentaba no mirar hacia donde se encontraba.

Suzie y Judith vieron que Becks se ruborizaba mientras trataba de fingir que todo era normal.

—¿Chris es ese de ahí? —preguntó mientras señalaba al hombre que estaba leyendo el periódico.

—Vayamos a averiguarlo —resolvió Judith, decidida a hacerse cargo de la situación.

Cruzó el pub y sonrió.

—Perdone que lo interrumpa, pero ¿es usted Chris Shepherd?

Ahora que estaban más cerca, las mujeres vieron que el hombre tendría unos cincuenta años, el pelo negro rizado y un rostro curtido y surcado de arrugas, «como una nuez», pensó Judith.

—¿Qué pasa si lo soy? —espetó con aspereza.

—¿El jardinero de sir Peter Bailey?

Chris bajó el periódico y miró con ecuanimidad a las mujeres.

—Somos amigas de Jenny —continuó Judith—. Está intentando llegar al fondo de lo que le pasó a sir Peter.

El silencio del hombre podía implicar que quería que Judith continuara hablando o que no le interesaba lo más mínimo hablar con ellas. No lo sabían.

—¿Por qué no estaba usted en la fiesta? —le preguntó Suzie.

—No me apetecía ir, ¿le basta? —respondió Chris.

—¿Lo invitaron? —inquirió Suzie.

—Con la boda tenía suficiente, no me hacía falta ir también a la fiesta del día anterior.

En vista de lo reacio que parecía el hombre a hablar con ellas, Judith decidió que la sinceridad era la mejor política.

—No creemos que la muerte de sir Peter fuera completamente accidental. —El interés de Chris se avivó—. Y hace un momento hemos estado hablando con lady Bailey y nos ha dicho que el padre de sir Peter perjudicó a su abuelo.

—Conque eso ha dicho, ¿eh?

—Ha dicho que entre las dos familias había una *vendetta*.

—Llevo quince años trabajando para sir Peter, ¿le suena eso a *vendetta*?

—No, supongo que dicho así es posible que no.

—La que tiene esa *vendetta* es lady Bailey. Contra su ex, eso es lo que pienso yo. Porque si está buscando a alguien que no perdona ni olvida y a quien creo capaz de matar a cualquiera para salirse con la suya, ese alguien es ella.

—No le cae a usted bien, ¿no? —le preguntó Becks antes

de caer en la cuenta de que el hombre tal vez hubiese respondido ya a esa pregunta.

—Y dígame, ¿qué *vendetta* es esa? —quiso saber Judith.

—¿Hace falta que le cuente lo que pasó?

—Ella dijo que estaría usted encantado de hacerlo.

—Son muy pocas las cosas que esa mujer sabe de la vida.

—¿Qué sucedió?

—Muy bien, ya que lo pregunta, se lo contaré. Pero seré breve, porque forma parte del pasado. Todo empezó cuando el padre de sir Peter dejó el Ministerio de la Guerra al término de la Segunda Guerra Mundial. Era el director que estaba a cargo del departamento que desarrollaba los rayos X o algo por el estilo. En cualquier caso, su científico estrella era mi abuelo, y ambos eran grandes amigos. Los dos oriundos de Marlow, que fue lo que los unió en un primer momento. Cuando la guerra terminó, el padre de sir Peter convenció a mi abuelo de que se asociara con él. Juntos harían máquinas de rayos X.

—¿La otra radiografía que hay en el estudio de sir Peter es la de su abuelo? —se interesó Judith al recordar que Jenny le había contado que las radiografías del estudio eran del padre de sir Peter y de su socio.

—Eso es lo que me han dicho siempre.

—Es un poco raro tener el interior del cuerpo de un familiar en la casa de otro —opinó Suzie, y Chris sonrió por primera vez.

—En eso tiene usted razón —convino este—. En fin, la empresa de rayos X era básicamente un trabajo secundario para el padre de sir Peter, cuya principal ocupación consistía en hacerse con todas las tierras de por aquí. No le interesaba la ciencia ni tenía conocimientos científicos, él solo se ocupaba de las finanzas. Pero para mi abuelo era la obra de su vida.

—Espere un momento —pidió Judith, a la que se le acababa de ocurrir una idea—. ¿De quién era en su día el armario con instrumentos científicos que está en el estudio de sir Peter?

—Era de mi abuelo.

—Pero ahora está en la casa de los Bailey. ¿Cómo es posible?

—Mi abuelo construyó un prototipo de máquina de rayos X para el padre de sir Peter, pero no lograron que los hospitales la pidieran y tampoco consiguieron que alguien la fabricase. Fue un fiasco, así que disolvieron la sociedad. Para darle las gracias por su trabajo, el padre de sir Peter le compró a mi abuelo su parte de la empresa. Así fue como se hizo con el armario de instrumentos científicos. Pero ¿adivina qué? Poco después el padre de sir Peter dio con una fábrica que quería producir las máquinas de rayos X. Y hospitales que querían pedirlas. Y, como le había comprado su parte a mi abuelo, el padre de sir Peter era el propietario de la empresa al completo. Él fue quien hizo todo el dinero.

—Engañó a su abuelo —concluyó Suzie, consternada.

—Lo engañó —afirmó Chris.

—Vaya, qué retorcido —aseveró Judith.

—Pues sí. Pero de eso hace setenta años. Más de setenta ya. Y la parte que lady Bailey olvida es que mi abuelo lo superó. Le daba lo mismo. Las máquinas llevaban su nombre. Nadie hacía como si no fuese él quien las había diseñado. Ni siquiera el padre de sir Peter, que siempre reconoció que mi abuelo fue el artífice de las máquinas.

—Y ¿qué fue de su abuelo?

—Pasó a ser profesor de ciencias en el colegio Borlase's y siempre dijo que le satisfacía mucho más la enseñanza que cualquier dinero que pudiera haber ganado.

—Pues yo no perdonaría a la familia Bailey —afirmó Suzie.

—Ni usted ni lady Bailey. Pero me gustaría que lo dejara estar. No todo el mundo está tan amargado como ella. Yo crecí sintiéndome muy orgulloso de mi abuelo. No hay una sola máquina de rayos X en el país que no exista gracias a sus logros, y eso es algo genial.

Chris apuró su pinta y Judith se dio cuenta de que no dispondrían de mucho más tiempo para hablar con él.

—¿Cómo acabó siendo usted el jardinero de sir Peter? —le preguntó.

—Él me ofreció el trabajo cuando las cosas se me complicaron. Me enfrenté a un divorcio difícil, el negocio que tenía se fue a pique, estaba sin blanca. Y coincidimos en la ciudad. Nos pusimos a hablar y después fuimos a tomar algo; aquí, da la casualidad. Una cerveza acabó siendo unas cuantas y, cuando la noche terminó, yo era el nuevo jardinero de sir Peter. Llevo con él desde entonces.

—¿Así de fácil? —quiso saber Suzie.

—Fue su padre el que desplumó a mi abuelo, eso no tenía nada que ver con sir Peter. Ni conmigo, ya puestos. Y sir Peter dijo que siempre cuidaría de mí. Que corregiría los errores del pasado. Cosa que hizo.

—¿Cómo corrigió los errores del pasado? —inquirió Judith.

Chris vaciló durante una décima de segundo antes de contestar.

—Ya se lo he dicho —respondió con facilidad—. Me dio trabajo cuando nadie me lo daba. Pero si están buscando a alguien que tuviese algún problema con sir Peter, deberían centrar su atención en Tristram.

—Ya, es lo que nos dice todo el mundo. Que la relación que tenían era difícil.

—Esos dos siempre andaban a la greña.

—Aunque tuvieron un desencuentro especialmente malo a finales de noviembre, ¿no?

Chris miró a Judith con cautela.

—¿Sabe usted eso?

—Sir Peter pensaba que Tristram lo iba a matar. O al menos eso nos dijo Andrew Husselbee, el abogado de la familia.

—Yo no me creería nada de lo que diga ese tipo. Se nota cuando miente porque mueve la boca.

—¿No es de fiar?

—Es abogado —repuso Chris, como si con esa respuesta no hiciese falta decir más—. Pero esta vez no se equivoca. Yo estaba en el jardín y sir Peter y Tristram en el estudio cuando tuvieron la pelotera. Aunque yo no me lo tomé muy en serio.

—¿Qué oyó usted?

—Fue una locura. La ventana del estudio estaba cerrada, pero aun así se los oía perfectamente en el jardín. Sir Peter vociferaba, decía algo de un veneno, que no volvería a dejar la tentación al alcance de la mano de Tristram, que a partir de ese momento cerraría con llave la puerta del estudio. Hasta la boda. Y que después Tristram ya no tendría nada que hacer.

—¿Creía que Tristram iba a intentar envenenarlo?

—Yo no me lo tomaría muy en serio. Sir Peter siempre perdía los estribos y decía cosas peregrinas. Le encantaba el drama. Tenía tan poco que hacer en la vida que necesitaba exagerarlo todo.

—Pero dijo que iba a cerrar con llave el estudio para apartar la tentación de Tristram, ¿no?

—Algo por el estilo. Pero no es relevante, ¿no? Porque nadie ha envenenado a nadie. A sir Peter se le cayó encima el armario de mi abuelo, o eso me han dicho. Y me da lo mismo lo mucho que Tristram odiara a su padre: es imposible que lo hiciera él. Ese muchacho no tiene agallas. No dejen que les engañe todo ese postureo. No tiene personalidad. Es la clase de persona que se uniría a una secta, ¿saben? Yo creo que no sabe quién es.

—Pero imagino que sería la clase de persona que podría utilizar veneno, ¿no? —planteó Judith.

—Así es exactamente como mataría, en eso no se equivoca. Lo haría desde lejos, como un cobarde. No querría mancharse las manos. Ahora que lo pienso, ese chico no se ha manchado nunca las manos. Nunca ha dado golpe. Creo que empujar un armario sería un trabajo duro para él.

—¿Le ha contado a la policía que Tristram y sir Peter discutieron por este veneno? —dijo Judith.

—¿Para qué? Pasó hace meses, y quedó en agua de borrajas —respondió Chris, que a continuación se dirigió al camarero—: ¿Me lo pones en mi cuenta?

—Claro —contestó el hombre.

—Porque creo que con esto hemos terminado —anunció a las mujeres.

Chris se levantó del taburete y echó a andar hacia la puerta.

—Una última pregunta —pidió Judith mientras él se alejaba y le daba la espalda—. ¿Qué contenía el último testamento que hizo sir Peter?

Chris se detuvo en la puerta.

—¿Por qué lo pregunta?

—Porque Andrew Husselbee dijo que usted fue uno de los testigos.

—Entonces, ¿por qué no le pregunta a él qué contiene?

—Dice que no lo sabe. Que sir Peter no le quiso enseñar el testamento.

—A mí tampoco me lo enseñó. Pero eso demuestra que sir Peter y yo nos llevábamos bien, ¿no le parece? Párese a pensarlo: confiaba en mí lo bastante para que fuese testigo de su testamento. Y a mí él me caía lo bastante bien para acceder.

Dicho eso, Chris giró sobre sus talones y salió del pub.

Antes de que las mujeres pudieran decir algo, el camarero se acercó y cogió la pinta y el periódico de Chris.

—¿Es el ejemplar de hoy del *Marlow Free Press*? —le preguntó Judith.

—Sí —repuso el hombre.

—¿Me lo deja un segundo?

El camarero se lo dio a Judith, que buscó la página de los pasatiempos, arrancó el crucigrama de esa semana, lo dobló por la mitad y se lo metió en el bolso.

—Gracias. El resto no me hace falta.

—Vale —dijo el camarero mientras cogía el periódico y volvía a alejarse.

—El crucigrama de esta semana —observó Judith a modo de explicación a sus amigas—. Bien, ¿qué pensamos del señor Shepherd?

—No me trago lo que dice —Suzie fue la primera en

hablar—. Nadie se queda tan pancho cuando alguien le roba el dinero a su familia.

—Me inclino a pensar lo mismo —convino Judith.

—Aunque es jardinero, ¿no? —objetó Becks—. A alguien que trabaja en jardinería no le llama tanto el dinero como a otras personas, ¿no os parece? Y tenía razón en una cosa: sir Peter debía de fiarse de él si lo nombró testigo de su testamento.

—Puede que eso sea cierto —concedió Suzie—. Pero ¿qué me decís de la historia de que sir Peter pensaba que Tristram estaba intentando envenenarlo?

—A mí eso me ha parecido rocambolesco —dijo Becks, y sus amigas vieron que miraba de soslayo con nerviosismo al hombre con el que la habían visto el día anterior.

—¿Estás bien, Becks? —le preguntó Suzie.

—¿Por qué lo dices?

—Pues porque no paras de mirar a ese hombre —contestó Suzie, pasando por alto la mirada de advertencia que le lanzó Judith.

Becks se puso roja.

—No sé de qué me hablas —mintió.

—Ni yo —dijo Judith a su amiga, y sintió alivio cuando las tres oyeron que sonaba un teléfono. Judith metió la mano en el bolso y sacó el móvil. No reconocía el número que aparecía en la pantalla—. ¿Sí? —dijo cuando lo cogió.

—Soy Jenny, señora Potts —se identificó en el otro extremo de la línea una Jenny Page que parecía angustiada.

—¿En qué puedo ayudarla?

—Es Tristram. Está aquí, en White Lodge, gritando y amenazándome. Venga inmediatamente, por favor, ¡no me siento segura!

Capítulo 21

La furgoneta de Suzie se detuvo con un chirrido de ruedas ante la puerta de White Lodge. Las tres amigas se bajaron a toda prisa y fueron hacia la casa, en cuyo interior se oían voces airadas. La puerta estaba cerrada con llave, así que dieron la vuelta y entraron por detrás, por la habitación de las botas y los abrigos.

—¡Diles a esas puñeteras mujeres que no vengan! —oyeron que vociferaba Tristram dentro.

—Por favor, te lo suplico, márchate —pidió Jenny.

—Deprisa —instó Judith cuando llegó al recibidor principal.

—A papá no le pasó nada, ¿por qué le estás diciendo a todo el mundo que lo han matado?

—Yo no estoy diciendo nada, de verdad, pero algo le pasó. Tenemos que averiguar qué.

Las voces venían de la sala de estar, así que Judith, Becks y Suzie irrumpieron en ella y vieron que Jenny estaba acobardada en un sillón mientras Tristram, delante de ella, la señalaba con un dedo agresivamente.

—¡Por favor! —exclamó—. Otra vez aquí. ¿Por qué siempre están metiendo las narices en esta casa?

—Apártese de Jenny ahora mismo —ordenó Judith en un tono que no admitía réplica.

Tristram le dirigió una mirada furibunda.

—Ahora mismo, he dicho —repitió Judith.

Tristram levantó las manos y dio un paso atrás.

—Y váyase de aquí —añadió Judith.

Las mujeres vieron que Tristram quería desafiarla, pero después se encogió de hombros, como para decir que no valía la pena.

—¿Es que no tienen nada mejor que hacer? —les espetó.

—¿Y usted? —le soltó Suzie.

—Esta es mi casa.

—No, todavía no.

—Y es posible que nunca lo sea —agregó Judith—. Dependerá de lo que estipule el testamento de su padre.

—¡Ja! —exclamó él, y empezó a salir de la habitación—. No hay otro testamento.

—¿Acaso cree que su padre hizo que su abogado y Chris Shepherd fueran testigos de algo que no era su testamento? —porfió Judith.

—Eso creo, sí. No estaba en su caja fuerte cuando la abrieron. Y he hablado con Andrew y me ha confirmado que el único testamento que él tiene me lo deja todo a mí. Así que solo es cuestión de tiempo —dijo, y, tras dedicar una última mirada rabiosa a Jenny, se fue.

Judith echó atrás los hombros y lo siguió.

—Hemos hablado con Chris Shepherd —contó, y Tristram se detuvo en el recibidor, dándole la espalda—. Usted no sabía que él estaba en el jardín, cerca del estudio de su padre, cuando él y usted protagonizaron la gran pelea el año pasado, ¿no es verdad? Y nos contó exactamente por qué su padre lo echó de casa y por qué le prohibió que viniera a la boda y cambió el testamento. Chris lo oyó todo. Cada palabra.

Becks y Suzie, que habían salido mientras Judith hablaba, la miraron con cara de perplejidad, su expresión decía «no es verdad», pero Judith se llevó un dedo a los labios para indicarles que permanecieran calladas.

Tristram se volvió y fue hacia ellas.

Judith se mantuvo firme.

—Le contaremos a la policía que su padre dijo que a partir de ese momento cerraría con llave el estudio. Que no podía permitir dejar a su alcance la tentación que suponía el veneno —contó Judith como si tan solo fuese lo siguiente que tenía en su lista y no la segunda de tan solo dos cosas que había sacado en claro de las palabras del jardinero—. A menos que tenga usted una versión distinta de los hechos y quiera aclarar las cosas —añadió, como si ya le aburriese lo que Tristram pudiera decir.

—Estaba mirando los productos químicos que mi abuelo guardaba en su armario —afirmó Tristram, herido en su orgullo—. No me podía creer que llevasen ahí no sé cuántas décadas. Y pensaba que conocía todo lo que había en esos estantes, pero esa vez vi un frasquito de cristal en el de arriba del todo en el que ponía «cianuro», así que lo cogí. Lo estaba mirando cuando mi padre entró, me vio con el frasco y se volvió loco. Estaba desquiciado. ¿De verdad pensó que quería cargármelo? Y si lo pensó, ¿sería yo tan estúpido como para permitir que me sorprendiese con un frasco de cianuro en su estudio?

—Pero eso no es todo, ¿no? Chris nos contó más —mintió Judith con la esperanza de seguir sonsacando a Tristram, pero vio que el joven estaba confuso.

—Eso es todo. Se negó a creer que estaba diciendo la verdad. Así eran las cosas entre él y yo. Sobre todo después de que esa bruja le echara la zarpa.

—¿Se refiere a Jenny?

—Se cree muy lista. Arreglándoselas para entrar en esta casa, engatusando a mi padre para que se enamorara de ella, lo cual no es tan difícil. Le dabas un poco de clarete decente y tres comidas al día y se enamoraba de cualquiera. Pero le ha salido el tiro por la culata, tiene gracia, ¿eh? Porque con su avaricia no ha llegado a ninguna parte. Ahora no se llevará ni un penique. Mi padre murió antes de que pudiera casarse con él.

Mientras Tristram hablaba se dieron cuenta de que Jenny estaba junto a la puerta de la cocina, escuchando cada palabra.

A Tristram lo distrajo el sonido de su móvil. Sacó el teléfono, vio que había recibido un mensaje y después lanzó una mirada aterrorizada a Jenny antes de meterse el móvil en el bolsillo, donde siguió sonando.

—¿No piensa cogerlo? —le preguntó Judith.

—No —replicó, pero después pareció cambiar de opinión. Dio media vuelta y salió por la puerta principal a toda velocidad.

Las cuatro mujeres se acercaron a la ventana y vieron que Tristram sacaba el teléfono y empezaba a hablar mientras se dirigía a zancadas hacia su viejo deportivo. Daba la impresión de que discutía con la persona que se encontraba en el otro extremo de la línea; que perdía los nervios, de hecho.

—¿Y bien? ¿Es una de las llamadas clandestinas de Tristram? —planteó Judith.

—¿Cómo dice? —preguntó Jenny.

—Lady Bailey nos contó que Tristram ha estado hablando por teléfono a escondidas desde que se fue a vivir con ella —contó Becks.

—Y Rosanna dijo lo mismo —corroboró Suzie.

—¿De veras? —inquirió Jenny—. ¿Y a quién llama?

—No lo sabemos —reconoció Judith—. Lady Bailey y Rosanna dijeron que creían que podría tratarse de la novia de Tristram, pero nosotras pensamos que también podría ser su cómplice. Alguien que estaba en el estudio de sir Peter tirándole el armario encima mientras Tristram se hallaba fuera desplegando su encanto y asegurándose una coartada.

—¿De verdad creen eso? —preguntó Jenny.

—Sabemos que Tristram está libre de sospecha, puesto que se encontraba en el jardín con nosotras, pero alguien estaba en el estudio echándole encima el armario a sir Peter. Y, puesto que Tristram es quien más se beneficia de la muerte de su padre, ¿y si esa persona era su cómplice?

—La persona con la que está hablando por teléfono ahora —puntualizó Suzie.

Las mujeres vieron que Tristram se subía a su coche —sin dejar de hablar por teléfono— y se alejaba levantando gravilla.

—En ese caso, tenemos que averiguar con quién ha estado hablando —propuso Jenny, de pronto animada—. Podría ser la persona que mató a Peter.

—Opino lo mismo —convino Judith.

—Deberíamos seguirlo.

—Para eso es un poco tarde —objetó Becks—. No conseguiremos darle alcance.

—¿Tú crees? —terció Suzie, que acababa de tener una idea—. Creo que sé exactamente cómo podemos seguirlo.

Capítulo 22

—Interrumpimos este programa para emitir una alerta —dijo Suzie al micrófono en el estudio de Marlow FM. El presentador de primera hora de la tarde, un profesor de Geografía jubilado llamado Trevor, estaba en un rincón de la habitación, aterrorizado por las tres mujeres que habían irrumpido escasos segundos antes y le habían arrebatado el micrófono—. Soy Suzie Harris —prosiguió esta—, y todo el que lleve un tiempo escuchándonos sabrá que soy cuidadora de perros. Bien, acaba de suceder algo espantoso: han secuestrado a mi querida dóberman. ¡Ahora mismo! ¡En Marlow! No he visto quién se la llevaba, pero creo que ha sido un hombre que conducía un deportivo verde oscuro. Ya sabéis, un viejo Triumph o Spitfire, o como se llame. En cualquier caso, es un biplaza verde con la capota de tela negra. Si podéis asomaros a la ventana ahora mismo y veis pasar un coche verde oscuro, llamad. Ya sabéis cuál es el número. Quiero recuperar a mi querida *Emma*. Así que llamad si veis un coche deportivo verde en Marlow. —Suzie miró el monitor para ver la música que estaba en cola y, acto seguido, volvió al micrófono y dijo en un tono melifluo—: Y ahora escuchemos a Neil Diamond. —A continuación hizo clic en un icono de la pantalla con el ratón y bajó la señal de audio del micrófono—. Gracias, Trevor —dijo.

Este asintió, pero no contestó. Ello se debió, principalmente, a que el estudio de Marlow FM era muy pequeño —ocupaba un viejo trastero de la trasera del lugar donde se reunía la organización benéfica Sea Cadets—, así que sentía que estaba muy cerca de las tres mujeres. Una luz verde se encendió en la mesa de mezclas y Suzie se precipitó sobre ella y fue bajando expertamente la música mientras subía el micrófono.

—Estás en el aire, radioyente.

—Hola, Suzie —saludó una voz aflautada por el altavoz.

—Maggie, ¿cómo estás? —la saludó Suzie, e hizo una mueca al darse cuenta del error que había cometido. Como toda la emisora sabía, a Maggie no había que preguntarle nunca cómo estaba.

—Podría estar mejor —repuso esta entristecida—. Si te soy sincera, la ciática me está dando guerra...

—Perdona que te corte, pero ¿has visto el deportivo verde?

—Lo he visto, sí.

Suzie esperó un instante y adoptó de nuevo su alegre personalidad radiofónica.

—Eso es estupendo. ¿Dónde lo has visto?

—Acaba de pasar por delante de mi ventana.

—¿En qué calle vives?

—Station Road.

Otra luz verde se encendió en el panel junto a la primera.

—Muchas gracias por llamar. A todos los que estáis ahí,

por lo visto el coche verde va subiendo por Station Road. Tengo que pasar otra llamada. —Suzie dio a un interruptor del panel—. Estás en directo en Marlow FM.

—¡Acabo de ver el coche verde meterse por Dedmere Road! —anunció un anciano con voz atronadora.

—Gracias por llamar, Brian. Conque si estaba en Station Road y ahora en Dedmere Road, se dirige al este, hacia el centro comercial. A todos los radioyentes del este de Marlow, asomaos a la ventana y avisad si veis pasar un coche deportivo verde. ¡La vida de mi perra está en juego!

Suzie volvió a poner la música mientras esperaban a que entrase la siguiente llamada.

—Eres increíble —alabó Becks.

—Tengo cierta conexión con mis oyentes —admitió Suzie.

Una luz verde parpadeó en el panel.

—Estás en Marlow FM —dijo Suzie mientras bajaba la música.

—Uy, perdona, pero estoy sin aliento —aseveró una anciana.

—No pasa nada, tómate tu tiempo.

—Acabo de perseguir a un deportivo verde calle abajo. Con mi escúter eléctrico.

Las mujeres se miraron con cara de sorpresa mientras imaginaban a una viejecita persiguiendo a Tristram por la calle.

—Pero lo he perdido. Pobrecita, tu perra.

—¿Qué perra? —preguntó Suzie antes de que se acordara—. Ah, sí, mi perra. Perdona, estoy demasiado disgustada. ¿Recuerdas dónde has perdido el coche?

—En el cruce de Dedmere Road con Alison Road. Tardé un poco en subirme al escúter y cuando llegué al cruce el coche verde había desaparecido.

—Muchas gracias, radioyente. ¿Alguien ha visto un coche verde por Alison Road durante estos últimos minutos? Si lo habéis visto, llamadme.

Suzie subió de nuevo la música y se volvió hacia sus amigas con las mejillas sonrosadas.

—¿Cómo sabes qué botones tienes que pulsar? —le preguntó Judith.

Trevor dio medio paso adelante.

—En realidad... —empezó.

—Son solo botones —se le adelantó Suzie—. Si sabes conducir, sabes utilizar esto.

Trevor frunció el ceño, descontento al ver cómo se quitaba importancia con tanta despreocupación a una destreza que a él le había costado lo suyo conseguir, pero no se atrevió a llevar la contraria a Suzie.

—Vamos —dijo Suzie a la mesa de mezclas mientras miraba los pilotos que indicarían que alguien estaba llamando. Estos permanecían apagados.

Mientras los segundos daban paso a minutos y después de la pista de Neil Diamond Suzie ponía el *Caravan* de Barbara Dickson, las amigas empezaron a comprender que nadie más había visto el deportivo de Tristram. Suzie interrumpía la música cada treinta segundos aproximadamente para pedir ayuda a sus oyentes, pero nadie llamaba.

Tras diez minutos de espera, las mujeres aceptaron que el rastro se había perdido y empezaron a salir del estudio.

—Pero ¿y la perra? —preguntó Trevor con voz quejumbrosa.

—Ah, sí —repuso Suzie, y se inclinó de nuevo sobre el micrófono. Subió el audio y dijo—: A todos los que estáis ahí; no os preocupéis, hemos dado con *Emma*. Está sana y salva. Pero gracias a nuestros fieles oyentes que han llamado: si la hemos encontrado, ha sido gracias a vosotros. Y no lo olvidéis, si queréis a alguien que hará lo que haga falta por vuestras mascotas, pensad en Suzie Harris. Esto es lo que estoy dispuesta a hacer por mi perra, y haría lo mismo por el vuestro.

Tras bajar la señal de audio y dedicar una sonrisa al ahora profundamente desconcertado Trevor, Suzie salió del estudio con sus amigas.

—Lo hemos perdido —se lamentó esta, decepcionada.

Judith la miró y se dio cuenta de lo cómoda que parecía tras la mesa de mezclas. Entendía perfectamente por qué había estado renunciando a cuidar de algunos perros en favor de su carrera radiofónica, aunque no fuese un trabajo remunerado.

—No necesariamente —apuntó Judith—. Es posible que tus oyentes lo hayan perdido en Alison Road porque ese era su destino. Puede que el coche no se vea si se ha metido en un camino de acceso o en un garaje.

—Pero ¿cómo averiguaremos dónde se ha detenido? —quiso saber Becks.

—O si se ha detenido —agregó Suzie.

—No sé si nosotras podremos averiguarlo —admitió Judith—. Pero sé de alguien que podrá hacerlo.

Capítulo 23

Nada más llegar a casa, Judith llamó a Tanika y le contó que Tristram había salido disparado en su coche mientras hablaba acaloradamente por teléfono y que le habían perdido la pista en el cruce de Dedmere Road con Alison Road.

—¿Cómo demonios habéis conseguido seguirlo hasta tan lejos? —preguntó Tanika.

—Será mejor que no lo sepas. Pero, si identificas el número de la persona que llamó a Tristram esta tarde (poco antes de las dos), es muy posible que desveles la identidad del individuo que estaba en el estudio matando a sir Peter mientras Tristram se encontraba fuera haciéndose con una coartada.

—Es una gran idea, pero, por desgracia, no creo que pueda hacerlo.

—¿Por qué no?

—No soy la investigadora jefe, no puedo ordenar el acceso a historiales de llamadas telefónicas.

—Pues pídele al investigador jefe que lo haga.

—No lo hará. Lo siento mucho, pero cada vez que le he pedido que hiciera algo para que el caso avanzase, no ha mostrado el menor interés. No olvides que no creyó que fuese relevante que sir Peter sacara veinte mil libras en efectivo después de recibir mensajes de texto de un teléfono de prepago registrado en el Pacífico Sur. Por lo que a él respecta, no se ha cometido ningún asesinato. Y que Tristram reciba una llamada telefónica no hará que cambie de opinión.

Judith frunció la boca.

—Háblame de este investigador jefe tuyo.

—Es un buen policía —respondió Tanika, que no quería traicionar a un compañero—. Hace bien su trabajo.

—¡Y un cuerno! —espetó Judith—. Si no te escucha, me parece que es machista. ¿Y si lo puenteas y vas directa a su jefe?

—Lo más probable es que el superintendente se ponga de parte de Hoskins.

—¿Otro hombre?

—Otro hombre.

—No sé cómo lo aguantas —afirmó Judith, aunque no esperaba que Tanika le contestase. La realidad de vivir en un mundo en el que los hombres se hacían con el poder, el estatus y el dinero no suponía ninguna revelación para ninguna de las dos mujeres.

—¿Y si lo envenenas?

—No creo que sea para tanto —aseveró Tanika entre risas—. Por lo menos no aún.

—Si menciono el veneno es porque hemos averiguado otra cosa —contó Judith, que pasó a referir a Tanika la conversación que habían mantenido con lady Bailey, quien les había contado que en su día el padre de sir Peter había privado a la familia de Chris Shepherd de la posibilidad de ganar una fortuna, y también que Chris había oído la discusión de finales de noviembre tras la cual sir Peter echó de casa a Tristram.

—¿En serio? —inquirió Tanika—. ¿Sir Peter pensaba que Tristram intentaba envenenarlo?

—Se lo dijimos a Tristram y no lo negó. Se limitó a aducir que fue un error de lo más inocente. Que estaba mirando un frasco de cianuro que le había llamado la atención entre los productos químicos del armario del estudio cuando su padre entró. No fue más que un terrible malentendido. Debería añadir que los distintos miembros de la familia con los que hemos podido hablar señalan que sir Peter era melodramático y tendía a perder los nervios. Creo que es muy posible que se equivocara de medio a medio.

—Y es evidente que a sir Peter no lo mataron con veneno. Así que, ¿qué estás diciendo? ¿Que los intentos de sir Peter de cambiar el testamento y decirle a su abogado que Tristram quería matarlo no fueron más que una reacción exagerada por su parte?

—No lo sé. Tal vez desalentara a Tristram de utilizar el cianuro y por eso se le ocurrió el plan de aplastar a su padre con el armario.

—Te diré lo que puedo hacer. Deja que hable con el equipo que pormenorizó el contenido del estudio, a ver si en el listado hay un frasco de cianuro. Si lo hay, sugeriría que quizá lo que dijo Chris Shepherd sea cierto.

—Y si no hay cianuro, podría ser que lo que dijo Chris también sea cierto y sencillamente alguien lo quitara de ahí.

—Supongo que es una posibilidad. Me centraré en este aspecto. Veré lo que puedo averiguar. Y gracias por vuestro trabajo. Siento mucho no poder proporcionaros una autorización formal para que hagáis esto.

—No te preocupes, las dos sabemos quién tiene la culpa de eso, y no eres tú.

Después de despedirse, Judith sabía que tenía mucho en lo que pensar, así que decidió ir a nadar. El agua del Támesis estaba helada, pero le agudizaba el pensamiento igual que la reconfortante taza de chocolate caliente que tomaba después delante de la chimenea se lo relajaba. Sin embargo, en esta ocasión Judith se dio cuenta de que no se podía concentrar bien. Cada vez que trataba de pensar en el caso con cierto grado de detalle, se sorprendía volviendo al hecho de que si hubiesen sabido adónde había ido Tristram, tal vez hubieran identificado a la persona que había matado a sir Peter por él. Eso suponiendo que Tristram estuviese detrás de la muerte de su padre, naturalmente. Y que tuviera un cómplice.

Judith echó mano del iPad y buscó el número de teléfono fijo de lady Bailey. Llamó y, cuando esta lo cogió, le preguntó si ella o Tristram conocían a alguien que viviera en Alison Road o en sus inmediaciones.

—¿Alison Road? —repitió lady Bailey, como si fuese un país extranjero, y Judith se dio cuenta de que estaba borracha—. ¿Qué demonios se le habría perdido a mi hijo en ese sitio? —añadió, arrastrando las palabras.

—No lo sé —reconoció Judith, y decidió ver si podía aprovecharse de la embriaguez de la aristócrata—. Pero me figuro que últimamente se habrá mostrado muy reservado, ¿no? Como usted dijo.

—¡Ja! —exclamó lady Bailey—. Se refiere usted a su novieta, ¿no?

—Veo que estamos en sintonía —aseveró Judith—. ¿Cuánto tiempo llevan juntos?

—Años. Le pregunté por ello y lo negó, cómo no. Siempre se muestra reservado; tiene usted razón, esa es exactamente la palabra. Pero una madre sabe estas cosas. Cuando le hago la colada, las camisas huelen a perfume de mujer. Y no viene a casa todas las noches —añadió, pero Judith percibió que la mujer no estaba segura de no haberse ido de la lengua.

—Cuánto me alegro por él —afirmó Judith, procurando que lady Bailey siguiera de su parte.

—¿Sí? Me complace. Yo también me alegro por él.

Tras darle las gracias por su tiempo a lady Bailey y colgar, Judith decidió llamar a Jenny para ver si podía añadir algo a lo que acababa de averiguar.

—¿Ha estado hablando con lady Bailey? —inquirió Jenny cuando Judith le explicó por qué la llamaba.

—Solo de Tristram y solo para intentar saber quién podía querer hacer daño a sir Peter. En el pasado, desde luego. Pero dijo que creía que Tristram sale con alguien desde hace un año. Puede que más.

—Qué interesante —señaló Jenny—, porque le he estado dando vueltas a eso mismo y estoy segura de que no he oído mencionar a nadie que Tristram tenga novia. A Peter, desde luego, no.

—¿Sabe usted si Tristram conoce a alguien que viva en Alison Road?

—¿Por qué en Alison Road?

Judith le explicó que habían localizado el coche de Tristram, pero que lo habían perdido cuando llegó a Alison Road.

—Lo siento —se disculpó Jenny—, pero no se me ocurre nada. Rosanna vive en una chalana, nada más pasar la esclusa de Hurley Lock, así que a ella no fue a verla.

—Ya, Suzie y yo nos tropezamos con Rosanna junto al barco. Vive con alguien, ¿no?

—Sí, con su novia, Katie Husselbee.

—¿Husselbee? ¿Es familia de su abogado?

—Su hija. Todo el mundo la llama Kat. También es abogada, trabaja para el mismo bufete que su padre, pero le apasiona el medioambiente. Trabaja gratis para muchos colectivos de protesta. Es una mujer verdaderamente impresionante.

Judith no estaba efectuando el progreso que confiaba en hacer.

—¿Qué me dice de Chris Shepherd? ¿Vive cerca de Alison Road?

—¿Por qué me pregunta por él?

—Lady Bailey piensa que su jardinero estaba resentido con sir Peter.

—No sé si eso es cierto —vaciló Jenny con aire pensativo—. Chris puede ser algo arisco, pero no creo que sea malo. Adora la naturaleza y estar al aire libre, y aquí tiene muchas cosas a las que hincarle el diente, aunque no creo que eso sea relevante. Ni siquiera vive en Marlow. Viene todos los días desde Reading en una vieja camioneta. Cuando funciona —agregó Jenny con voz cantarina—. Siempre se le está averiando.

Judith sabía que Reading estaba a cierta distancia al suroeste de Marlow, y la última vez que se había visto a Tristram en su coche se dirigía hacia el este de la ciudad.

Se hizo una pausa en la línea y a Judith le dio la impresión de que Jenny se estaba preparando para decir algo.

Judith permaneció a la espera.

—No lo creerá usted, ¿no? —le preguntó Jenny.

—¿A quién?

—A Tristram. Lo que dijo hoy, que yo era una avariciosa.

—Desde luego que no.

—Pero la cuestión es que no lo puedo negar —confesó Jenny—. Siempre he intentado decir que lo nuestro era amor, y lo era, no me malinterprete. O al menos afecto y atracción. Peter era una compañía de lo más agradable, tan lleno de vida... —Jenny se recompuso antes de obligarse a continuar—. Pero Tristram tampoco se equivoca. Yo también quería la seguridad que Peter me proporcionaría. No lo puedo evitar. El tiempo pasa y mi trabajo de enfermera me ha mantenido al margen del mercado de las citas. No sé, pensaba que tendría que trabajar durante el resto de mi vida, y la idea de tener seguridad económica de una vez por todas era una parte importante del atractivo de Peter.

Judith percibió el alivio que traslucía la voz de Jenny al confesar.

—Es lógico —coincidió Judith—. Tristram dijo que es usted huérfana.

—Desde pequeña fui de hogar de acogida en hogar de acogida. Unos eran más agradables que otros, en algunos tenía hermanos de acogida que eran estupendos, pero la mayoría no lo eran. Si le soy sincera, llevo peleando toda la vida. Para poder estudiar, estar preparada, tener éxito en el trabajo. La idea de dejar todo eso atrás...

Jenny hizo una pausa y Judith nuevamente intuyó que la mujer aún quería decir más.

—Supongo que lo que intento decir es que mis motivos para querer casarme con Peter no eran perfectos.

—Los motivos nunca son totalmente puros, los de nadie. En el fondo no lo son.

—Pero por eso quiero que se encuentre el último testamento. Quiero saber cuánto dinero me ha dejado.

Y Judith supo que eso era: la bochornosa confesión para la que Jenny se había ido preparando.

—Es absolutamente lógico.

—Me convierte en una mala persona. En alguien interesado.

—Cuando hay tanto dinero en juego como en el caso de sir Peter, sé que yo sería igual.

Judith puso fin a la llamada, se sirvió una copita de «whisky para pensar» y fue a la habitación de al lado para examinar su improvisado tablero de pruebas.

Se sorprendió fijándose en la fotografía que había imprimido de Tristram. Era una instantánea en blanco y negro de 20×25, un formato que, como sabía Judith, los actores presentaban a posibles directores. Ciertamente era un joven muy atractivo, pero le pareció interesante que no sonriera en la fotografía. Había optado por dar una imagen muy a lo Heathcliff: oscuro, atractivo y peligroso. Pero Judith recordó que Rosanna, lady Bailey y Chris Shepherd habían insistido en que Tristram era muy ladrador pero poco mordedor. Entonces, ¿qué era en realidad? ¿Un hombre peligroso capaz de matar, como creía su padre, o una persona débil con problemas para controlar la ira?

Judith pensó que sería eficaz tomar un poco más de whisky, pero, en lugar de llevar el vaso hasta la licorera de la sala de estar, decidió ir a por la licorera y llevarla hasta el vaso. Cuando volvió, se sirvió una cantidad mínima del líquido dorado y bebió un sorbo mientras reflexionaba.

Bien, ¿de qué se habían enterado?

Todo seguía apuntando a que, aunque Tristram no le hubiese echado encima el armario a su padre, era muy posible que estuviese involucrado. Ciertamente era el que más se beneficiaba de la muerte de sir Peter. A menos que se las hubiese ingeniado para matar a su padre sin pisar el estudio, algo que sin duda era imposible.

Tras mirar las demás fotografías de la pared, Judith recordó que Rosanna había mentido desde el principio en lo tocante a su paradero. «Pero, pobre mujer», pensó Judith. Era el único miembro de la familia directa capaz de conservar un empleo. Y sin embargo, a pesar de ser la primogénita de sir Peter y lady Bailey, no tenía derecho a heredar parte de la casa ni ningún dinero cuando su padre muriese, algo que, como le había mencionado a Judith, era un motivo más que suficiente para que quisiera que su padre siguiese con vida. Cuando heredase, Tristram tendría el control de todo. Así que tal vez estuviese escondida en un armario por razones un tanto turbias cuando sir Peter murió, pero no tenía sentido que quisiera verlo muerto.

Por lo visto, todo seguía llevando de vuelta al testamento. Porque si, como parecía posible, sir Peter había hecho uno más reciente para incluir en él a Rosanna, o incluso le había dejado todos sus bienes a ella, ese documento posiblemente lo cambiase todo. Era de lo más frustrante, y Judith reconoció la sensación que la invadía cuando se atascaba durante la elaboración de un crucigrama. Cuando sospechaba que todas las opciones estaban dando vueltas en su cabeza, pero sabía que, por el momento, no sería capaz de hacer ningún progreso más.

Pensar en los crucigramas le recordó la página del *Marlow Free Press* que había arrancado del periódico de Chris Shepherd. Tras rellenar el vaso con un chorrito más de whisky, volvió a la sala de estar, se sentó en su sillón y se puso a buscar el papel en el bolso. Lo alisó en el regazo.

Pasó por alto la mayor parte de las pistas y miró las preguntas de Horizontal cuyas respuestas correspondían a las cuatro esquinas de la cuadrícula.

La primera era: *1. Pequeño pescado que comía Ida una vez por semana (6).*

Toda pregunta críptica estaba compuesta por dos mitades: la mitad que era el sinónimo literal de la respuesta y la mitad que constituía la «pista críptica». Judith sonrió, porque vio en el acto que esa pista en concreto era tan elegante como simple. La parte críptica de la pista era «Pequeño pescado que Ida comía», porque «pequeño pescado» a menudo significaba que el crucigramista buscaba la palabra FRY, «freír», como en la combinación *small fry*, «morralla». «Comía Ida» simplemente quería decir que FRY «se comía a» IDA, lo que daría la respuesta de FRIDAY, viernes, como confirmaba la segunda parte de la pista: el VIERNES era algo que, en efecto, pasaba «una vez por semana».

Judith miró la pista de la esquina inferior izquierda, 26 Horizontal: *Alternativa al* LSD *causa emergencia médica (7).*

Una vez más Judith se dio cuenta de que sonreía. Como crucigramista que era, también había usado LSD, puesto que constituía una elegante distracción: en particular cuando se situaba en un contexto médico, como era el caso en esta pista. «LSD» no hacía referencia a una droga ilegal, sino que era la abreviatura anticuada de las libras, los chelines y los peniques británicos. En cuanto a la parte críptica de la pista, una palabra como «emergencia» a menudo indicaba que había que buscar un anagrama. En este caso *medical emergency* significaba que la respuesta era un anagrama de «medical»; por ejemplo, DECIMAL, que era la respuesta correcta, ya que ciertamente «decimal» era una alternativa a las libras, los chelines y los peniques.

A continuación Judith miró la esquina inferior derecha: *28. Deslizarse dentro y arriesgarse a una rotura de tendón (5).*

Judith no intuyó en el acto lo que estaba buscando. Esa «rotura» podía indicar la presencia de un anagrama, pero TENDÓN era una palabra de seis letras, así que no podía ser. A continuación se centró en la palabra «dentro». Como de costumbre, Judith miró a ver si podía formar una palabra de cinco letras a partir de cualquier secuencia de cinco letras «dentro» de la propia pista. En cuanto consideró la pista teniendo esto en mente, cayó en la cuenta de que «dentro» de la segunda parte, en «RISK A TENDON», aparecían consecutivamente las letras S, K, A, T, E. Así que esa segunda mitad era la pista críptica que proporcionaba la respuesta: SKATE, como lo hacía la primera mitad, más literal, ya que la palabra *skate* significaba «deslizarse».

Ya tenía tres, solo le faltaba una. La última pista, la de la esquina superior derecha, era: *3. Detén un campo de juego (4).*

Dada su brevedad —y el hecho de que buscara una palabra de tan solo cuatro letras—, Judith supuso que se trataba de una pista sencilla, que no encerraba ninguna trampa; cada mitad de la pista ofrecía un sinónimo distinto de la misma palabra de cuatro letras. Sabía que un campo de juego podía ser un parque, y le satisfizo constatar que había dado con la respuesta a la primera. Después de todo, si se «detenía» un coche, se aparcaba, PARK, que asimismo es una palabra que significa «campo de juego».

Judith miró las cuatro respuestas que había escrito en las cuatro esquinas de la cuadrícula. Si las leía en sentido contrario a las agujas del reloj a partir de la primera pista, como había hecho con el crucigrama de la semana previa, obtenía las respuestas VIERNES, DECIMAL, SKATE Y PARQUE. Decimal se refería a un sistema aritmético basado en el número diez, así que ¿era una referencia a las 10.00? A Judith no le convencía mucho, pero si eso era lo que significaba, el resto del mensaje nuevamente era una guía para reunirse —¿acaso no?— el viernes a las diez en el parque de *skate* de Marlow. Pero ¿estaba en lo cierto? Y, si era así, ¿quién había dejado el mensaje? Y ¿por qué?

Lo único que Judith sabía a ciencia cierta es que al día siguiente era viernes y ella sabía dónde estaría a las diez de la mañana.

Capítulo 24

A la mañana siguiente, Judith llamó a Becks y le pidió que se reuniera con ella en las pistas de *skate* a las diez. A Suzie no la llamó, ya que decidió que se pasaría por su casa a pedírselo en persona. Esto se debía que, después de su visita a Marlow FM, quería hablar con Suzie de su carrera radiofónica. En lo que a Judith respectaba, alguien a quien se le daba tan bien su trabajo merecía hacerlo a tiempo completo, aunque con ello Suzie acabara siendo más famosa y —Judith seguía pensando— eso tal vez se le subiera demasiado a la cabeza a su amiga.

Cuando llegó en su bicicleta, a Judith le chocó descubrir que la fachada de la casa de Suzie aún era en su mayor parte una obra con andamios y lona desgarrada. No visitaba a su amiga desde el verano anterior, pero había dado por sentado que para entonces las obras ya habrían concluido.

—¿Qué haces aquí? —le preguntó Suzie cuando abrió la puerta.

—Nada, se me ocurrió venir a verte. ¿Puedo pasar?

Suzie retrocedió y dejó la puerta abierta. Judith siguió a su amiga hasta un pasillo de linóleo donde la recibió una *Emma* que babeaba de alegría.

—¿Quién es una buena chica? —dijo Judith mientras le rascaba las orejas a la perra afectuosamente.

Después de coincidir en que *Emma* tenía muy buen aspecto y de que Judith rehusara la taza de té que le ofreció su amiga, decidió ir al grano:

—Bien, en primer lugar, necesito que me ayudes con un pequeño misterio que me tiene desconcertada. ¿Estás libre para venir conmigo al parque de *skate* ahora, a las diez?

—Claro. Siempre que lo que sea que vayamos a hacer haya terminado antes de que empiece mi programa.

—No te preocupes, deberíamos tener tiempo de sobra. Pero, ya que mencionas el programa, precisamente quería hablarte de eso.

—¿Por qué?

—Porque ayer vi lo increíble que eres. Esa forma de pulsar y subir y bajar todos esos botones y controles mientras hablabas con la gente... yo no sería capaz de hacer algo así. Te compenetras muy bien con tus oyentes, y sé lo importante que es la emisora para la comunidad. Lo dejó más que claro tu forma de charlar con las personas que llamaron.

—¿Lo crees de verdad? —inquirió Suzie, rebosante de orgullo.

—Pero también sé que estás descuidando tu trabajo con los perros para hacer el programa.

—No es verdad.

—Sí que lo es.

—Te digo que no.

—Tú misma me dijiste que sí.

—¿Sí?

—Cuando fuimos a la esclusa de Hurley Lock.

—Ah, sí, es cierto. Se me escapó. Pero no es para tanto,

no puedo cuidar perros por la mañana, pero solo por la mañana. Me tengo que preparar para el programa.

—Claro. Pero me preguntaba si hay alguna forma de que te paguen por el trabajo que haces en la radio y compensar de ese modo el trabajo de cuidadora de perros que estás rechazando.

—Imposible. Somos todos voluntarios.

—¿Y si trabajaras en otra emisora? Una que pague.

—¿Por qué querría trabajar en otra emisora? Marlow FM es donde quiero estar.

—Pero ¿qué haces para ganar dinero?

—¿Crees que ando corta? —inquirió a su vez Suzie, ofendida.

—Suzie, la casa sigue sin fachada.

Daba la casualidad de que, desde que había recortado su trabajo de cuidadora de perros, las cuentas bancarias de Suzie estaban en números rojos y los gastos con las tarjetas de crédito también habían empezado a descontrolarse. De todas formas, las navidades eran un momento caro del año. En realidad la falta de ingresos la angustiaba, pero lo sobrellevaba intentando no pensar en ello.

—Eso no tiene nada que ver con el dinero —negó—. El albañil volverá y terminará el trabajo.

—¿Es el mismo albañil que no terminó el trabajo el año pasado?

Suzie no contestó en el acto.

—Puede —concedió al cabo.

—Necesitas contratar a otro.

—No puedo —objetó Suzie; la frustración le constreñía la voz—. Pagué al otro tipo para que lo hiciera.

—Pero no va a volver.

—Tal vez sí.

—¿Cuándo fue la última vez que hablaste con él?

—Querrás decir en qué año. Escucha, no te preocupes por mí —dijo, tiñendo su voz de una alegría que no sentía—. Ya saldrá algo, siempre sale. Pero lo más importante es que crees que la radio se me da bien, ¿no?

Judith no pudo evitar sonreír al ver lo vanidosa que era su amiga.

—No solo creo que eres buena. Creo que eres la mejor. Tienes que seguir haciendo ese programa, pero también tienes que seguir ganando dinero.

—Gracias, significa mucho para mí. Y tienes razón, tengo que compaginar lo que hago en la radio con un trabajo remunerado. Me estrujaré las meninges. Venga, y ahora vamos al parque de *skate*. Por el camino me cuentas qué se nos ha perdido en ese sitio.

Judith dejó que su amiga metiera la bicicleta en la parte trasera de la furgoneta y la llevara a Higginson Park. Cuando llegaron, cruzaron el pabellón de críquet para ir al parque de *skate*, que estaba justo al otro lado. Vieron que Becks ya estaba esperando. Llevaba unas botas y unos guantes, ambos de pelo, con los que batía palmas para conservar el calor.

—Bien, ¿cuál es este misterio que quieres resolver? —preguntó Becks cuando llegaron.

Judith les contó que el crucigramista del *Marlow Free Press* había estado enviando mensajes secretos.

—¿Para verse con alguien en el parque? —preguntó Becks, sorprendida.

—Seguro que hay una explicación sencilla —opinó Suzie—. Será una entrega de algún tipo de droga.

—No creo que los crucigramistas trafiquen con droga a menudo —replicó Judith.

—Tampoco resuelven asesinatos a menudo.

—*Touché* —respondió Judith con una sonrisa.

Las tres mujeres miraron la media docena de niños que bajaban y subían ruidosamente las rampas en sus tablas y patinetes. Ninguno tendría más de diez años. Muchos estaban con sus padres.

—No creo que tenga que ver con la droga —objetó también Becks.

El reloj de la iglesia de Todos los Santos empezó a dar las diez y las tres mujeres echaron un vistazo a su alrededor. Aparte de los niños que ya estaban patinando, había una anciana que se dirigía hacia un banco cercano, donde se sentó junto a un hombre más o menos de la misma edad que llevaba unos guantes gruesos y un sombrero de *tweed*. Pero después vieron a un hombre que corría hacia ellas justo cuando una mujer corría desde el lado opuesto del Camino del Támesis. El corredor consultó el reloj y Judith y sus amigas se miraron con nerviosismo. ¿Era esa la cita de las diez?

Tras ver la hora que era, el hombre se desvió y empezó a correr alrededor del perímetro del pabellón de críquet, mientras que la mujer tocó la primera estructura del parque de *skate*, dio media vuelta y se fue por donde había venido.

Los dos corredores no llegaron a estar a menos de veinte metros entre sí en ningún momento.

Cuando el reloj terminó de dar las diez, las mujeres se dieron cuenta de que no habían presenciado ningún encuentro furtivo.

—¿Le damos cinco minutos? —propuso Judith.

Después de cinco minutos más pasando frío, los niños seguían subiendo y bajando las rampas, sus padres miraban y la pareja de ancianos aún estaba sentada en el banco. Eso era todo.

—Menuda pérdida de tiempo —se quejó Suzie.

Judith estaba de acuerdo. De hecho, ¿y si se había equivocado y no había ningún mensaje secreto en el crucigrama críptico del *Marlow Free Press*?

—Yo no estoy tan segura de que sea una pérdida de tiempo —aseveró Becks mientras señalaba a una mujer que cruzaba Higginson Park hacia el río—. Mirad allí: es lady Bailey.

—Ya. Irá a algún sitio. —Suzie no parecía muy convencida.

—Pero tenemos que detenerla antes de que se aleje —dijo Becks, que echó a andar dando grandes zancadas. Suzie y Judith se miraron con cara de sorpresa antes de ir tras ella.

—Buenos días, lady Bailey —saludó Becks cuando dio alcance a la anciana.

—Buenos días —contestó esta.

—Bonitas botas de goma.

—¿Se puede saber por qué dice eso? —inquirió lady Bailey justo cuando llegaron Judith y Suzie, que ahora cayeron en la cuenta de lo que estaba pasando.

La aristócrata llevaba unas botas de goma rosa chicle cuya caña era muy estrecha.

Becks entró a matar, una asesina risueña.

—Ese rosa solo lo tienen las botas de goma Hunter, ¿no?

—Me parece divertido.

—Y veo que la caña es estrecha.

—La fortuna me ha concedido una buena genética, pero no sé a qué viene todo esto.

Judith vio una zona de barro húmedo junto al camino.

—¿Le importaría ponerse ahí un segundo? —le pidió.

—No sea ridícula —espetó lady Bailey, perdiendo la paciencia.

—Nos sería de gran ayuda —aseguró Judith.

—¿En serio?

—Solo será un momento. Después nos iremos, se lo prometo.

La aristócrata comprendió que la manera más rápida de deshacerse de las tres mujeres sería hacer lo que le pedían, así que dio unos pasos y pisó el barro.

—¿Satisfechas? —inquirió.

—Casi —contestó Judith—. ¿Podría volver?

—Muy bien —accedió lady Bailey, y regresó con las mujeres—. ¿Me puedo ir ya?

—No —espetó Judith al ver las huellas.

—¿Disculpe?

—No va usted a ninguna parte.

Lady Bailey había dejado dos pisadas claras en el barro. En la suela del pie izquierdo se veía un corte en la goma.

—Era usted, ¿no es verdad? —observó, sorprendida, Suzie—. La que estaba en el arriate de debajo del estudio de sir Peter cuando lo mataron.

—No sé de qué me habla —aseguró la aristócrata, pero las mujeres vieron que estaba nerviosa.

—Cuando sir Peter murió, encontramos pisadas de botas en el barro que había debajo de la ventana del estudio —precisó Judith—. Y nuestra amiga Becks dedujo que las huellas eran de unas botas de goma Hunter del número cuarenta.

—Por lo estrecho de la caña —añadió Suzie.

—Pero lo más importante es que había un corte característico en la suela izquierda. Un corte que encaja a la perfección con su bota. Estaba usted allí cuando lo mataron, ¿verdad?

La seguridad de lady Bailey se vino abajo.

—Dios mío —se lamentó—. Han de creerme, yo no tuve nada que ver con su muerte.

—En tal caso, ¿qué le parece si paseamos con usted y nos cuenta qué pasó esa tarde?

Lady Bailey miró a las mujeres y asintió como alguien que acabara de darse cuenta de que iba hacia la horca.

—Se lo contaré. Todo esto me ha estado consumiendo. Si les soy sincera, será un alivio quitarme este peso de encima. Y esta vez les prometo que diré la verdad, toda la verdad y nada más que la verdad.

Capítulo 25

—Entonces, ¿piensa admitirlo? —le preguntó Judith mientras caminaban juntas por el Camino del Támesis—. ¿Estaba al otro lado de la ventana del estudio de su exmarido cuando lo mataron?

—Dicho por usted hace que parezca algo malo.

—Lo asesinaron y usted estaba allí. Creo que es tan malo como parece.

—Solo quería verla.

—¿A quién?

—A ella. —La aristócrata vio que las mujeres no entendían—. A esa mujer.

—¿Se refiere a Jenny? —la ayudó Becks, que finalmente cayó.

—Sabía que no debía, pero no lo pude evitar. Era como un picor. No la había visto nunca. Lo cual es normal, puesto que no voy nunca a White Lodge. Pero se iba a casar con Peter, tenía que saber qué aspecto tenía. Prepararme para todas las fotos en las que la vería vestida de novia. Porque tenía claro que aparecerían en los periódicos locales. O me las enseñaría Rosanna, que nunca pierde la ocasión de meter el dedo en la llaga. Mi hija puede ser despiadada. Tenía que ver cómo era.

Las mujeres empatizaron con ella.

—Cuéntenos lo que pasó —pidió Judith con un tono mucho más amable.

—Hay un sendero público que baja por un lateral del jardín y une el Camino del Támesis con el del acceso de la casa. No lo conoce mucha gente. Peter dejó que los setos de laurel de ese lado del jardín cubrieran el sendero casi por completo. Pero yo sé que sigue allí. Y supe por unos amigos que iban a dar una fiesta (algunos no veían la hora de contármelo), así que, cuando la celebración estaba en su apogeo, crucé el puente de Marlow, enfilé el Camino del Támesis hasta el límite del jardín y, tras abrirme paso por el primer seto de laurel, avancé como buenamente pude por el antiguo sendero, entre los arbustos y la valla de la propiedad contigua.

»A medio camino hay un grupo bastante grande de arbustos en el jardín, justo al lado del seto de laurel, así que conseguí atravesar el laurel y esconderme entre los arbustos de las mariposas. Estaba muy satisfecha conmigo misma. Desde donde me encontraba podía ver todo el jardín y la fiesta, además de la carpa que habían instalado junto al río.

—¿No pensó que lo que estaba haciendo era un poco absurdo? —le preguntó Becks.

—Pues claro. Pero ya sabe cómo son las cosas cuando uno se ve sobrepasado con algo. Lo único que me importaba era ver a la novia, pero desde los arbustos no distinguía quién era. Estaba demasiado lejos, había demasiada gente. Sin embargo, vi que si cruzaba el césped e iba hasta la mansión tendría una vista mejor y al mismo tiempo la esquina de la casa me brindaría protección. Así que decidí acercarme para ver mejor.

—¿No le importaba que la gente pudiera verla? —inquirió Judith, impresionada.

—Naturalmente que sí, pero no había ningún motivo para que alguien estuviese en ese lado de la casa, puesto que allí no había nada que ver. Solo están el estudio de Peter en la planta baja y la ventana de su dormitorio en la de arriba. Y la cuestión es que las cortinas del estudio estaban corridas.

—¿Cómo? —preguntó bruscamente Judith.

—Sí. De no haber sido así, no sé si habría sido tan descarada.

Judith y sus amigas se miraron de soslayo: a fin de cuentas, como pudieron ver todos poco después, cuando irrumpieron en el estudio de sir Peter, las cortinas no estaban echadas.

—En cualquier caso —continuó lady Bailey—, estaba a punto de salir al césped para ir hasta la casa cuando vi que Tristram salía por la puerta principal.

—¿Lo vio salir de la casa? —se quiso cerciorar Judith—. ¿Está segura?

—Es mi hijo, claro que estoy segura. En realidad fue toda una suerte. Si hubiese salido de los arbustos un segundo antes, me habría visto. Pero de ese modo lo vi yo a él subir por el camino de acceso y desaparecer en la carretera. Cuando vi que no había moros en la costa, atravesé el jardín hacia la ventana del estudio.

—Una pregunta rápida —la interrumpió Judith—. Su hijo, ¿cómo estaba?

—No lo sé. ¿A qué se refiere?

—¿Parecía preocupado? ¿O apresurado?

—No, simplemente iba hacia la carretera. Nada muy significativo.

—¿Iba con alguien?

—No. No veo qué importancia tiene esto. Peter y sus invitados estaban abajo, junto al río; Tristram se había ido, y ¿saben qué? Que decidí que no merodearía, que iría con la cabeza bien alta. Si alguien me veía, me inventaría alguna excusa para explicar lo que estaba haciendo. Aunque no es que tuviera preparado nada. Pero era mi nuevo plan. Después de todo, esa había sido mi casa.

—Así que echó a andar usted por el jardín y se escondió en los arbustos de debajo de la ventana del estudio, ¿no? —aventuró Becks.

—Desde luego que no. No pensaba esconderme otra vez en ningún arbusto. Quería ver a la nueva mujer, eso era todo. Pero después de cruzar el césped, cuando estaba a punto de asomar la cabeza por la esquina de la casa, oí crujir la gravilla cuando llegó un coche. Me sorprendió, créanme. Era Tristram en su deportivo. ¿Se acababa de ir y había vuelto? En fin, ahí fue cuando las cosas empezaron a suceder muy deprisa. Vi que Peter salía para enfrentarse a Tristram, y entonces fue cuando me escondí en los arbustos. Y me alegro de haberlo hecho, porque poco después Tristram y Peter discutían con ganas a escasos metros. Y por fin vi a la mujer. No sé qué vio Peter en ella. De verdad que no. Está delgada, sí (claro que es joven, cómo no va a estar delgada), pero tiene un rostro anguloso, es toda codos y rodillas. Eso es lo que pensé. ¡Y ese pelo! Cabría pensar que habría ido a peinarse como Dios manda antes de la boda.

—¿Oyó usted lo que decían? —le preguntó Judith, que no quería que lady Bailey se fuera por las ramas.

—Lo oí, y me dejó conmocionada. Debo admitir que

Tristram fue bastante insolente. Decía que le daba lo mismo lo que hubiese hecho, que esa era su casa y que entraría y saldría cuando le diera la gana. Su futura madrastra estaba llorando. No tiene lo que hay que tener para estar casada con un hombre como Peter, la verdad. Y dijo que se iba a su habitación, que no soportaba seguir viendo cómo se peleaban los dos. Cuando se marchó fue cuando la cosa se puso fea de verdad entre Peter y Tristram; nunca vi tan furioso a Peter. Le estaba diciendo a Tristram que sabía lo que planeaba hacer, que lo sabía desde hacía algún tiempo, y por eso le había prohibido que asistiera a la boda.

—¿Sir Peter dijo que sabía lo que planeaba hacer Tristram? —repitió Judith.

Lady Bailey se dio cuenta de que había implicado a su hijo sin querer.

—Solo era una forma de hablar. Estaba enfadado, eso era todo. Y después Peter entró en casa. Pero la cuestión es que, después de que Peter se fuese, yo seguía viendo a Tristram. Y estaba destrozado. Cómo no lo iba a estar. No le gusta discutir con nadie, pero tiene su genio y Peter siempre lo hacía saltar. En cuanto Tristram volvió a la fiesta, yo desaparecí. Salí de los arbustos y me sacudí la ropa antes de volver al final del jardín y a la seguridad que me brindaban los setos de allí. Sepan ustedes que, llegados a este punto, me sentía bastante estúpida. Casi me habían descubierto y ahora sabía que no tenía ni la menor idea de lo que habría dicho si alguien me hubiese visto. De hecho, no me avergüenza admitir que estaba temblando. Me abrí paso por el laurel, pero miré una vez más hacia la casa y entonces fue cuando lo vi por última vez.

—¿A quién? —quiso saber Becks.

—A Peter. Estaba en su estudio.

—Ha dicho usted que las cortinas estaban echadas.

—Perdón, debería haberlo mencionado: cuando miré desde el seto, vi que abría las cortinas.

—¿Había alguien con él en el estudio?

—No que yo viese, pero no estaba mirando. Me interesaba más asegurarme de que Tristram estaba bien. Vi que estaba hablando con unas mujeres en la fiesta.

—Esas éramos nosotras —apuntó Becks.

—Bien. En ese caso, no hará falta que les diga que Tristram no tuvo nada que ver con la muerte de Peter.

—Pero ¿vio usted lo que estaba pasando en el estudio cuando el armario cayó? —quiso saber Judith.

—Estaba demasiado lejos y el sol acababa de salir, daba en las ventanas del estudio, así que no podía ver el interior, la verdad.

—Vaya, qué oportuno —comentó Suzie.

—No es culpa mía. Vi un resplandor en la ventana cuando oí ese golpe tremendo en algún lugar de la casa, aunque supuse que a algún camarero se le habría caído una bandeja con botellas de vino. O algo por el estilo. No sabía que lo que había oído había sido el momento en que Peter había muerto. Es espantoso, si lo piensas. Me di media vuelta y me fui lo más rápido posible.

—¿Vio que todos los demás entrábamos en la casa?

—No, para entonces yo estaba atravesando el laurel. Pero, puesto que eso era lo que querían saber, así es como mis huellas acabaron debajo de la ventana del estudio de Peter.

Lady Bailey miró a las mujeres como si esperase que ahora el asunto quedara zanjado.

—Ya se lo he preguntado —insistió Judith—, pero ¿seguro que no fue usted la que le pidió veinte mil libras a sir Peter?

—Naturalmente que no. Tengo mi orgullo, ¿sabe?

—Le seré sincera —terció Suzie—: no creo que alguien que se esconde entre los arbustos en la casa de su exmarido tenga mucho orgullo.

—Y la lógica nos dice que solo tenemos su palabra de que estaba en los arbustos cuando el armario cayó, ¿no es así? —puntualizó Judith.

—¿Se puede saber qué demonios están sugiriendo?

—Acaba de admitir que se acercó a la ventana del estudio, pero solo porque Becks ha visto que llevaba unas botas de la marca Hunter desde cincuenta metros de distancia. —El cumplido hizo ruborizar a Becks—. Y lo de que Peter abrió las cortinas y usted no pudo ver lo que pasaba dentro porque el sol se reflejaba en la ventana... No puede demostrar nada.

—Desde luego que no. Estaba yo sola.

—Siendo así, permítame que le sugiera una historia distinta: se acercó usted a la ventana del estudio cuando vio a sir Peter dentro. Y, como estaba solo, dio la vuelta a la casa, entró por la puerta principal y fue al estudio, donde mató a su exmarido tirándole el armario encima. Después se escabulló de la casa antes de que alguien reparase en usted. Y luego, cuando los invitados corrieron a la casa para ver qué había pasado, vio usted que no había moros en la costa, volvió al seto de laurel y logró escapar.

—No fue eso lo que sucedió, ¡cómo se atreve! —exclamó la aristócrata, que se enfureció en el acto—. Aquí la parte agraviada yo soy; fue mi marido el que me traicionó, el que me obligó a abandonarlo. Y ahora vivo en esa casucha, sobreviviendo con sus limosnas, y no tengo nada.

Judith miró a lady Bailey y vio tal amargura en ella —tal decepción e ira— que no tuvo la menor duda de que habría sido capaz de echar abajo un armario pesado.

—Tiene usted razón —convino Judith—. Ahora mismo lo único que tiene es un título. Un título que perdería cuando sir Peter volviera a casarse. Pero usted y Tristram siempre han sido uña y carne. Incluso en el óleo del recibidor de White Lodge se ve lo estrecha que es su relación. Y con sir Peter muerto, la fortuna de la familia iría a parar a Tristram, ¿no es así? Y no querría que su madre viviese en la pobreza en una casa pequeña. Apuesto a que, si jugaba usted bien sus cartas, podría volver a White Lodge. De hecho, en el fondo usted tenía más de un motivo para desear la muerte de su exmarido. Y se hallaba cerca (lo acaba de admitir), así que también tuvo la ocasión de hacerlo. Es más, ahora que lo pienso, tendría sentido que fuese usted el cómplice que hemos estado buscando todo este tiempo. La persona a la que está llamando su hijo para decirle que han de tener paciencia y esperar.

—¿Se puede saber qué tonterías está diciendo?

—Cuando le preguntamos si Tristram había estado efectuando llamadas telefónicas a escondidas, admitió usted que sí, pero que había estado llamando a una novia secreta. Así que lo que me pregunto es si nos dijo eso para despistarnos. Si en realidad la destinataria de esas llamadas que lo oyó hacer Rosanna era usted. Porque durante todo este tiempo ha sido usted cómplice de su hijo. Fue usted la que estaba en el estudio matando a sir Peter mientras Tristram se aseguraba de tener una coartada fuera.

—¡Qué disparate! —espetó lady Bailey—. Reconozco que estoy muy unida a Tristram y coincido en que ha recibido un trato injusto, pero yo estaba en la otra punta del jardín, ya me había alejado de la casa cuando oí todo aquel estrépito.

—Pero no lo puede demostrar, ¿no?

—¡Un momento! —exclamó la aristócrata, como si se le ocurriese algo—. Creo que sí. Cuando salí de los arbustos junto al río, me vio alguien. No me puedo creer que lo haya borrado de la cabeza, pero prácticamente cuando salí al Camino del Támesis vi al alcalde, a Tom Lewis, que pasaba por delante en su barco. Me dijo hola y yo a él algo por el estilo, no me acuerdo. Pero me vio. Segundos después de que se oyese el golpe.

Judith recordó que justo antes de que sir Peter muriera había visto que ante el jardín, por el río Támesis, pasaba un barco grande.

—Ya, claro —repuso una escéptica Suzie—, y ahora nos dice que, después de todo, tiene usted una coartada. Qué oportuno.

—No tiene por qué adoptar ese tono conmigo. Si piensa acusarme de asesinato, pregúntele al alcalde si me vio y él se lo confirmará. Y ahora creo que ya me han humillado bastante por hoy, ¿no les parece?

Lady Bailey miró a las mujeres con el mentón bien alto y giró sobre sus talones y echó a andar hacia High Street. Las amigas la siguieron con la mirada unos instantes, en silencio.

—Creo que acabamos de averiguar quién es el asesino —afirmó Suzie.

—Desde luego —coincidió Becks—. Qué inteligente por

tu parte, Judith, darte cuenta de que Tristram podría haber estado haciendo esas llamadas a escondidas a su madre durante todo este tiempo.

—Os diré lo que quiero saber —planteó Suzie—. ¿Por qué estaba Tristram en la casa antes? Debió de llegar a pie si lady Bailey ha dicho que unos minutos después apareció en su coche.

—Suponiendo que lo que dice lady Bailey sea verdad —advirtió Becks.

—Cierto —coincidió Judith—. Tenemos que hablar con el alcalde, ¿no os parece?

—Me puedo encargar yo —se ofreció Becks—. Canta en el coro y esta tarde es vísperas. Se lo preguntaré cuando lo vea.

—Buena idea. Mientras tanto, creo que deberíamos intentar encontrar el sendero que discurre en paralelo al jardín de sir Peter. Así comprobaremos si lo que cuenta lady Bailey puede ser remotamente cierto. Y después creo que debemos averiguar por qué Tristram estaba antes en White Lodge. Aunque a ese respecto tengo una teoría, y podría ser justo lo que estamos buscando.

—¿Por qué? —se entusiasmó Suzie—. ¿Qué crees que estaba tramando?

—Creo que es mejor que vayamos por partes. Primero el seto y después Tristram.

Capítulo 26

Cuando se aproximaban al puente de Marlow, las mujeres vieron que estaba pasando algo. Los coches daban marcha atrás, haciendo sonar el claxon con rabia, y en el puente había personas con pancartas, parando el tráfico.

—¿Qué ocurre? —preguntó Becks a un curioso.

—Hay una protesta contra el cambio climático —respondió el hombre.

—Pero tenemos que cruzar —adujo Becks.

—Solo están parando a los coches, los peatones pueden pasar.

—Venga, pues vamos —dijo Judith, que echó a andar por el puente, dejando atrás los coches que retrocedían.

Había unas veinte personas con pancartas, carteles y distintas carracas y silbatos, metiendo ruido, y un par de agentes de policía que intentaban dispersarlas.

Mientras los manifestantes coreaban «¡No hay planeta B! ¡No hay planeta B!», Judith vio que Rosanna estaba sentada con las piernas cruzadas a lo indio a la cabeza del grupo mientras sostenía un cartel escrito a mano en el que ponía: «No me hagas caso si no quieres, pero te arrepentirás».

Judith se acercó, con sus amigas a su lado, aunque vio que Becks estaba inquieta.

—No sé si debería estar aquí —dudó esta.

—Vaya, qué maravilla —dijo Judith a Rosanna al pasar.

Sorprendida al ver a Judith y a sus amigas, Rosanna se levantó.

—¿Qué están haciendo aquí? —les preguntó.

—Igual que los tres cabritos Gruff del cuento, intentamos llegar al otro lado —respondió Judith—. Pero me alegra ver que los jóvenes se manifiestan. Nada cambia en la sociedad sin una acción directa. Pregunte a las sufragistas. Aunque no la tenía a usted por alguien que protestara contra el cambio climático.

—No es algo que haga normalmente —admitió Rosanna con incomodidad—. Protestar no es innato en mí, pero a veces uno no tiene elección. Con las cosas que pasan, hay que actuar.

—Tiene usted toda la razón —coincidió Judith, que miraba a Rosanna con cara inexpresiva—. A veces no queda más remedio que actuar.

La mujer con las puntas del pelo de color azul —a la que Judith y Suzie habían visto en la chalana de Rosanna y de la que ahora sabían que era Kat, la hija de Andrew Husselbee— se acercó.

—¿Te están molestando? —preguntó Kat a Rosanna antes de volverse hacia Judith—: Tenemos derecho a manifestarnos públicamente. Lo ampara la Convención Europea para la Protección de los Derechos Humanos.

Ahora que veía a Kat más de cerca, Judith se percató de que en sus ojos había un fervor que asustaba un poco.

—Es usted Kat, la hija de Andrew Husselbee, ¿no? —le preguntó Judith.

—¿A usted qué le importa? Vamos, Rosanna, tenemos qué hacer.

Kat se llevó a Rosanna, pero, en cuanto se unieron al grueso del grupo, cambió de opinión y volvió con Judith y sus amigas.

—Mi padre aprueba lo que hago, lo saben, ¿no? —dijo.

—No lo dudo —contestó Judith, y antes de que Kat se diera cuenta de lo que estaba pasando, Judith ya se había sacado la lata de caramelos del bolso y la estaba abriendo—. ¿Una pastilla?

Kat miró a su alrededor —a los manifestantes que gritaban, a la policía— y después a la mujer que le estaba ofreciendo una lata de caramelos.

—No, gracias —negó.

—Como guste —respondió Judith antes de sacar un caramelo y escudriñar la ruidosa escena—. No es exactamente París en el 68, pero no ha habido nada como París en el 68, ni antes ni después —añadió con melancolía.

—¿Participó usted en las protestas de Mayo del 68?

—¿Ha oído hablar de ellas?

—Todo el que cree en manifestarse ha oído hablar de ellas. ¿Cómo fue?

El recuerdo hizo que a Judith se le iluminase la mirada.

—Yo acababa de volver de Oxford y me sentía algo perdida, así que ese verano me fui a París. Fue maravilloso, visto con la perspectiva del tiempo, desde luego. En su momento hacía mucho calor y era un incordio. Pero ¿me permite que le haga una pregunta? Estamos tratando de ayudar a la policía a llegar al fondo de lo que le sucedió al padre de Rosanna. ¿Me podría decir qué opina de la familia Bailey?

—Es fácil —aseguró Kat—. Los Bailey son todo lo que hay de malo en este país. Enriquecerse a costa del trabajo duro que realizan otros y seguir siendo ricos generación tras generación aunque no hagan nada para ganar ese dinero. Son vampiros.

—Viendo los toros desde la barrera, ¿por qué no? —apuntó Suzie con una sonrisa.

—¿A ustedes les caen bien? —inquirió con rabia Kat.

—Apenas los conocemos —reconoció Becks.

—Al menos el padre de Rosanna entró en razón al final.

—¿A qué se refiere? —quiso saber Judith.

—Quitó del testamento a Tristram, ¿no? Y con razón. No merecía heredar. No, teniendo en cuenta cómo se comporta.

—¿Cómo sabe que lo desheredó?

—Me lo contó él. El día de Navidad Jenny dio todo un banquete, preparó incluso platos veganos para mí, toda una novedad en esa familia, se lo aseguro. Después vi a Peter en su estudio con una copa de vino. Estaba mirando esas radiografías siniestras que hay detrás de su mesa. Lo noté muy envejecido. Como débil, ¿sabe? Y él nunca pareció débil. Así que le pregunté si estaba bien, y me contó que le preocupaba haber perjudicado a Tristram. Le pregunté de qué estaba hablando y entonces fue cuando me dijo que había cambiado el testamento y había dejado fuera a Tristram. Quería saber si había cometido un error. Yo le dije que era su dinero, que podía hacer lo que le apeteciera con él.

—¿Le dijo a quién le dejaba el dinero?

—¿Se refiere a si era a Rosanna? No se lo pregunté. Era el día de Navidad.

—Pero Rosanna cree que ahora heredará, ¿no?

—No lo sabe. No con certeza. Si le soy sincera, me preocupa. Está obsesionada con el puñetero testamento, solo habla de eso. Creo que la está volviendo un poco loca. En mi opinión, no es más que otro ejemplo de cómo corrompe el dinero. Y si hay mucho, corrompe más aún. Aunque da lo mismo, porque no hay manera de dar con el último testamento, ¿no?

—Y eso ¿no le fastidia?

—Soy abogada. He visto a demasiadas familias destrozadas por culpa de un testamento. Si tiene que aparecer, aparecerá. Si no, pues no. Hay cosas más importantes en el mundo de las que preocuparse —añadió Kat mientras señalaba a los manifestantes.

—No queremos entretenerla más —afirmó Judith—. Pero, si me permite la pregunta, ¿por qué no estaba usted en la fiesta? —inquirió.

—¿Cómo?

—Es usted la novia de Rosanna, no la vi en la fiesta que dio sir Peter la víspera de su boda. ¿Por qué motivo?

—Por Dios, no quería pasarme la tarde con un puñado de gente estirada.

Había algo que no terminaba de encajar en la respuesta, y Kat vio que Judith no la creía del todo.

—Está bien, ya que lo pregunta: estaba en la peluquería. Preparándome de cara al gran día, ¿de acuerdo?

Judith sonrió para sus adentros. Imaginaba perfectamente que una activista ecológica como Kat no quisiera admitir que se estaba poniendo guapa para asistir a una boda de la alta sociedad.

—¿Dónde fue esto? —se interesó.

—Divas and Dudes.

—Conozco el sitio —aseveró Becks: era donde llevaba a sus hijos para que les cortasen el pelo cuando eran pequeños—. ¿No es una peluquería solo para niños?

—La propietaria es amiga mía y voy siempre. Así que, si intenta sugerir que tuve algo que ver, estaba en la peluquería.

Un joven con las mejillas sonrosadas se acercó corriendo, azorado.

—La policía dice que nos puede dispersar.

—¡Maldita sea! —exclamó Kat, y se dirigió con su amigo hacia los agentes para quejarse.

—Es la primera prueba, ¿no? —observó Suzie—. De que sir Peter dejó a Tristram fuera del nuevo testamento que hizo.

—Suponiendo que Kat dice la verdad, claro está —puntualizó Judith.

—¿Por qué iba a mentir?

—Perdonad —terció Becks mientras miraba a unos fotógrafos que estaban sacando fotografías de los manifestantes—, pero ¿os importa que nos vayamos? ¿Ahora?

—Claro que no —aseguró Judith con una risotada, y las tres mujeres cruzaron al otro lado y echaron a andar junto al río, dejando atrás el hotel Compleat Angler. Enfilaron el Camino del Támesis en dirección al pueblo de Bourne End—. Creo que tenemos que comprobar la coartada de Kat —decidió Judith.

—¿No la crees? —le preguntó Becks.

—No creo a nadie... no hasta que no hayamos comprobado que dice la verdad.

—Es lo suyo —aseveró Suzie—. Aunque sería raro que ella estuviese en el estudio matando a sir Peter mientras su novia estaba arriba, escondida en un armario, ¿no os parece?

—Ya. Sí que suena algo extraño, ahora que lo dices.

—¿De verdad estamos seguras de que en el estudio había alguien matando a sir Peter? —insistió Becks.

—Sí —respondieron al unísono sus dos amigas.

—Lo siento, solo quería saber si seguimos estando seguras de eso.

—Lo estamos —aseveró Suzie.

Mientras caminaban entre las espléndidas casas y los en ocasiones casi igual de espléndidos barcos de los embarcaderos, las mujeres debatían cuál de esas casas que valían miles de millones de libras les gustaría tener. Para Suzie el tamaño lo era todo y se sintió especialmente atraída por un ostentoso yate de tres plantas que se alzaba junto a una casa moderna que en su mayor parte era una pared de cristal con vistas a la esclusa de Marlow. La idea hizo recular a Becks.

—Imagina mantener limpio todo ese cristal —objetó.

—Creo que si me pudiera permitir un casoplón de ese tamaño, también me podría permitir pagar a alguien que lo limpiase —razonó Suzie.

Judith disfrutaba escuchando la conversación, pero no tomaba parte en ella. Después de todo, ya vivía en una mansión a orillas del Támesis que le parecía perfecta en todos los sentidos.

El sendero se detenía en una verja cerrada. Antes, las

tres mujeres pensaban que ahí era donde terminaba el Camino del Támesis, pero ahora vieron que el denso seto de laurel delimitaba el jardín de los Bailey. De creer a lady Bailey, en su día el Camino del Támesis continuaba al otro lado, pero ahora el seto cerraba el paso.

—¿Vamos? —preguntó Judith.

Becks y Suzie no estaban seguras.

—No os preocupéis, yo iré delante.

Mientras Judith se abría paso entre el denso follaje, le vino a la memoria el verano anterior, cuando atravesó unos arbustos similares y encontró el cuerpo sin vida de su vecino flotando en el río. Su resolución se vio redoblada.

Dejando el tupido laurel a su izquierda y una valla alta de madera a su derecha, Judith continuó avanzando. Le complació ver que, en efecto, había una suerte de sendero que podía seguir, aunque para hacerlo tenía que apartar constantemente las gruesas ramas de laurel. Pensó que era como un coche estrujado entre los altos rodillos de un túnel de lavado.

Después de un minuto aproximadamente de avanzar a duras penas por el sendero, vio una pequeña abertura en el seto y se detuvo. Retiró las ramas y vio un grupo de arbustos al otro lado y, algo más allá, White Lodge. Divisó las azaleas debajo de la ventana del estudio de sir Peter y la ventana más pequeña, la de la habitación, arriba.

Judith distinguió una colilla blanca en el barro. Mientras sus amigas le daban alcance, se agachó para cogerla. En el filtro, con letras doradas, se veía la palabra «Cartier».

—Es como nos dijo —confirmó Judith—. Lady Bailey estuvo aquí.

—Espiando a su exmarido —añadió Suzie, casi con admiración—. Y ahora, ¿cuál es el plan? —quiso saber—. ¿Vamos a hablar con Tristram?

—No —replicó Judith—. Ahora, por fin, creo que ha llegado el momento de que encontremos el testamento de sir Peter que ha desaparecido.

Capítulo 27

En White Lodge, Jenny estaba en el estudio, absorbiéndolo todo. Todavía veía cristales pequeñísimos que brillaban en la alfombra. De no ser por ellos —y por la parte del marco que había arrancado la cerradura— no habría ninguna señal evidente de que allí se había producido una tragedia.

—¿Jenny? —oyó que la llamaba Judith desde la casa.

—En el estudio —contestó.

Judith, Becks y Suzie llegaron a la puerta.

—¿Se encuentra bien? —se interesó Becks.

—Solo intentaba averiguar qué pasó aquí. Cómo pudo hacerle alguien esto. Cómo pudo haberle hecho esto Tristram —añadió a modo de aclaración.

—¿Sí? —inquirió Judith.

—Intento ser lógica. Es la única persona que se beneficia de la muerte de su padre. Y sé que ustedes dicen que quizá trabajara con alguien, pero ¿y si es mucho más simple que eso? Que Tristram matara él solo a su padre.

—¿Aunque estuviese fuera, en el jardín, cuando ocurrió?

—Precisamente en eso estaba pensando. ¿Y si Peter estaba aquí solo y se echó encima el armario sin querer?

—Pero ¿por qué haría tal cosa? —quiso saber Suzie.

—Ni idea. Quizá intentara coger algo que hubiese puesto encima. Una vez lo pillé escondiendo ahí arriba gajos de naranja recubiertos de chocolate. Algo muy propio de él. Y eso que, ¿quién come esas cosas en esta época? Pero estaba furioso después de discutir con Tristram, así que, ¿y si vino aquí, cerró la puerta para tener un poco de intimidad y, al intentar coger algo que tuviera arriba, acabó echándose encima el armario? Me refiero a que fue un accidente espantoso. Espantoso. Después irrumpimos aquí todos, pero lo que me preguntaba es: ¿y si me equivoqué cuando le tomé el pulso? ¿Y si seguía vivo?

—¿Es probable? —le preguntó Judith.

—No lo sé. Mi trabajo consiste en saber tomar el pulso, pero no pensaba con claridad. Fue todo tan traumático... ¿Y si me equivoqué? Me hicieron salir de aquí antes de que tuviera ocasión de tomárselo de nuevo. Es posible que... quizá siguiera vivo.

—Ah, ahora lo entiendo —cayó Judith al recordar que cuando Suzie y ella estaban esperando fuera con los demás invitados después de que se cometiera el asesinato, no vio a Tristram entre la multitud—. ¿Está diciendo que, después de que todos saliéramos de casa para esperar a que viniera la policía, Tristram vino aquí?

—Es una posibilidad. Y la cosa es que parte de los instrumentos científicos que cayeron del armario pesaban bastante.

—Así que Tristram cogió algo grande y pesado y asestó el *coup de grâce*. O sea, que sir Peter murió mucho después de cuando pensamos que lo hizo, ¿es eso?

—No lo sé. Ahora que lo dice usted en voz alta suena muy rebuscado.

—Pero no cabe duda de que es una posibilidad, tiene razón. Creo que por eso es tan importante que encontremos ese testamento desaparecido.

—Sí —afirmó Jenny—, y a eso también le he estado dando vueltas, porque las cuatro hemos registrado esta casa como si fuésemos sabuesos. Así que, ¿y si el motivo de que no podamos encontrarlo es que no está aquí?

—Tiene sentido —pensó Becks—. Pero entonces, ¿dónde está?

—No lo sé. Pero, por tratar de simplificar, si no está dentro, puede que esté fuera, ¿no?

—Eso mismo se me ha ocurrido a mí —coreó Judith—. De hecho, acabamos de averiguar que lady Bailey vio que Tristram salía de casa a pie unos minutos antes de que llegara en su coche.

—¿Eso hizo? —preguntó, sorprendida, Jenny.

—Así que, ¿y si estuvo aquí antes porque vino a coger el testamento? La cuestión es: ¿qué hizo con él?

—Eso es fácil —aseguró Suzie—. Lo quemaría. En una chimenea. Y hay tres o cuatro para elegir, ¿no? —les recordó Suzie, cogiendo confianza—. Hay chimeneas en el estudio, la sala de estar y arriba, en su habitación.

—No creo que lo quemara —objetó Judith.

—¿Cómo puedes estar segura?

—No lo estoy. Pero ¿y si alguien lo sorprendía quemando un documento minutos antes de que encontraran a su padre muerto? ¿Cómo lo habría explicado? Y ya sabes lo que le pasa al papel cuando se prende: siempre quedan trocitos sin quemar. Creo que habría sido demasiado arriesgado. Así que estoy con Jenny: ¿y si escondió el documento fuera? ¿En algún lugar entre la puerta principal y la calle? ¿A quién se le ocurriría mirar en un sitio así?

Con Judith encabezando la comitiva, las cuatro mujeres salieron de la casa y subieron por el camino de gravilla. La pista de tenis estaba a su izquierda, tras un seto de aligustre bajo.

—Nadie metería un testamento en un seto, ¿no? —planteó Jenny.

—No lo creo —opinó Suzie—. Alguien podría verlo.

—Sugiero que probemos detrás del seto de hayas —indicó Judith mientras señalaba el seto cubierto de hojas marrones secas que discurría por el otro lado del camino. Había un arco de ladrillo que llevaba al jardín de nudo y a un invernadero rebosante de vegetación.

Las mujeres franquearon el arco para echar una ojeada, pero allí tampoco parecía haber ningún lugar evidente donde esconder un testamento.

Suzie fue hasta la puerta del invernadero y probó a abrirla: estaba cerrada.

—¿Suele estar cerrada? —preguntó.

—La llave está en casa, pero sí —repuso Jenny—. Para evitar robos.

Jenny hizo una pausa y frunció el ceño.

—¿Qué pasa? —quiso saber Judith.

—Alguien ha estado removiendo en el compost —contestó Jenny al tiempo que apuntaba al gran compostador de metal situado junto al invernadero que estaba lleno de mantillo. La superficie, de un marrón claro, estaba completamente nivelada, pero había un pequeño montículo de mantillo de un color más oscuro cerca del borde—. La última vez que estuve aquí estaba completamente raso.

Las otras mujeres se sumaron a Jenny y observaron el montoncito de compost más oscuro. Todas estaban pensando lo mismo.

—No pienso meter la mano ahí —aseveró Becks.

—No estoy segura de que yo quiera hacerlo —vaciló Judith.

—Solo son hojas muertas —le restó importancia Suzie, que se quitó el plumífero y se lo dio a Jenny.

Después se remangó, introdujo la mano en el mantillo mojado y torció el gesto mientras se concentraba en palpar el compost con los dedos.

—Espero que no te hagas veterinaria nunca —bromeó Becks.

—Vaya, vaya, ¿qué es esto? —se preguntó Suzie.

Sacó el brazo del mantillo y en la mano sostenía un papel roto. Estaba completamente empapado, pero se veía un borrón de tinta azul.

Suzie lo dejó en el mantillo y, aunque la tinta se había corrido con la humedad del compost, se podía ver algo escrito a mano.

[testamento]

Esta es la últ
Estando en ple

—¡Es la letra de Peter! —exclamó Jenny.

Suzie volvió al agujero que había hecho e introdujo la mano de nuevo. Tras unos instantes palpando, sacó otro papel.

—¿Qué pone? —inquirió Jenny, expectante.

—Veamos —repuso Suzie, y lo colocó junto al primero.

Vieron que se distinguían la firma y el nombre de Chris Shepherd.

Suzie metió la mano por tercera vez y empezó a sacar puñados de compost hasta llegar a la profundidad a la que se hallaban los trozos de papel. Después de coger los que quedaban, se los dio a Judith, que los colocó junto a los dos primeros para intentar recrear el documento original. Cuando Suzie terminó, el documento estaba prácticamente completo y las cuatro pudieron leerlo.

[testamento]

10 de diciembre de 2022

Esta es la última voluntad de sir Peter Bailey.

Estando en plenas facultades mentales y físicas, instituyo heredero universal de todos mis bienes a Jenny Page. Si muriese en circunstancias sospechosas, ruego investiguen a mi hijo, Tristram Bailey. No se detendría ante nada para asegurarse de que no me caso con el amor de mi vida.

Debajo del texto se veían la firma ondulada de sir Peter y las firmas y nombres de Andrew Husselbee y Chris Shepherd.

—Me lo dejó todo a mí —comentó Jenny mientras trataba de procesar lo que estaba leyendo.

Judith, Becks y Suzie no sabían qué decir.

—Pero ahora que lo hemos encontrado, ¿es válido?

—Lo siento —se lamentó Judith—, pero no veo cómo podría serlo.

—Pero ustedes mismas lo pueden ver. ¡Me lo dejó todo!

—En un testamento que está roto.

—¡Es lo que Peter quería!

Las amigas vieron que Jenny empezaba a ponerse histérica, lo cual era comprensible, en su opinión. Suzie y Judith miraron de soslayo a Becks para que interviniese, así que esta rodeó la cintura de Jenny con un brazo.

—¿Por qué no vamos dentro? —propuso—. Ellas llamarán a la policía.

Mientras Becks se llevaba a una consternada Jenny, Suzie miró a Judith para que le confirmase lo que habían descubierto.

Judith hizo un gesto de asentimiento.

—No es legal —sentenció—. Aunque, ahora que lo pienso, falta el sobre.

—¿Qué quieres decir con eso?

—Que tenemos el testamento, pero ¿dónde está el sobre en el que se encontraba?

—Olvida el sobre —pidió Suzie—. Lo único que importa es el testamento. Tristram lo sacó de la casa justo antes de matar a sir Peter, como dijo Jenny. Cogió el testamento, lo hizo pedazos, lo escondió en el compost y salió a la carretera, donde se subió a su deportivo para hacer una entrada llamativa segundos después. Pero esto significa que el testamento anterior es el único que contará, ¿no? El que se lo deja todo a Tristram.

Ambas mujeres tardaron un momento en caer en la cuenta de lo terrible que eso era para Jenny.

—Y sir Peter sabía que Tristram iba por él, ¿no? —añadió Judith, la ira apoderándose de ella—. Por eso me quería en la fiesta. Por eso quiso hacer un testamento en el que se lo dejaba todo a Jenny, antes incluso de casarse. Porque temía que Tristram lo iba a matar.

—Y eso hizo, ¿no? Aunque no podamos demostrarlo. Y ahora lo heredará todo: el título, la casa, la fortuna. Ha cometido un asesinato y ha salido impune, ¿no es así?

—Pero ¿cómo lo hizo? —se preguntó Judith, completamente perpleja—. ¿Cómo se las arregló para matar a su padre teniendo en cuenta que, cuando murió, él estaba fuera, hablando con nosotras?

Capítulo 28

Cuando el inspector Gareth Hoskins llegó con dos agentes de policía, Judith los acompañó al compostador.

—¿Cómo demonios se les ocurrió mirar en un montón de compost? —inquirió.

—Vieron a Tristram Bailey salir de la casa justo antes de que se cometiera el asesinato.

—¿Asesinato? —repitió el inspector, risueño.

—No tengo intención de pasar por esto otra vez. El testamento de sir Peter está encima del compost, alguien lo rompió y lo escondió, aunque creo que al menos debería tener en cuenta que el sobre en el que estaba ha desaparecido.

—¿Le preocupa que falte el sobre?

—No, pero espero que a usted sí —repuso antes de dar media vuelta para marcharse.

—Un momento —pidió el inspector Hoskins, que no estaba contento con que fuera Judith quien pusiera fin a la conversación—. Aunque Tristram Bailey saliese de la casa justo antes de que sir Peter muriera, ¿qué les hizo mirar en este montón de compost?

—Como sin duda sabrá, antes de que echara de casa a

Tristram a finales de noviembre del año pasado, sir Peter acusó a su hijo de intentar matarlo (con veneno) y después cambió el testamento. Fue un simple proceso de deducción lo que nos llevó hasta el compostador.

—¿Cómo demonios sabe usted todo esto?

—¿Cómo demonios no lo sabe usted?

El inspector no contestó en el acto.

—Necesito tomarle declaración formalmente —dijo.

—Desde luego. Lo que haga usted con la información es cosa suya.

Con una sonrisa que decía que esta vez la conversación había terminado de verdad, Judith volvió a la casa. Vio que ahora había un Jaguar azul oscuro aparcado a la puerta de White Lodge y se preguntó quién había llegado mientras ella hablaba con la policía.

Dentro encontró a Jenny, Suzie y Becks en la cocina con Andrew Husselbee.

—Hola, señora Potts —la saludó el abogado con cordialidad.

—Judith, por favor. ¿Qué está haciendo aquí?

—Me llamó Jenny para comunicarme la noticia.

—Dice que el testamento no es legal —contó Jenny.

—Lamentable —afirmó entristecido—, pero así es la ley.

—Es lo que Peter quería —sollozó Jenny.

—Eso no lo sabemos.

—Claro que lo sabemos: firmó el documento. Lo fechó. Es de su puño y letra. Me lo dejó todo a mí. Yo debería tener su dinero. ¡Quiero su dinero!

—Pero existe una explicación alternativa que es igual de válida. Cambió el testamento, como dice usted, pero después se lo pensó mejor y lo hizo trizas.

—¿Y lo escondió en el compost? —planteó Suzie.

—Buena pregunta—alabó Judith—. ¿Por qué no lo tiró a la basura sin más?

—Por desgracia, eso nunca lo sabremos —se lamentó Andrew—. Pero, legalmente, un testamento roto carece de validez. Así son las cosas. No sería justo que les diera otra impresión. Lo siento. Aunque, si me permiten la pregunta, este testamento roto que han encontrado, ¿le deja algo a alguien que no sea Jenny?

—¡Me lo dejó todo a mí! —insistió Jenny, y era evidente que ya le daba lo mismo lo avariciosa que pudiera parecer.

—¿Qué quiere decir con eso? —le preguntó Judith.

—Me gustaría saber si le legó algo a Chris Shepherd.

—¿Por qué demonios haría tal cosa?

—Cuando ejercimos de testigos del testamento, Chris le preguntó a Peter si había cumplido su promesa. Sir Peter le aseguró que sí, y lo dijo de un modo que daba a entender que había dejado algún legado a Chris en el testamento. Pero la cosa es, como le expliqué después a sir Peter, que el testamento no habría sido válido si en él se dejaba algo a Chris.

—¿Por qué?

—Si se nombra heredero a alguien en un testamento, ese alguien no puede ser testigo del mismo.

—Tiene sentido —aseveró Suzie.

—Pero Peter me aseguró que le había contado a Chris lo que él llamó una «mentirijilla piadosa» para que atestiguara el testamento. No le había dejado nada. Sir Peter se mostró bastante despectivo, de hecho. Dijo algo como: «¿Por qué le iba a dejar dinero a mi jardinero?». Era una faceta muy poco atractiva de sir Peter. Podía ser bastante esnob cuando le daba por ahí. Supongo que no estoy siendo más que un chismoso que intenta averiguar qué pasó de verdad.

—Un momento —pidió Judith, a la que el cerebro le iba a toda velocidad—. ¿Chris contaba con recibir algo en el nuevo testamento?

—Pero solo porque eso fue lo que le dijo sir Peter.

—Así que, si lo hubiese encontrado, se habría dado cuenta de que sir Peter le había mentido —dedujo Suzie—, y podría haberlo roto perfectamente y haberlo escondido en el compost (normal que eligiera el compostador, puesto que es el jardinero) y después ir al estudio el día anterior a la boda y asesinar a sir Peter.

Andrew frunció el ceño.

—¿Qué ocurre? —quiso saber Becks.

—Que es posible, pero Chris sabía desde hacía semanas que sir Peter no le dejaría nada en el nuevo testamento. Se lo dije esa tarde, después de que ambos ejerciéramos de testigos. Yo me iba de White Lodge y Chris iba a volver a trabajar al jardín. Me acerqué a hablar con él, era lo correcto. Y cuando uno es abogado, siempre ha de hacer lo correcto. Aunque resulte incómodo. A la larga, siempre es lo mejor. Así que le dejé claro que, pese a lo que había sugerido sir Peter, en el nuevo testamento no se le dejaba nada. Siento decir que fue toda una prueba para Chris.

—¿Qué significa esa palabrería de abogado? —preguntó Suzie.

—Se enfadó —aclaró Andrew—. Lo tuve que parar para que no volviera a la casa y se enfrentase a Peter en ese mismo instante.

Las mujeres se miraron. ¿Por qué no les había mencionado eso Chris cuando hablaron con él en el Two Brewers?

—¿Qué más da lo que sabía o no sabía? —apuntó Jenny—. No le dejó nada a él y a mí sí, eso es lo único que importa. ¡Yo debería heredarlo todo!

—Y, sin embargo, no va a ser así —insistió Andrew, entristecido—. Tengo en mi poder el único testamento intacto de sir Peter, de hace muchos años. Y el heredero universal es Tristram, lo siento.

—Pero no es posible que se quede con todo, ¿no?

—Me temo que sí.

—¿Con esta casa? ¿Con su dinero?

Andrew no dijo nada, y esa fue toda la respuesta que Jenny necesitaba. Se dio la vuelta y se marchó de la sala.

—Un resultado terrible —aseguró, con pesar, Andrew—. Creo que Jenny necesitará el apoyo de sus amigas durante un tiempo.

—¿Cuándo se hará con la herencia Tristram? —quiso saber Judith.

—Para autenticar el documento se dispone de un año a partir del día del deceso. Me aseguraré de que no lo presentamos en la agencia tributaria hasta el día trescientos sesenta y cinco.

Con otra sonrisa triste, Andrew se marchó.

—Es terrible —se lamentó Becks—. Jenny debería haberlo heredado todo. Es lo que sir Peter quería.

—Pero ¿por qué mintió a Chris Shepherd? —inquirió Suzie—. ¿Por qué no pedirle a otra persona que atestiguara el testamento?

—Porque hay una clase de inglés que tiene dinero y es extremadamente culto y no se toma nada demasiado en serio porque nada lo perjudica nunca —respondió Judith—. Su riqueza lo mantiene aislado de los errores que comete.

—No crecen nunca. —Suzie lo entendió.

—Exacto. Así que le dice lo que quiere oír a la persona con la que está hablando. Tú y yo lo llamaríamos mentir, pero ellos creen que de ese modo todo el mundo está contento. Básicamente son niños. A efectos prácticos, sir Peter era un mentiroso. Mintió a su mujer cuando le fue infiel y mintió a su jardinero cuando le prometió que le dejaría dinero pese a que en realidad no le había dejado nada. Aunque yo lo que quiero saber es esto: ¿por qué no le dejó nada a Rosanna en el nuevo testamento?

—Tienes razón —opinó Becks—. Es muy raro, aunque dé lo mismo. Porque Rosanna no consiguió abrir la caja fuerte de la habitación de su padre. No encontró el nuevo testamento. De lo contrario, no tendría ningún motivo para estar escondida en un armario arriba mientras mataban a su padre abajo.

—Pero ¿por qué no legarle algo? —porfió Judith.

—No lo sé —reconoció Suzie—. ¿Estaba loco? O quizá hubiese tenido una de esas peleas con ella de las que nos habló Jenny y que lady Bailey confirmó. No olvidéis que dijo que a veces pensaba que sus broncas acabarían de manera violenta.

—Aunque Jenny comentó que esas discusiones nunca eran por algo personal —recordó Becks—. Que siempre estaban relacionadas con el trabajo.

—Todas las discusiones son personales —aseveró Suzie—. Y todo el mundo nos ha dicho lo melodramático que era sir Peter. Todo en este nuevo testamento es melodramático, diría yo. Dejarle todo a su novia, llamar asesino a su hijo. Mirad —continuó Suzie, de pronto animada—. Sir Peter llama asesino a su hijo, ¿por qué no admitimos que es el asesino? ¿Tan difícil de entender es?

—Es que es imposible —insistió Becks—. Estaba delante de nosotras cuando su padre murió.

—A menos que sea como sugirió Jenny —observó Suzie—, y sir Peter no hubiese muerto del todo cuando lo encontramos. Lo que permitió que Tristram entrara después y lo rematase con algún objeto pesado del laboratorio.

—No sé —dudó Judith—. Eso implicaría que estaría tendido en el suelo, herido, durante minutos, ¿no? No puedo evitar pensar que el forense se habría percatado al practicarle la autopsia, me refiero a que tardara mucho tiempo en morir. A mi juicio, sigo apostando a que Tristram tenía un misterioso cómplice que mató a sir Peter por él. De lo contrario, todo es demasiado limpio.

—Pero ¿cómo podemos dar con ella? —terció Becks.

—O con él —puntualizó Suzie.

—Esa es exactamente la pregunta adecuada, Becks —exclamó Judith, pues se le había ocurrido una idea—. Deberíamos dar con esa persona. Después de todo, estamos prácticamente seguras de que Tristram acudió a ella después de que mantuviera esa discusión por teléfono el otro día. Eso, o lo perdimos en Alison Road por pura casualidad.

—Pero ¿cómo podemos localizar a la persona con la que estaba hablando? —planteó Becks.

—Suzie, ¿cuándo te toca volver a cuidar de esa preciosa galga persa? —le preguntó Judith a Suzie con una sonrisa.

Capítulo 29

Por lo visto, no hacía mucho Suzie le había dicho al dueño de *Princess* que ya no podría cuidar de su perro. A Judith le costó no hacer una mueca de dolor cuando se enteró, una vez más, de que su amiga estaba rechazando trabajo remunerado, pero se dio cuenta de que su plan podía funcionar igual de bien sin *Princess*. Lo único que tenían que hacer era adquirir una de esas piedras con GPS como la que *Princess* llevaba al cuello y después, en lugar de utilizarla en un perro, emplearla para seguir el coche de Tristram.

Una visita rápida a una tienda de mascotas buena de la calle principal de Marlow dio como resultado que Suzie comprase la misma marca de piedra rastreadora. A continuación las tres mujeres se pasaron unas cuantas y malhumoradas horas de la tarde abriendo una cuenta *online* para sincronizar el localizador con el teléfono de Suzie. Después de conseguir vincular ambos dispositivos, averiguaron que el deportivo de Tristram estaba aparcado cerca de la casa de su madre y, mientras Suzie y Becks vigilaban para asegurarse de que nadie la veía, Judith soltó un par de los corchetes que mantenían la capota de tela afianzada a la parte posterior del coche e introdujo la piedra rastreadora entre los asientos de piel. Después cerró los corchetes, la capota volvió a estar como estaba y Judith se alejó. Sus amigas no tardaron en unirse a ella.

—Ahora lo único que tenemos que hacer es esperar a que vaya a Alison Road, y esta vez veremos exactamente adónde se dirige —aventuró Judith.

A lo largo de los dos días siguientes Tristram no cogió el coche. El tercero fue al supermercado y volvió. El cuarto fue a Londres y regresó por la tarde. Todo ello resultaba de lo más frustrante para las mujeres. El muchacho no se acercó a Alison Road.

A media tarde del quinto día, Suzie estaba en casa con *Emma* cuando llegó una alerta a su móvil. Era una notificación de la aplicación de seguimiento: el dispositivo se estaba moviendo. No había ningún motivo para creer que Tristram fuese a algún lugar interesante, pero el entusiasmo de Suzie fue en aumento al ver que el puntito azul de su teléfono entraba en Station Road. Esa era la ruta que Tristram había tomado la vez que lo habían perdido.

Cuando el punto se metió por Dedmere Road y después se detuvo a medio camino de Alison Road, supo que habían tenido suerte. Allí era donde estaba la novia —o la cómplice— de Tristram, ¿o acaso no?

Suzie llamó a Becks y a Judith y pasó a recogerlas en su furgoneta y juntas —incluida *Emma*— fueron a Alison Road, donde aparcaron en una pequeña curva unas casas antes de donde el punto azul aparecía marcado en el mapa.

Tras apagar el motor, Suzie insistió en que se acomodaran en la parte trasera para poder mirar por la luneta sin que nadie que pasara por la calle pudiera verlas. Para tal efecto había metido tres sillas de *camping* y algo de comer que había cogido de la cocina por si les entraba hambre.

—Un gran trabajo —alabó Judith cuando estuvieron instaladas, con *Emma* tumbada en una manta vieja a sus pies.

Habían tenido un golpe de suerte. Aunque un tupido seto ocultaba el coche de Tristram de la calle, vieron que el deportivo estaba aparcado junto a una pequeña furgoneta en cuyo lateral, con letras doradas en cursiva, ponía: «Marlow Mocha». Mejor aún, podían ver el interior de la sala de estar de la elevada planta baja, ya que las cortinas no estaban echadas. Y dentro se encontraba Tristram, manteniendo una acalorada discusión con una mujer.

Costaba distinguir bien a la mujer, pero les pareció que rondaría los cuarenta años, tenía el pelo negro y liso por los hombros y llevaba un vestido de flores amarillo corto sobre un pantalón vaquero.

—¿Discute con todas las personas a las que conoce? —se sorprendió Suzie.

—Eso parece —repuso Becks.

—¿Es eso lo que está pasando? —planteó Judith—. A juzgar por el lenguaje corporal de Tristram, yo diría que intenta convencerla de algo. O de disculparse. Pero, más que discutir, yo diría que está protestando.

—Y ella no cede, ¿no? —opinó Suzie con una risita sombría—. No la hace entrar en razón.

—¿Quién es esa mujer? —se preguntó Judith—. ¿Alguna de vosotras la ha visto antes?

—No lo creo —repuso Becks.

—Yo tampoco —coincidió Suzie—. Aunque la furgoneta la reconozco. Sirve café en la estación de tren.

—Es verdad, sí —se dio cuenta Becks ahora.

—Y bien, ¿qué decís? —quiso saber Judith—. ¿Estamos viendo a la novia de Tristram o a su cómplice?

Mientras hablaba, vieron que la mujer se acercaba a Tristram y lo abrazaba. Dio la impresión de que el gesto lo tranquilizaba. Después lo besó y él le devolvió el beso, apasionadamente.

—No me siento nada bien haciendo esto —afirmó Becks mientras Tristram y la mujer se seguían besando. Por suerte, ella cogió a Tristram de la mano y lo sacó de la habitación.

—Esto responde al menos a una de las preguntas —concluyó Judith—. Sea o no la cómplice de Tristram, sin duda es la novia que hemos estado buscando durante todo este tiempo. La que mantiene en secreto. Me pregunto cuál será el motivo.

—Entonces, ¿cuál es el plan? —inquirió Becks.

—Veamos —intervino Suzie con aire de satisfacción—, tengo dos paquetes de galletas Party Rings, una bolsa tamaño familiar de ganchitos con sabor a queso Wotsits y una botella de tres litros de limonada Value. Yo voto por que nos pongamos cómodas.

Suzie abrió los ganchitos y sacó una bolsita.

—¿Wotsits?

—¿Wotsits? —repitió Judith, apelando a la lady Bracknell que llevaba dentro.

—Tú te lo pierdes —replicó Suzie mientras se metía un crujiente ganchito en la boca—. Nuestra primera vigilancia —comentó con la boca llena mientras abría la botella de limonada, que dejó escapar un satisfactorio silbido—. Lo siento, solo tengo una taza. —Suzie se sacó una vieja taza del bolsillo del abrigo y la llenó—. ¡Dónuts!

Tendría que haber traído dónuts —dijo antes de beber un trago de limonada—. Esto va a ser como en las pelis. —Suzie se comió otro ganchito—. Por cierto, ¿has visto alguno más de esos demenciales mensajes en clave en el crucigrama? —le preguntó a Judith para dar conversación.

—¿Te refieres a los del *Marlow Free Press*? —contestó esta—. No lo sé, el periódico sale mañana.

—Y ¿qué crees? ¿Habrá otro?

—No tengo ni idea, pero es una posibilidad.

—Yo sigo apostando a que es una forma de trapichear con drogas.

—Pero si quieres trapichear con drogas, ¿no es mejor llamar por teléfono? ¿O enviar un mensaje?

—Como hizo sir Peter cuando sacó el dinero —les recordó Becks.

—Exacto. Me he estado devanando los sesos con eso, y no creo que debamos decir que sabemos lo que pasó el día en que murió hasta que sepamos sin lugar a dudas a quién le dio todo ese dinero en efectivo y por qué.

—Debía de ser alguien que sabía de tecnología —dedujo Suzie—, por el número de teléfono falso que utilizó.

—Parece la clase de cosa que haría mi Sam —opinó resuelta Becks—. Ya sabéis, hacerse con un número falso y después comprar algo espantoso en la *dark web*, como nitroglicerina, solo para ver si es capaz de hacerlo.

—¿Lo dices en serio? —se inquietó Judith.

—Tiene quince años y a esa edad pueden ser bastante estúpidos en lo que respecta a esas cosas. ¿Cómo son tus hijas, Suzie?

—¿Mis hijas? Son estupendas. Rachel viene con su novia

el fin de semana que viene y yo tengo intención de ir a Australia a ver a Amy en primavera.

Oyeron que sonaba un teléfono. Becks sacó el móvil del bolso, vio quién llamaba y rechazó la llamada.

Suzie y Judith se miraron de reojo: Becks estaba como un tomate.

—¿Quién era? —le preguntó Suzie.

—Nadie —aseguró Becks.

El teléfono sonó de nuevo. Ahora Becks entró en pánico y lo cogió, aturullada.

—Ahora no puedo hablar —dijo en voz baja—. No, ahora no, vas a tener que esperar.

Colgó y guardó el móvil en el bolso.

—Muy bien —se hartó Suzie—, ¿nos puedes decir qué ha sido eso?

—Que ha sido, ¿qué? —se hizo la tonta Becks.

—Esa llamada.

—Ah... no era nada.

—A mí no me ha parecido que no fuese nada. Judith —se dirigió a su amiga—, tenemos que hablar del elefante en la habitación.

—¿Qué elefante en la habitación? —repitió Becks.

—Puede que tengas razón —admitió Judith ante Suzie—. Pero deja que yo me ocupe —añadió, pues sabía que necesitarían tener tacto.

—Te vimos con ese hombre —soltó Suzie.

«Bueno, pues nada», pensó Judith.

—¿Qué hombre? —preguntó Becks, azorada.

—Después de que las tres hablásemos con Rosanna en su despacho, ¿te acuerdas? Alguien te llamó y dijiste que tenías que irte para encargarte de algo relacionado con la iglesia, pero no fuiste a la iglesia. Ni a la casa parroquial.

—¿Me estabais espiando?

—Siento decir que sí —confesó Judith—. Pero solo porque estábamos preocupadas por ti. Y en realidad no era espiar. Tan solo queríamos asegurarnos de que estabas bien.

—¿Y qué averiguasteis? —preguntó Becks con un hilo de voz, aunque era evidente que se olía lo que habían averiguado.

—Fuiste a ver a un hombre a su casa. Y, en fin, esto no es fácil de decir, te vimos con él en una actitud íntima. Y después vimos que subías y corrías las cortinas.

—¿Visteis todo eso?

—No solo eso, porque el mismo hombre estaba en el Two Brewers cuando hablamos con Chris Shepherd. Y por eso no querías entrar en el pub, porque lo habías visto sentado en la barra. Y, cuando estábamos dentro, hicisteis como si no os conocierais mientras hablábamos con el jardinero.

—Y así es como sabemos que lo que sea que estáis haciendo no está bien —concluyó Suzie—. Porque, dime: ¿qué dos personas que se conocen fingen ser dos extraños en público?

Becks miró a sus amigas y supo que no podía seguir fingiendo.

—Dios mío —se lamentó—. Estoy hecha un lío. Tenéis que ayudarme.

Capítulo 30

—Nos cuentes lo que nos cuentes, sabes que no pasa nada, ¿no? —le aseguró Judith.

—Ya lo creo que no —coincidió Suzie.

Becks asintió, aunque no es que las palabras de sus amigas hiciesen que le resultara más fácil. No sabía por dónde empezar.

—¿Por qué no te ayudamos? —se ofreció Judith—. Tienes una aventura.

—¿Qué? —espetó, sobresaltada, Becks—. ¡No!

—Con nosotras no tienes por qué disimular —continuó Suzie—. Nos damos perfecta cuenta de lo aburrido que es Colin. ¿Quién se casaría con un pastor?

—Yo, por ejemplo —repuso Becks, dolida por lo que había dicho Suzie—. O sea, no. Yo me casé con un banquero, teníamos mucho dinero, íbamos al teatro y a restaurantes, era increíble. Pero luego se hizo pastor, y yo siempre lo he apoyado.

—Pero también tienes necesidades —apuntó Judith.

—La verdad es que no. Y sé que Colin podría ser más interesante, pero me ha dado dos hijos maravillosos y es un buen hombre. Eso es muy importante. Y me quiere. Sé que me quiere. Jamás lo traicionaría, ni a él ni a los niños.

—Espera —pidió Suzie, completamente desconcertada—, ¿no tienes una aventura?

—No.

—¿Por qué no?

—Pero el vestido que llevabas en la fiesta de sir Peter —señaló Judith, que quería impedir que Suzie siguiera opinando del matrimonio de Becks—. Y ese zafiro nuevo que tienes. ¿Qué está pasando?

—Me avergüenza demasiado contarlo.

—¿Tan malo puede ser si no es un lío? —se preguntó Suzie.

—A ver qué te parece esto —propuso Judith—: ¿por qué no nos dices quién era ese hombre?

—¿Quién?

—El tipo al que fuiste a ver de día con las cortinas echadas.

—Se llama Viv. Viv Rodericks.

—¿Por qué fingiste no conocerlo cuando entramos en el pub?

—Le pedí que me lo prometiera. Nadie puede saber lo nuestro.

—Así que estás teniendo una aventura —incidió Suzie, satisfecha de volver a encarrilar la conversación.

—No, no es mi amante. Es peor.

Ahora sí que Suzie estaba perdida.

—¿Qué puede ser peor que eso?

—Es...

Becks reunió todo su valor para confesar.

—Es mi asesor financiero.

Judith y Suzie no sabían qué decir.

—El motivo por el que echó las cortinas fue porque el sol le daba en la pantalla del ordenador.

—¿Y el abrazo que te dio?

—Os lo puedo explicar. Después de las emociones que vivimos las tres el año pasado, tenía la sensación de que podía hacer cualquier cosa. Colin estaba muy impresionado, y debo admitir que también me gustaba la atención que me dispensaban los feligreses. Sentía que me veían. Pero los meses pasaron y Colin volvió a ser Colin. Amable, sí, pero no atento. Y los niños olvidaron por completo que su madre había ayudado a resolver una serie de asesinatos. Yo solo era la taxista que llegaba tarde a recogerlos o la cocinera que se negaba a meterles chocolatinas en la comida del colegio. Pero yo había cambiado, sabía que había cambiado, y decidí rebelarme. Y hacer algo que siempre había querido hacer, pero nunca me había atrevido.

—Espera, ¿no dejas que tus hijos coman chocolatinas? —se asombró Suzie.

—Ahora no es el momento —terció Judith—. ¿Qué decidiste hacer?

—Cogí un poco de dinero de mis ahorros (no mucho, solo quinientas libras) y lo invertí. Los mercados financieros son algo que siempre me ha interesado, de cuando Colin era banquero, pero nunca había tenido agallas para pasar a la acción.

—Ah, ya lo entiendo —afirmó Suzie—. Lo perdiste todo. Y luego sacaste más dinero para cubrir las pérdidas, porque es lo que haría yo. Y cuando se fue al garete, comprendiste que la única forma de recuperar el dinero era arriesgar más. Y cuando te quisiste dar cuenta, habías caído en una espiral de deudas. Lo entiendo. A mí también me ha pasado. Lo mismito. O parecido, vamos. Pedí un crédito y liquidé la deuda en un tribunal del condado.

Suzie fue consciente de que había juzgado ligeramente mal el ambiente de la furgoneta.

—Perdona, ¿qué estabas diciendo? —inquirió.

—Si tienes deudas, hay numerosas organizaciones que te pueden ayudar —mencionó Judith—. Citizens Advice Bureau, por ejemplo.

—No, es peor que eso.

—¿Peor que estar endeudada?

—Invertí en criptomonedas (Sam llevaba meses dando la vara con eso), y en menos de seis meses esas quinientas libras se convirtieron en algo más de treinta mil.

Judith y Suzie estaban atónitas.

—Y ¿eso es una mala noticia? —consiguió balbucir Suzie.

—¡Es espantoso! Después de ganar todo ese dinero empecé a investigar un poco y descubrí lo inmoral que es ese mercado. Toda esa minería de datos que se lleva a cabo durante las veinticuatro horas del día hace que los ordenadores consuman más energía que Noruega, y ¡yo me estoy enriqueciendo con ello!

Suzie intentó ubicarse en esta nueva realidad.

—Un momento, ¿de verdad me estás diciendo que eres rica y eso supone un problema?

—Para intentar enmendar la que había liado con todo ese dinero que había ganado, me puse en contacto con Viv. Lo conozco a través de la iglesia. Es un *bróker* ético. Me ayudó a encontrar empresas que no se cargan el planeta, y juntos pasamos el dinero del mercado de las criptomonedas a una empresa con sede en el Reino Unido que investiga las energías limpias para el mercado de los automóviles eléctricos.

—Pero eso es bueno: estás empleando el dinero para hacer que el mundo sea un lugar mejor —le señaló Judith.

—Eso pensé yo. Un día después de que yo invirtiese, la empresa se deshizo de la división de energías limpias para poder centrarse en su actividad principal (que, debería haber mencionado, era los tubos de escape para coches de gasolina) y las acciones se dispararon. Gané un quince por ciento adicional en veinticuatro horas.

—Así que por eso te abrazó —dedujo, satisfecha, Judith—. ¡Se estaba compadeciendo de ti!

—Lo sé, ha sido un desastre. Todo lo que toco se convierte en oro y me hace sentir mal. Hay tanta pobreza en Marlow, entre nuestros feligreses.

—Pues dónalo a una buena causa —sugirió Judith, que vio sin querer la mirada que le lanzaba Suzie mientras hablaba: y ambas mujeres supieron, como si se comunicasen telepáticamente, que estaban pensando lo mismo. Suzie andaba falta de dinero y necesitaba pagar a un constructor para que terminase la ampliación de su casa y Becks intentaba dar con una buena causa a la que destinar su dinero. Podía solucionar perfectamente parte de los problemas económicos de Suzie. Esta apretó la mandíbula (era, cuando menos, una mujer orgullosa) y Judith se sintió incómoda, pese a que no había dicho nada.

Becks, en cambio, seguía en su propio mundo de congoja financiera.

—Quiero dar el dinero —afirmó—. Sé que es lo correcto. Pero la cuestión es que lo he ganado yo, es algo que he hecho por mí misma. No como mujer de Colin o madre de los niños, sino como yo. Y darlo hace que me sienta... no sé, como si no existiera. Ya sabéis, hacer cosas de manera independiente.

Suzie seguía con el ceño fruncido, y las palabras de Becks envolvieron a las mujeres como si de una niebla fría se tratase.

—No lo digas —advirtió Suzie a Judith.

—Decir, ¿qué? —quiso saber Becks.

—Si te preocupa, ¿te has planteado contárselo a Colin? —sugirió Judith a Becks, tratando de alejar la conversación de Suzie.

—No lo aprobará y actuará raro —respondió Becks.

—¿Segura? Porque tienes razón, es un buen hombre, y creo que le hará feliz que tú seas feliz.

—Mirad, aquí atrás hace un frío que pela —observó Suzie mientras se frotaba las manos para entrar en calor—. Tardaremos un poco en ver a Tristram y a esta golfa, ¿no creéis? Y sabemos que mañana ella estará sirviendo café en la estación de tren. Creo que podemos ir a hablar con ella mañana. ¿Y si damos por concluida la jornada?

—La verdad es que me va de perlas —afirmó Becks, y Judith supo que el motivo de que Becks quisiera poner fin a la vigilancia era el mismo que el de Suzie: a las dos les avergonzaba que la conversación se estuviese acercando demasiado a la verdad.

Suzie abrió ruidosamente la puerta trasera de la furgoneta y se bajó. Judith no tardó en seguirla y, mientras cruzaban la calle, intentó hablar con su amiga.

—Suzie... —empezó, pero esta le dijo:

—Asegúrate de que no me ve nadie.

Y pasó por detrás de la furgoneta de Marlow Mocha para poder acercarse al deportivo de Tristram.

Judith vigiló mientras Suzie retiraba los corchetes de la capota de tela, sacaba la piedra localizadora de entre los asientos y ponía la capota como estaba. Cuando Suzie volvió a la carretera, Judith fue consciente de que el momento para hablar con su amiga —o tan siquiera tratar de aclarar que no pensaba que ella fuese una obra de caridad a la que Becks debiera darle el dinero— había pasado.

Cruzaron la calle para volver a la furgoneta y, cuando llegaron, vieron que Becks se había ido.

Capítulo 31

A la mañana siguiente las tres mujeres quedaron en la estación de tren de Marlow, una pequeña construcción de madera próxima al centro comercial de la ciudad. El único tren que llegaba o salía tenía un único vagón y recibía el cariñoso nombre de «el burro de Marlow» por los ciudadanos de Marlow.

—Ayer te fuiste corriendo —comentó Suzie a Becks cuando se sentó en el banco junto a su amiga.

—Lo siento —se disculpó esta, aunque era evidente que no lo sentía mucho—. Tenía que irme.

—Podrías haberte despedido.

—No sabía cuánto te entretendrías con el coche de Tristram.

—No iba a tardar mucho, ¿no te parece?

Judith estaba acostumbrada a que Suzie y Becks se chincharan, pero esa mañana en el intercambio había una tensión que le preocupaba. Era evidente que Becks se sentía un tanto crispada por la confesión que había efectuado el día anterior, y Judith también veía que a Suzie le preocupaba que su falta de dinero acabara saliendo a relucir.

—Vosotras dos, vamos a ver —terció, intentando animarlas—. Estamos aquí para estudiar a la persona que quizá haya matado a sir Peter Bailey.

Judith apuntó con la cabeza la furgoneta de Marlow Mocha y las amigas vieron que la mujer a la que habían visto con Tristram el día anterior estaba atendiendo a una pequeña cola de clientes. Para decepción suya, parecía cordial y capaz, tenía una palabra amable o una broma para todo aquel al que servía.

—Parece maja —opinó Becks, resumiendo así lo que pensaban las tres.

—Sí, ¿no? —repuso Judith.

Tras unos minutos más, las tres amigas vieron que ya no había cola y que la mujer había salido a limpiar la mesita con la leche y el azúcar que había dispuesto junto a la furgoneta.

—Creo que ha llegado el momento de que echemos el resto —afirmó Judith al tiempo que se levantaba.

—¿Cuál es el plan? —preguntó Becks.

—Estaba pensando en pedir un café; a partir de ahí ya veremos.

Judith fue con sus amigas a la furgoneta. Cuando llegaron, la mujer las saludó con un pulido acento mientras rellenaba una cajita con tubos de papel de azúcar:

—Buenos días, señoras. ¿Qué va a ser?

Ahora que estaban cerca, Judith vio que la mujer tenía el oscuro cabello recogido con una diadema negra y lucía un collar de perlas y una ceñida camisa de un rosa vivo con un chaleco azul marino. Parecía la típica aficionada a los caballos, «como un miembro joven de la familia real», se sorprendió pensando Judith.

—Para mí un café solo —pidió Judith—. ¿Y vosotras? —les preguntó a sus amigas.

—Para mí uno con leche —dijo Suzie—. Con leche entera.

—¿Tiene infusiones? —preguntó Becks.

—Tenemos de todo. ¿Qué le gustaría?

—¿Tiene de cúrcuma?

—Marchando una infusión de cúrcuma y dos americanos, uno con leche como Dios manda.

Mientras la mujer se volvía hacia la cafetera, las tres amigas se miraron, las tres más o menos igual de perplejas. Era imposible que alguien tan abierto y cordial como esa mujer pudiese estar implicado en un asesinato.

—Si me permite la pregunta, ¿cómo se llama? —quiso saber Judith.

—Sarah —repuso ella, volviendo la cabeza mientras de la máquina salía vapor a una taza—. Sarah Fitzherbert.

—Tiene un buen sitio aquí, Sarah.

—Gracias. Tuve que convencer al ayuntamiento de que valía la pena tener aquí un puesto de café.

—¿No estaban de acuerdo?

—Para mí era evidente. Vine aquí y me pasé dos semanas contando a la gente que se bajaba del tren durante la hora punta. Calculé que aunque solo una de cada veinte personas me comprara algo de beber podría tener beneficios.

—Tiene usted mucha iniciativa.

—Ya, bueno, no hay nada imposible si uno se lo propone —repuso Sarah mientras se volvía hacia las mujeres y dejaba las bebidas en el mostrador—. ¿Les apetecen unas galletas o una porción de bizcocho? Lo hago yo todo.

—Tiene muy buena pinta, pero con esto basta, gracias —dijo Judith al mismo tiempo que Suzie respondía:

—Yo quiero un *brownie*, por favor.

—Claro —contestó, risueña, Sarah—. Una buena elección. Está muy esponjoso.

Sarah puso una porción de *brownie* en una servilleta de papel.

—¿Eso es todo? —preguntó.

—Creo que sí —repuso Judith, que metió la mano en el bolso y sacó la cartera. Mientras acercaba la tarjeta al lector decidió hacer su jugada—. Llevo todo este rato intentando ubicarla, ¿sabe? —empezó—. Y creo que la he visto antes. Es usted amiga de Tristram, ¿no? Juraría que la he visto con él. O puede que él me mencionara a una tal Sarah Fitzherbert.

—¿Sí? —inquirió la joven.

—No me acuerdo. A mi edad se olvida casi todo.

—Pero ¿lo conoce usted?

Judith percibió cierta desesperación en la pregunta.

—Si le soy sincera, lo hemos conocido a raíz de que su padre falleciese. Fue todo muy triste, la verdad. Supongo que no conocía usted a sir Peter, ¿me equivoco?

—Claro que lo conocía. Mi familia es amiga de los Bailey desde hace años. Tristram y yo básicamente crecimos juntos.

—Por eso son tan buenos amigos.

—Íntimos —agregó Suzie mientras guiñaba un ojo.

Sarah miró a Suzie con perplejidad.

—Perdónenos —se disculpó Judith—. Quizá debiéramos haberlo mencionado desde el principio. Estamos intentando averiguar lo que le pasó a sir Peter, ¿sabe? Nos encontrábamos allí cuando ocurrió. Supuso una gran conmoción. Y, al parecer, la policía no sabe lo que se hace.

—¿Eso cree?

—Sí —afirmó Judith, y decidió que había llegado el momento de empezar a tantear—. Para empezar, piensan que Tristram podría estar involucrado en la muerte de su padre. Nosotras no —se apresuró a añadir.

—¿No? —inquirió Suzie.

—Antes sí —matizó Becks, que había adivinado primero cuál era la estrategia de Judith—. Pero ya no estamos tan seguras.

—Si tú lo dices. —Suzie se encogió de hombros, asumiendo que no se enteraba de nada.

—Verá usted —retomó la conversación Judith, que quería volver a centrarse en Sarah—, Tristram se beneficia enormemente de la muerte de su padre, ¿no es cierto? Y hay numerosas pruebas circunstanciales que apuntan a que quería que su padre muriese. Las discusiones que tenían, el hecho de que sir Peter lo echara de casa el año pasado. La verdad es que, si se piensa, no me extraña que la policía crea que Tristram pudo estar detrás de su muerte.

—La verdad es que todo esto lo está alterando mucho —confesó Sarah—. Que todo el mundo lo trate como si fuera sospechoso, solo porque va a heredar.

—Huelga decir que sabemos que es imposible que estuviera involucrado: estaba hablando con nosotras tres en el jardín cuando su padre murió.

—¡Ya lo pillo! —exclamó Suzie, que por fin había caído—. Perdón —dijo al resto—. No he dicho nada.

—Así que —continuó Judith— nos preguntábamos si hay algo que nos pueda contar de Tristram que ayude a la policía a entenderlo mejor.

—¿De veras les interesa?

—Desde luego.

—Porque nadie entiende a Tristram como yo. Salimos juntos desde que teníamos unos catorce años.

—¿Llevan juntos todo este tiempo? —preguntó, sorprendida, Judith. Después de todo, lady Bailey les había dicho que su hijo había tenido distintas novias a lo largo de los años.

—No de manera continuada —admitió Sarah con una sonrisa tensa—. A veces hemos pasado mucho más tiempo separados que juntos, si le soy sincera, pero siempre acabamos volviendo.

—Ah, entiendo —comentó Suzie—. Se desfoga.

—La cuestión es que siempre vuelve, y eso es lo que importa. No que se vaya, sino que vuelve.

La respuesta de Sarah era asombrosamente optimista, en opinión de Judith. Como si fuese un ama de casa de los años cincuenta que intentase desesperadamente mantener las apariencias.

—Y ahora están juntos, ¿no? —quiso saber Suzie.

—Naturalmente —confirmó la joven.

—¿Incluso después de la discusión que mantuvieron ayer? —añadió Suzie.

Los ojos de Sarah se abrieron como platos.

—¿Usted cómo sabe eso?

—Puede que estuviésemos pasando por delante de su casa ayer y la viéramos a usted con Tristram en la sala de estar —admitió Judith con idea de recuperar posiciones después de que Suzie tentara a la suerte.

—Pero eso es lo de menos —suavizó Becks, que adoptó su modo más empático de «mujer del pastor»—. Lo único que estamos tratando de hacer es entender mejor a Tristram.

Había tanta bondad en las palabras de Becks —aunque quizá también contase el hecho de que, al igual que Sarah, llevaba un chaleco acolchado sobre una camisa ceñida—, que Sarah se dio cuenta de que se podía sincerar.

—En realidad Tristram es como un niño —contó con benevolencia Sarah—. Tiene impulsos y actúa movido por ellos. Eso es todo. Es lo que hace que sea tan estupendo. Es tan espontáneo, tiene tanta energía... Y el hecho de que sea tan guapo ayuda, desde luego.

—Y cuando dice usted que tiene impulsos, ¿se refiere a algo más que a sus aventuras? —le preguntó Judith.

—No tiene aventuras, se desfoga —la corrigió Sarah, una vez más sonriendo con devoción y con luz en la mirada al exponer su punto de vista—. Pero sí, es impulsivo en todo lo que hace. Me refiero a que después de que muriera su padre me dijo que lo nuestro había terminado. ¿Se imagina?

—¿Qué motivo le dio? —se interesó Suzie.

—Esa es la cuestión, que no dio ninguno. Solo dijo: «Tenía que ser así».

—¿«Tenía que ser así»?

—No paraba de decir eso, como si explicara algo.

—¿Después de todo este tiempo? —se apresuró a preguntar Judith.

—Exacto. Después de esperar todo este tiempo. De aguantar sus deslices, siendo siempre la que perdonaba. Y, ahora que su padre había fallecido, ¿me dejaba? Me sentí... En fin, no hay palabras que describan cómo me sentí.

—¿Por eso lo llamó usted la otra tarde? —prosiguió Judith—. ¿Y le echó la bronca?

Ahora Sarah estaba tan metida en lo que estaba contando que no se percató de que Judith había revelado una parte de la historia que era imposible que conociese.

—Le dije que como no viniera a casa inmediatamente, haría algo que él lamentaría. Tristram me dijo que me estaba comportando como si estuviera loca (siempre está utilizando esa palabra, «loca»), cuando la única persona que se ha comportado así ha sido él, si cree que hemos terminado. Pero tenía que hacerlo entrar en razón, era preciso que entendiera lo que estaba en juego.

—¿Y cuando llegó a su casa...?

—Aunque la que estaba enfadada era yo, fue él el que rompió a llorar en cuanto me vio. Así, sin más. Dijo que había hecho una cosa espantosa y que lo sentía, que lo sentía mucho. Lo perdoné. Pero esa es la cuestión, que yo siempre tengo ese efecto en él: soy su espacio seguro. Lo calmo. Se quedó a pasar la noche y a la mañana siguiente supe que volveríamos a estar juntos. Para siempre. Se lo hice prometer.

—¿Y se lo prometió?

—Claro. Pero es que siempre hemos estado juntos. Incluso cuando él pensaba que no. Moriremos juntos. Esa es la promesa que nos hicimos cuando éramos adolescentes. Que estaríamos juntos siempre. Como esas parejas de ancianos que salen en los periódicos.

—Y cuando se case usted con él será lady Bailey —probó Judith, que quería oír la respuesta que daba Sarah—. Multimillonaria y señora de White Lodge, una de las mejores casas de Marlow.

—Sí, lo sé —contestó la joven, incapaz de disimular su entusiasmo, aunque no tardó en darse cuenta de que quizá hubiese hablado demasiado, así que cogió un paño, se dio la vuelta y empezó a limpiar los grifos de la cafetera.

Judith y sus amigas se miraron de soslayo, las tres pensaban lo mismo: Sarah quería ser a toda costa lady Bailey, ¿o acaso se equivocaban?

—Pero no se han prometido, ¿no? —le preguntó Judith.

—Siempre hemos estado prometidos —aseveró la joven, de espaldas a las mujeres—. Tristram me pidió que me casara con él cuando teníamos diecisiete años.

—Y ¿se casarán ahora?

—Desde luego que nos casaremos. Tristram ya no se tiene que preocupar por lo que opine su padre.

—¿No se casó con usted por culpa de su padre? —inquirió Suzie, perpleja.

Sarah se situó de nuevo de cara a las mujeres.

—A sir Peter siempre le caí bien, no quería decir eso. Más bien es que Tristram siempre ha estado a la sombra de su padre. Siempre he tenido la sensación de que no podía hacer su vida mientras su padre estuviese presente. Así que ahora...

Sarah no se molestó en disimular la expectación que sentía al plantearse un futuro sin sir Peter en él.

—¿Dónde estaba usted a las tres de la tarde el día que murió sir Peter? —quiso saber Judith.

—¿Perdone?

—La policía querrá saber dónde estaba en cuanto sepa que Tristram y usted son pareja. Y supongo que es un poco extraño que no estuviese usted en la fiesta.

—La explicación es sencilla: me invitaron, desde luego, pero rehusé ir.

—¿Por qué? —inquirió Suzie.

—Por cómo trataba sir Peter a Tristram.

—Oh, naturalmente —comprendió Judith—. Como él no estaba invitado, usted tampoco iría.

—¿Saben que nunca fue a ver actuar a Tristram? Ni una sola vez. Decía que lo que hacía Tristram no era un trabajo de verdad. Dicho por un hombre que no trabajó en su vida. Pero ahora todo eso va a cambiar. Voy a reformar esa familia, eso es lo que voy a hacer. Es lo que siempre he querido hacer.

—Pero ¿en respuesta a la pregunta...? —le recordó Suzie.

—¿Dónde estaba cuando murió sir Peter? La explicación es bastante sencilla: dando un paseo.

—¿Sola?

—Sí, sola.

—¿La vio alguien?

—Veamos. Trabajé aquí hasta eso de la una de la tarde, fui a casa a comer algo y después fui hacia Bourne End sobre las dos. Seguro que alguien se acuerda de haberme visto. ¡Sí, ya sé! Entré en el pub, The Bounty, para ir al aseo antes de volver. Hablé con uno de los camareros. Sería sobre las tres de la tarde.

—¿Habló usted con un camarero de The Bounty a eso de las tres? —se sorprendió Suzie—. ¿Justo cuando sir Peter moría en Marlow?

—Oh —repuso Sarah, como si solo ahora se le ocurriera la idea—. Ahora que lo dice, supongo que sí.

El siguiente tren llegó mientras las mujeres hablaban y algunas personas se dirigían hacia la furgoneta.

—Ahora tengo que atender a mis clientes —dijo Sarah—. Si no les importa coger sus bebidas y apartarse.

—Claro que no —contestó Suzie, que cogió los vasos y empezó a alejarse, seguida de Judith y Becks.

—Si fuera un álbum recopilatorio —comentó Suzie en un aparte a sus amigas cuando estas le dieron alcance—,

¿sabéis cuál sería? *A eso es a lo que llamo yo estar loco.*

—Daba un poco de miedo, ¿no? —coincidió Judith—. Es el título, ¿no? Corrompe a todo el que entra en contacto con la familia. Todas quieren ser lady Bailey. Salvo, quizá, Jenny —añadió con aire pensativo—. En ningún momento me ha dado la impresión de que le interesase el estatus que da el título. Ella solo quería la seguridad económica, lo cual es comprensible.

—Entonces, ¿tú qué dices? —le preguntó Becks—. ¿Por fin sabemos cómo se hizo? Tristram se hallaba fuera, en la fiesta, aparentando ser inocente, ¿mientras Sarah estaba dentro matando a sir Peter? ¿Para poder casarse con él y ser lady Bailey?

—Es una posibilidad —admitió Judith—. Es preciso que averigüemos si Sarah de verdad estaba en The Bounty a las tres, como ha dicho.

—Ya sé —propuso Suzie—: cuando termine el programa de radio, me paso por el pub para ver si alguien recuerda haber visto a Sarah esa tarde.

—Buena idea. Lo que me recuerda una cosa: Becks, ¿por casualidad hablaste con Tom Lewis ayer por la tarde?

—Uy, lo siento, se me olvidó decíroslo. Hablé con él, sí. Y es una mala noticia: el alcalde tiene uno de esos superyates enormes con el timón en la cubierta superior y dijo que estaba pasando por delante de White Lodge en su barco cuando oyó que las campanas de Todos los Santos daban las tres. Segundos después oyó un ruido como de cristal al romperse (y un gran estrépito) dentro de White Lodge. Y luego, más o menos cuando todo el mundo empezaba a ir hacia la casa, vio que lady Bailey salía al Camino del Támesis de un seto de laurel delante de sus mismísimas narices.

—¿«Más o menos?» —precisó Suzie.

—Me aseguré de acorralarlo para que me dijese cuánto tiempo transcurrió entre el estrépito y la aparición de lady Bailey en el camino y repuso que solo pudo ser cuestión de segundos. Estaba seguro.

—Es imposible que pudiera tirarle el armario encima a sir Peter en el estudio, salir de la casa, cruzar el jardín y bajar por el camino hasta el río en unos segundos —afirmó Suzie.

—Pero es peor que eso. También dijo que desde el timón veía todo el jardín, y después del estrépito, solo vio a gente que entraba en la casa. Nadie salió de ella y cruzó el jardín hasta el seto. Y menos lady Bailey. Y afirmó sin lugar a dudas que si alguien hubiese intentado salir de la casa lo habría visto.

—Entiendo —repuso una decepcionada Judith.

—Pero no pasa nada —opinó Suzie, que intentaba no descorazonarse—. Eso solo significa que es imposible que lady Bailey sea nuestro asesino. Y a mí me parece estupendo, porque apuesto a que lo hizo Sarah Fitzherbert. Ya veréis como no doy con nadie en The Bounty que la viera a las tres de esa tarde.

—Tienes razón —convino Becks—. Si hemos descartado a lady Bailey y sabemos desde el principio que Jenny y Rosanna estaban arriba, en la habitación, y Tristram fuera, en el jardín, ¿quién si no Sarah podría ser el asesino?

—Aunque todavía tenemos que comprobar la coartada de Kat Husselbee para la hora en la que se perpetró el crimen —les recordó Judith—. Para ser exhaustivas. Me pasaré por Divas y Dudes de camino a casa...

Judith dejó la frase en suspenso al ver un vehículo que se aproximaba.

—¿Judith? —le preguntó Becks.

—Vaya, bonita *furgo* —señaló Judith al tiempo que apuntaba a una flamante camioneta con ruedas de aleación en cuya caja se veía un montón de maquinaria de jardinería y un cortacésped.

—Pues sí —coincidió Suzie—. Pero estamos intentando averiguar quién mató a sir Peter Bailey.

—También yo —aseguró Judith, sin dejar de mirar la camioneta mientras se aproximaba—. Mirad quién está al volante: Chris Shepherd.

Becks y Suzie miraron la camioneta con más atención y vieron que, en efecto, quien la conducía era Chris Shepherd.

—¿Y? —planteó Suzie.

—Señoras, creo que acabamos de encontrar lo que llevamos buscando todo este tiempo.

—¿Ah, sí?

—Pero creo que vamos a tener que sacar a nuestra Kat Husselbee interior —observó Judith mientras se plantaba en medio de la carretera y levantaba las manos para parar la camioneta.

Capítulo 32

Chris Shepherd iba conduciendo por la carretera cuando una mujer se plantó delante de él. Pisó el freno justo a tiempo para no atropellarla. La mujer a la que ahora veía mirándolo por encima del capó era Judith Potts.

—¡Buenos días! —lo saludó, como si ponerse delante de los coches fuese algo que hiciera a diario, lo cual probablemente fuese así, refunfuñó el jardinero para sus adentros.

Chris pulsó un botón para bajar la ventanilla.

—¿Se puede saber qué hace? —exclamó.

Judith se acercó al lado del conductor, que ahora vio que las dos amigas de la mujer estaban junto a la carretera. La más alta de las dos se plantó delante del coche para seguir impidiéndole el paso.

—Tiene una bonita camioneta —alabó Judith por la ventanilla.

—¿Le importaría apartarse de la carretera?

—Solo si me responde a una pregunta: ¿cuánto hace que la tiene?

—¿Qué clase de pregunta es esa?

—Cuando le preguntamos por usted a Jenny Page, nos contó que conducía una camioneta vieja, que siempre se estaba averiando. Sin embargo, veo que lo que conduce no se parece en nada a un cacharro. Así que estaba pensando que quizá se la regalara a usted mismo por Navidad.

—¿Le importaría decirle a su amiga que se quite de en medio?

—Desde luego que no. En cuanto me diga cuándo se compró esta camioneta.

—No tengo por qué decirle a usted nada.

—Suzie, anota la matrícula, ¿quieres? Seguro que podemos buscarlo en internet.

—¿Se puede saber a qué viene esto? —espetó Chris mientras miraba por el espejo retrovisor. Un coche se había detenido detrás y estaba esperando a que él reanudara la marcha.

—¿Cuándo compró la camioneta? —repitió Judith—. Es una pregunta sencilla.

Llegó un segundo coche. El primero tocó el claxon.

—Esos coches se están impacientando.

—Muy bien, si eso le hace feliz, tiene razón: me la compré justo después de Navidad.

—Vaya, qué interesante.

—Y ahora me voy a White Lodge. Algunos de nosotros tenemos que ir a trabajar.

Chris aceleró y Judith le hizo una señal a Suzie para que se apartase; esta captó el mensaje rápidamente y se subió a la acera cuando Chris se alejó en el vehículo, dejando a Judith en la carretera.

Se oyó otro claxon y Judith cayó en la cuenta sobresaltada de que seguía impidiendo la circulación.

—¡Perdón! —se disculpó, y volvió con sus amigas a la acera. Mientras los coches pasaban, Judith los saludó con la mano con gesto regio, divirtiéndose con el pequeño caos que había causado.

—¿Se puede saber qué demonios ha sido eso? —le preguntó Becks.

—Lo siento, no tenía tiempo para explicároslo. Pero ¿no os parece raro que un jardinero tenga una camioneta tan buena?

—Sí —respondió Suzie—, pero digo yo que se podrá gastar su dinero en lo que quiera.

—Ah, en eso estoy totalmente de acuerdo. De hecho, agradezco que tenga unos gustos tan caros. Vamos.

Judith empezó a bajar por Station Road y sus amigas se apresuraron para darle alcance.

—¿Adónde vamos? —preguntó Becks, que no entendía muy bien lo que había sucedido.

—A la biblioteca, claro está —contestó Judith, como si fuese la respuesta más obvia.

La biblioteca de Marlow ocupaba una villa de principios del siglo XX reconvertida que habían ampliado en la parte de atrás. Al pasar por la brillante puerta blanca, sonrieron a la bibliotecaria a modo de saludo y dejaron atrás los libros infantiles para ir a las publicaciones periódicas.

—¿Qué estamos buscando? —musitó Becks.

—Todos los periódicos locales recientes —contestó Judith—. En particular la sección de Venta de coches desde el día 23 de diciembre.

—Es una fecha muy concreta.

—Tengo una teoría muy concreta. No olvidéis que seguimos buscando las veinte mil libras en efectivo que sir Peter sacó de su banco justo antes de Navidad.

Suzie fue la primera en caer.

—¿Crees que le dio ese dinero a Chris?

—No tengo ni idea, pero, que yo vea, es la única persona cercana a la familia que se ha gastado de pronto una cantidad importante de dinero desde Navidad. Sugiero que empecemos a buscar.

Las mujeres se pusieron a mirar el archivo de periódicos locales y, pocos minutos después, una entusiasmada Suzie dejó escapar un «¡ja!».

—¿Has encontrado la camioneta? —le preguntó Judith.

Suzie miró a sus amigas como si le sorprendiera verlas.

—No —negó, y acto seguido arrancó una página del periódico. Después de doblarla y metérsela en un bolsillo del abrigo, se llevó un dedo a los labios para indicarles que no le dijeran nada de lo que acababa de hacer, y las tres comenzaron de nuevo a mirar anuncios en busca de una camioneta que estuviese a la venta, aunque Becks y Judith tardaron un poco en centrarse: ¿qué acababa de arrancar Suzie?

La casualidad quiso que no les llevara mucho tiempo encontrar lo que estaban buscando. La mayoría de los periódicos locales solo contaba con una sección dedicada al motor una vez a la semana, así que después de Navidad no había muchos números que mirar. Dieron con el anuncio en el ejemplar del 10 de enero del *Maidenhead Advertiser*. Una camioneta Ford Ranger de ocasión que un particular vendía por diecinueve mil libras. Figuraba un número al que se podía llamar, así que Judith le pidió a Becks el móvil y marcó el número.

—¿Sí? —respondió una voz de hombre en el otro extremo de la línea.

—Comisaría de policía de Maidenhead.

Becks y Suzie miraron a Judith escandalizadas, pero ella se limitó a encogerse de hombros como diciendo: ¿qué otra cosa podía hacer?

—¿Por qué me llaman? —quiso saber el hombre.

—Le estamos siguiendo la pista a una suma de dinero que creemos que se obtuvo por medios fraudulentos.

—Yo no he hecho nada malo.

—Ni yo estoy sugiriendo que haya sido así. Pero ¿me podría confirmar dos detalles? Le vendió una camioneta Ford Ranger hace unas semanas a un hombre llamado Chris Shepherd, ¿correcto?

—Sí —repuso el hombre, con ganas de agradar.

—Y le pagó a usted en efectivo, ¿me equivoco?

—Tengo los papeles, todo es legal.

—¿Le importaría contestar a la pregunta? Pagó en efectivo, ¿no es verdad?

—Sí.

—¿Sigue teniendo ese dinero?

—La mayor parte. Todavía no he tenido tiempo de llevarlo al banco —añadió el hombre.

—Vaya, eso es espléndido —afirmó Judith con entusiasmo antes de retomar la seriedad—. Por favor, no toque el dinero. Uno de mis agentes pasará a buscarlo. Nos pondremos en contacto con usted para acordar una hora.

Judith colgó y Suzie levantó el pulgar alegremente.

—Sabes que es ilegal hacerte pasar por policía, ¿no? —advirtió Becks.

—No me he hecho pasar por policía —espetó Judith, haciéndose la ofendida.

—Pero ¡si te he oído! Y has utilizado mi teléfono. Si la policía rastrea la llamada, ¡pensará que fui yo!

—Te preocupas demasiado —repuso Judith.

—En este caso no creo que me esté preocupando lo suficiente. Las dos te hemos oído. Te has hecho pasar por policía.

—No es verdad. Recuerda que he dicho: «Comisaría de policía de Maidenhead». Me he hecho pasar por un edificio, y no creo que haya ninguna ley que diga que una persona no se puede hacer pasar por un edificio. Y no te preocupes, Tanika lo arreglará cuando se lo contemos. Pero, mientras tanto, sugiero que vayamos a charlar con nuestro sorprendentemente adinerado jardinero, ¿os parece?

Suzie llevó a sus amigas a White Lodge, donde encontraron a Chris rastrillando hojas junto a la pista de tenis.

—Hola de nuevo —lo saludó Judith alegremente. Chris levantó la vista al ver que se acercaban las mujeres, pero no contestó. Siguió pasando el rastrillo—. La pregunta a la que quiero que me conteste es: ¿cómo le sacó el dinero a sir Peter? ¿Con qué lo amenazó?

El jardinero se agachó, cogió dos trocitos de cartón y llevó un puñado de hojas a la carretilla.

—Y también otra cosa —prosiguió Judith—, ¿cómo logró hacerse con un número de teléfono falso registrado en... dónde era?

—Vanteetee —repuso Suzie con seguridad—. No, eso no. ¿Vantutu?

—¡Vanuatu, eso! Gracias, Suzie —dijo Judith antes de volverse para mirar a Chris—. Supongo que da lo mismo. Pero, utilizando ese teléfono para ocultar su identidad, le pidió dinero en efectivo a sir Peter en cuatro ocasiones, por un total de veinte mil libras. En cuanto al motivo, en fin, es evidente, ¿no? Estaba usted enfadado. Y es comprensible. Después de que durante todos estos años sir Peter le dijera que cuidaría de usted, descubrió que lo había traicionado. Igual que el padre de sir Peter traicionó a su abuelo hace muchos años.

—No sé de qué me habla —aseguró Chris, aunque las mujeres tenían claro que estaba escuchando cada palabra.

—Vaya, otra vez mintiendo. Pero no le servirá de nada. Hablamos con Andrew Husselbee y nos contó lo mucho que se enfadó usted cuando le dijo que, al ser testigo del testamento de sir Peter, garantizaba usted *de facto* que no podría heredar nada de él. Aunque esa misma tarde sir Peter había dicho que le dejaría a usted dinero.

—No se dan ustedes por vencidas, ¿no?

—Gracias, es muy amable por su parte. Y no, no nos damos por vencidas. Como le iba diciendo, entiendo perfectamente que quisiera sacarle dinero a sir Peter, aunque metió usted un poco la pata al pagar su nueva camioneta con el efectivo que le dio sir Peter. Hemos hablado con el tipo que se la vendió y sigue teniendo gran parte del dinero que le dio usted, en el que estoy segura de que habrá muchas huellas de sir Peter. Y de usted, ahora que lo pienso. Algo que será bastante incriminatorio. Y eso me lleva a mi pregunta inicial: ¿qué hizo para que sir Peter le diese todo ese dinero?

Chris miró a Judith y decidió fingir que no estaba preocupado.

—Muy bien —empezó—. Ya que lo pregunta, tiene usted razón: sir Peter me dio el dinero para que me comprase la camioneta, pero en ello no hubo nada ilegal. Fue una transacción perfectamente lícita.

—Gracias. ¿Cómo que una transacción?

—Justo antes de Navidad, envié a sir Peter un mensaje en el que le decía que era sobrino nieto del abogado de su padre.

—Un mensaje anónimo enviado desde un número de teléfono falso.

—Se me permite proteger mi identidad. Es un derecho básico. En cualquier caso, dije que había estado revisando algunos de los documentos de mi tío abuelo y había encontrado pruebas de que el padre de sir Peter se la había jugado a su socio en su día. Dije que era una empresa que hacía radiografías y que el hombre al que había estafado se llamaba Mike Shepherd.

—Supongo que así es como se llamaba su abuelo, ¿no?

—Mi abuelo sí, Mike Shepherd —corroboró Chris—. Pero en el mensaje que le envié a sir Peter le dije que estaba dispuesto a venderle los correspondientes documentos que incriminaban a su padre por cinco mil libras.

—¡Eso es chantaje! —lo acusó Becks.

—No lo creo. Yo tenía algo que quería vender y él tenía el dinero para comprarlo. Así que se lo vendí.

—No incidiré en ello —resolvió Judith—, pero Becks tiene razón: fue chantaje, puro y duro. Usted no tiene esos documentos, ¿no es verdad? De ser así, los habría sacado a la luz hace años y la familia Bailey habría desembolsado una bonita suma de dinero. Y, sin lugar a dudas, no habría tenido usted necesidad de hacerlo de forma anónima, ocultándose tras un número de teléfono falso.

El jardinero se encogió de hombros como para dejar claro lo poco que eso le importaba.

—Pero sir Peter se lo tragó, ¿no? —dedujo Judith.

—Solo eran cinco mil libras. Nada, para él.

—¿Cómo lo hizo?

—Fue sencillo. Tenía que dejar el dinero en un apartado de correos que yo había abierto. Cuando tuviese el dinero, le enviaría los documentos.

—Pero no fue eso lo que pasó, ¿no? Porque cinco mil libras no eran suficientes. Así que pidió cinco mil más. Y una tercera y una cuarta vez.

—No fue culpa mía que subestimara el precio que sir Peter estaba dispuesto a pagar. Pero después de soltar veinte mil del ala, el último mensaje que me mandó era bastante explícito: no estaba dispuesto a pagar más. Lo cual a mí me pareció bien. Veinte mil libras eran más de lo que esperaba sacar. Mucho más de lo que esperaba que me dejase en el testamento. Mi sueño siempre había sido tener una camioneta en condiciones, y con veinte mil tenía de sobra. Más que de sobra.

Chris no pudo evitar esbozar una sonrisa de suficiencia.

—Lo que hizo fue ilegal —aseveró Becks.

—¿Ah, sí? Porque le di los documentos.

—¿Es esta la línea por la que va a seguir? —le preguntó Judith.

—Le entregué esos documentos. Que ahora no se encuentren no es mi problema, ¿no le parece? De hecho, creo que los destruyó en cuanto se los di, ya que demostraban que su padre era un ladrón.

—Los dos sabemos que miente usted sobre la existencia de esos documentos —replicó Judith, irguiéndose cuan alta era, que tampoco era mucho—. Fue una estafa, pura y dura.

Chris miró a Judith por encima del hombro, haciendo una mueca de desdén.

—Demuéstrelo —la desafió.

—No, me niego a aguantar esto —repuso Judith, ahora hecha una furia—. Porque no creo que veinte mil libras le bastaran, ¿me equivoco? Confiaba usted en que fuera así, incluso se compró una bonita camioneta para sentirse mejor. Pero no bastó. Y por eso desarrolló un nuevo plan. Y ¿sabe usted a qué me recuerda? Al personaje de Leonard de *Regreso a Howards End*. Al final de la película le cae encima una estantería y muere. Es una metáfora bastante acertada, como también lo es que a sir Peter lo matara el armario lleno de material de laboratorio de su abuelo. A decir verdad, casi es poético. El padre de sir Peter le robó a su abuelo el futuro cuando se quedó con su armario. Y ahora ese armario ha sido el instrumento de venganza y ha matado al hijo del hombre que perjudicó a su familia.

—Es una bonita historia, pero solo eso: una historia.

—¿Dónde estaba usted a las tres de la tarde el día en que murió sir Peter?

—No es asunto suyo.

—¿Estaba en el estudio, tirándole el armario encima?

—Por Dios, señora —escupió el jardinero—. Ya que insiste, estaba en Platts, ¿le vale?

Platts era un taller en Marlow.

—¿Qué estaba haciendo allí?

—La puñetera camioneta echaba humo —repuso con amargura—. El mecánico me dijo que me habían vendido un montón de chatarra. Después de tanto tiempo, cuando por fin recibo la compensación que ha merecido siempre mi familia, me compro una mierda de camioneta que casi es inservible. Ríase ahora, si quiere.

—No creo que sea para reírse.

—Bien, porque yo tampoco lo creo.

—Aunque hay cierta ironía en ello, ¿no cree? Su vieja camioneta siempre se estaba averiando y ahora la nueva también. ¿Se ha planteado que quizá sea mejor no tener camioneta?

Judith miró a Chris y vio que a su rostro afloraba una mezcla de emociones. Había pasión y, naturalmente, rabia, pero a Judith le interesó ver que también había algo que parecía odio hacia sí mismo. Casi le dio pena. Casi.

—¿Quiere saber la verdad? —dijo con amargura—. Ese hombre me mintió durante años. Peor, se estuvo riendo de mí. Me engañó todo ese tiempo; me decía que sería justo conmigo cuando no tenía la menor intención de serlo. Incluso me nombró testigo de su testamento, ¿no es enfermizo? Así que sí, cogerle ese dinero fue lo mínimo que se me debía (lo mínimo que se le debía a mi familia), y me alegro de que haya muerto. ¿Es lo que quería usted que dijera? Pues lo admito. El mundo es un lugar mejor sin él. ¿Satisfecha?

Cuando Chris cogió las varas de la carretilla y se fue, Judith pensó que lady Bailey tenía razón: ciertamente había una *vendetta* entre Chris Shepherd y sir Peter Bailey. Y no cabía la menor duda de que el jardinero era un hombre fuerte. Le habría resultado fácil echarle el armario encima a sir Peter. Es más, ahora se había visto obligado a admitir que había extorsionado a sir Peter en diciembre. ¿Quién decía que no era la persona que lo había matado en enero?

Capítulo 33

Judith intentó reunirse con Tanika esa tarde, pero la subinspectora le dijo que estaba liada con otro caso y que no podía moverse de la comisaría. Judith y sus amigas no pudieron verla hasta la mañana siguiente, esta vez en la esclusa de Marlow. Pusieron al corriente a Tanika de lo que habían averiguado por Sarah Fitzherbert y de que ahora sabían que había sido Chris Shepherd el que había extorsionado a sir Peter para que le diera veinte mil libras.

—No sé cómo lo hacéis —afirmó con admiración Tanika cuando las mujeres terminaron.

—Ayuda partir de la premisa de que a sir Peter lo asesinaron —respondió Judith.

Tanika profirió un suspiro.

—Lo sé. El inspector Hoskins sigue insistiendo en que es mejor destinar nuestros recursos a otras cosas.

—Pero seguro que cambió de idea cuando encontró el testamento de sir Peter roto y enterrado en un montón de compost, ¿no?

—Esa es la cuestión: es un hombre muy testarudo. Por lo que a él respecta, hasta que alguien pueda explicar cómo pudieron matar a sir Peter dentro de una habitación cerrada con llave, es imposible que fuera un asesinato. Por cierto, ¿habéis hecho algún avance a ese respecto?

—No, ninguno —admitió Judith—. Aunque Jenny tuvo una idea: se preguntaba si, con el revuelo que se armó, sir Peter no estaría vivo después de que le quitaran el armario de encima y ella no fue capaz de encontrarle el pulso. Ello habría permitido que Tristram entrara cuando los demás salimos del estudio y lo matase, mucho después de que todos creyésemos que había muerto. Eso explicaría que a sir Peter lo encontraran en una habitación cerrada con llave. Fue el propio sir Peter quien echó la llave y se la metió en el bolsillo.

—Es una gran teoría —contestó Tanika—, pero no colará. Después de oír el estruendo, ¿cuánto tardasteis en irrumpir en la habitación?

—Unos minutos, creo —respondió Suzie—. Yo diría que cuatro o cinco.

—Bien, pues os puedo confirmar que, según la autopsia, sir Peter murió de las heridas en cuestión de segundos. Es imposible que se aferrase a la vida durante los cuatro o cinco minutos que tardasteis en forzar la puerta. Si el corazón de sir Peter hubiese estado latiendo durante todo ese tiempo, por débilmente que lo hiciese, la distribución de sangre en el cuerpo (y las contusiones externas) habría sido completamente distinta. El patólogo forense habría podido determinar que el corazón de sir Peter había seguido latiendo esos minutos extras.

—No fueron únicamente esos cuatro o cinco minutos —reconoció Judith—. Después tardamos un minuto largo o más en despejar el estudio. Y luego yo perdí unos cuantos más en echar un vistazo y charlar un momento con Suzie.

—Bueno, pues ahí tenéis —dijo Tanika—. Es imposible que Tristram pudiera matar a sir Peter después de que todos salierais de la habitación. Lo siento, pero solo hay una explicación que encaja con la autopsia: sir Peter parecía que estaba muerto en la alfombra cuando entrasteis en el estudio porque estaba muerto.

—Pero eso significa que el asesino se las arregló para escapar de una habitación cerrada a cal y canto —replicó Becks—. Lo cual no es posible —añadió, e incluso ella se dio cuenta de que no era preciso señalar tal cosa.

—Aunque hay otra explicación, ¿no? —apuntó Tanika—. Por difícil de aceptar que resulte.

—No lo digas —pidió Judith con un tono de advertencia.

—Mirad, estoy de acuerdo en que la vida de sir Peter era... complicada. Como habéis averiguado, un jardinero lo chantajeaba por los delitos que había cometido su padre, una exmujer que estaba a punto de perder el titulito que tanto le gustaba lo estaba acechando entre los arbustos y una primogénita que no heredaba nada se había escondido en un armario de la planta de arriba. A todo esto hay que añadir a la prometida de sir Peter, que estaba a punto de ser muy rica (y ahora lo ha perdido todo), y, naturalmente, un segundogénito que, con cada prueba que descubrimos, parece cada vez más culpable.

—Por favor, no lo digas —repitió Judith—. ¿Conseguiste encontrar alguna huella en el testamento roto que encontramos en el compost? —le preguntó, ya que quería desviar a Tanika del punto principal.

Tanika exhaló un suspiro.

—El inspector Hoskins no quería analizar los trozos de papel, pero lo convencí de que quedaría mal que no lo hiciese. Él rio el último. Logramos levantar huellas dactilares parciales del papel, pero se correspondían con las huellas de sir Peter, Andrew Husselbee y Chris Shepherd. Y nadie más. Las tres únicas personas que tomaron parte en la creación del testamento eran las únicas cuyas huellas encontramos en el papel. Como era de esperar. Y, una vez más, ello demostró que a sir Peter no lo asesinaron, en opinión del inspector Hoskins. Pero la cuestión es: ¿y si tiene razón?

—Lo has dicho —se lamentó Judith.

—Sé que está mal decirlo después de todo este tiempo. O que parece poco probable. Pero ¿en qué medida es más poco probable que cualquiera de los otros escenarios?

—¿Cómo pudo ser una muerte accidental? —planteó, indignada, Judith.

—Jenny dijo que sir Peter guardaba cosas encima del armario —recordó Becks.

—Eso no es que sea de mucha ayuda —le reprochó Judith.

—Lo siento, pero es lo que dijo —continuó Becks—. Contó que una vez escondió ahí arriba gajos de naranja recubiertos de chocolate. Si lo menciono es porque le he estado dando muchas vueltas al hecho de que escondiera cosas en ese sitio. Porque sabemos que el testamento de sir Peter no estaba en la caja fuerte cuando la abriste. Dijiste que en la caja fuerte no había nada. ¿Y si el testamento no estaba allí porque lo había escondido en la parte de arriba del armario? ¿Y si intentaba cogerlo después de la discusión y se echó el armario encima?

—Hay que admitir que es una teoría bastante buena —opinó Suzie.

—No, no lo es —negó Judith, exasperada—. Si quería

coger el testamento cuando murió, ¿por qué no lo encontramos cerca del cuerpo?

—¿En serio? —repuso Suzie, con cierta despreocupación—. Con el drama que supuso encontrar el cuerpo, ¿nos habríamos dado cuenta?

—Tal vez nosotras no —coincidió Becks, que estaba poniendo a prueba la idea y vio que le gustaba—, pero Tristram sí, ¿no creéis? Y puede que se lo metiera en el bolsillo discretamente para después romperlo y esconderlo en el compostador.

—Resulta plausible —reconoció Tanika—. Sobre todo, explica que se encontrara a sir Peter en una habitación cerrada y con la única llave en su bolsillo.

—Escuchad —pidió Judith, pero sus amigas vieron que estaba improvisando—, no deberíamos obcecarnos demasiado con esa puerta cerrada. ¿Y si había más de una llave? Eso explicaría que el asesino cerrara la puerta por dentro con su copia y le metiera a sir Peter la llave original en el bolsillo.

—Por desgracia, eso es imposible —aseguró Tanika—. Antes de que me apartaran del caso, pedí que desmontaran la cerradura. No había virutas ni limaduras de ningún metal moderno en la cerradura. Lo cierto es que el estudio solo tenía una llave y esa llave se encontró en el bolsillo de sir Peter.

Judith frunció la boca. Por más que quisiera disentir de lo que estaba sugiriendo Tanika, tenía que admitir que la versión de lo sucedido de la subinspectora tenía cierta lógica.

—No, me niego a admitirlo —se empecinó, pues cayó en la cuenta de que corría el peligro de dejarse seducir por la opción fácil—. Sir Peter es mi cliente desde el principio. Me contrató porque sabía que su vida peligraba. ¿Llegasteis a averiguar cuál era el veneno que había en el armario? —inquirió, al ser consciente de que había otra pista que tal vez demostrase cómo habían matado a sir Peter.

—Eso también es un callejón sin salida —corroboró Tanika—. Los agentes inventariaron todo lo que cayó del armario, y no había cianuro en un frasco ni una etiqueta ni nada que se asemejase a algún veneno en la alfombra.

—Lo que significa que alguien lo sacó de la habitación antes de que sir Peter muriera —razonó Judith con renovadas fuerzas—. Y la pregunta es: ¿por qué alguien querría sacar un frasco de veneno de una habitación a menos que tramara algo?

—Judith —dijo pacientemente Tanika—, puede que no hubiese veneno en el estudio porque sir Peter se deshizo de él después de discutir con Tristram el año pasado.

—O puede que Chris Shepherd no dijese la verdad —sopesó Becks—. Después de todo, sabemos que chantajeó a sir Peter para sacarle veinte mil libras. ¿Por qué vamos a creerlo cuando dice que sir Peter y Tristram discutieron por culpa del cianuro? Y es la única persona con la que hemos hablado que ha mencionado el veneno. Podría habérselo inventado todo.

Judith no supo qué decir a eso inmediatamente.

—Sé que esto es de lo más frustrante —afirmó Tanika—, pero creo que vamos a tener que empezar a pensar que la muerte de sir Peter no fue un asesinato.

—Me niego a creer tal cosa —espetó Judith—. Sencillamente, me niego.

—Lo entiendo. A veces es duro. Habéis estado mucho tiempo dando por sentado que a sir Peter lo asesinaron y habéis desentrañado de maravilla todas las cosas que han sucedido en White Lodge, pero ¿y si en realidad su muerte fue un accidente? —A Tanika le sonó el teléfono. Lo sacó y contestó—: Subinspectora Malik —dijo antes de apartarse de Judith y sus amigas para escuchar lo que tenía que decirle la persona que llamaba—. ¿Le importaría repetirlo? —pidió. Las mujeres tuvieron claro que Tanika estaba recibiendo una mala noticia—. Muy bien, llegaré dentro de cinco minutos —se apresuró a decir—. Envíe al equipo. Defenderé el fuerte hasta que llegue el inspector.

Tanika colgó y volvió con sus amigas. Era como si acabase de ver un fantasma.

—¿Qué pasa? —le preguntó Judith.

—Es Sarah Fitzherbert. La ha encontrado una vecina en su casa. Muerta. Perdonadme, pero tengo que ir inmediatamente a Alison Road.

Tanika intentó no pensar en asesinatos mientras se aproximaba a la casa de Sarah. Un agente de uniforme ya estaba colocando fuera el precinto policial: «Policía. No pasar». Tras enseñarle la placa al hombre, este le contó que una vecina había visto por la ventana a Sarah tirada en el sofá. Cuando llamó a su puerta, Sarah no se despertó, de modo que cogió la llave que tenía de su casa, entró y encontró su cuerpo sin vida.

—¿Causa de la muerte? —preguntó Tanika.

—Parece haber muerto mientras dormía.

—¿Es posible que se haya quitado la vida?

—No ha dejado ninguna nota.

—Bien. En ese caso, aseguraré la escena hasta que llegue el inspector Hoskins.

—Sí, subinspectora.

Tanika entró en la casa y abrió la puerta de la sala de estar. Encontró a Sarah en el sofá, en pijama, tirada sobre el brazo. La palidez de la piel le dijo a Tanika que la joven llevaba algún tiempo muerta.

Delante, en la alfombra, había un vaso de cristal ladeado. La mayoría de su contenido se había derramado en la alfombra, que lo había absorbido, pero Tanika vio que dentro aún había restos de un líquido transparente. Un escalofrío le recorrió el cuerpo al recordar la conversación que acababa de mantener con Judith hacía escasos minutos. Pero, mientras miraba a la joven, Tanika vio que no había ningún motivo evidente para creer que a Sarah la hubiesen envenenado. Tal vez el vaso estuviese volcado en el suelo por el sencillo motivo de que ella misma lo había tirado al morir.

Sin embargo, Tanika sabía que había una sencilla prueba *post mortem* para determinar si se había producido un envenenamiento por cianuro, aunque era mucho más falible de lo que sugerían las películas. En alrededor de uno de cada tres casos es posible percibir un olor a almendra en la boca del finado, aunque el resto del tiempo no hay ningún olor. Tanika acercó la cabeza a la de Sarah todo lo que se atrevió y tomó aire por la nariz.

Percibió un levísimo aroma a almendra.

Debería haberla sorprendido, pero algo en ese hecho hizo que la invadiese una profunda tristeza. En el fondo sabía que contaba con que la muerte de Sarah fuese un asesinato desde el minuto en que se había enterado. ¿Cuántas mujeres en forma y sanas morían por causas naturales en casa? Y tampoco creía que fuese un suicidio. No si no había ninguna nota.

La única conclusión lógica era que el asesino había vuelto a matar.

Tanika estaba furiosa por dentro. No solo con el asesino, sino también con el inspector Hoskins. En lo más hondo de su ser sabía que si ese hombre hubiese tratado la muerte de sir Peter como si hubiera sido un asesinato desde el principio, tal vez se hubiera podido evitar esa segunda muerte. En ese momento Tanika juró que haría todo lo que estuviese en su poder para asegurarse de que ese caso se cerrara con la acusación del asesino. Aunque ello implicara acabar con su carrera en el proceso.

Tanika oyó el lejano ulular de una sirena que se aproximaba.

Capítulo 34

A partir del momento en que el inspector Hoskins y su equipo llegaron a la casa de Sarah, todo fue muy deprisa, aunque Tanika se enteró indirectamente de la mayor parte de lo sucedido más tarde. Ello se debió a que, nada más llegar, el inspector Hoskins dio las gracias a Tanika por ser la primera en personarse en la escena y acto seguido la mandó de vuelta a la comisaría para que comenzara a registrar las pruebas a medida que se recibiesen.

Era más de la una de la mañana cuando por fin Tanika se pudo marchar. Sabía que su marido y su hija ya estarían metidos en la cama, profundamente dormidos —se moría de ganas de llegar a casa y estar con ellos—, y, sin embargo, se quedó donde estaba, casi demasiado cansada para levantarse de la silla. Pero era mucho más que eso: se sentía avergonzada. Sabía que, si hubiesen tomado otras decisiones, muy posiblemente Sarah siguiría viva.

Tanika dio las buenas noches a los agentes que harían el turno de noche y bajó la escalera para ir a la puerta principal. Sin embargo, al llegar a la planta baja, en lugar de atravesar el área de recepción, abrió ruidosamente la salida de emergencia y salió por la trasera del edificio.

Fuera hacía un frío gélido, pero el límpido cielo y las resplandecientes estrellas la animaron, así como el recuerdo de que el año previo había efectuado una llamada muy importante a Judith Potts desde ese mismo sitio.

Sabía lo que tenía que hacer. Sacó el teléfono y marcó un número.

La persona a la que llamaba no lo cogía. Justo cuando Tanika pensaba colgar, lo que parecía una voz de hombre graznó:

—¿Sí?

Tanika notó que una sonrisa le calentaba el rostro.

—Judith, soy yo, Tanika.

—Santo cielo, espera un momento —pidió la voz. Se hizo una pausa durante la cual Tanika imaginó que Judith estaría bebiendo un poco de agua para aclarar la voz. Tenía razón a medias, porque Judith estaba bebiendo algo para suavizar la voz, pero no era agua lo que había en el vaso que tenía en la mesita de noche—. Así está mejor —dijo, y ahora se la oía con mucha más claridad—. ¿Te encuentras bien?

—Sí.

—¿Becks y Suzie?

—No te preocupes, todo el mundo está bien. Solo quería ponerte al día del caso Sarah Fitzherbert.

—Soy toda oídos —aseguró Judith sin vacilar.

—Te satisfará saber que, tras la muerte de Sarah, el inspector Hoskins pidió a Tristram Bailey que acudiera a comisaría para interrogarlo. Está en el calabozo, pendiente de que se presenten cargos.

—¿Tú crees que él la mató?

—Sarah Fitzherbert murió envenenada con cianuro, y

encontramos restos de cianuro en el vaso del que bebió antes de morir.

—¡El veneno que desapareció!

—Es lo que le dije al inspector Hoskins. En su defensa debo decir que me escuchó.

—¿Cree que ambas muertes están relacionadas?

—Por fin.

—¿Qué hay del frasco en el que estaba el cianuro? ¿Lo habéis podido encontrar?

—Aún no, pero tenemos a un agente registrando la casa de lady Bailey y el coche de Tristram.

—A lady Bailey no le hará ninguna gracia.

—Creo que ha manifestado su opinión al respecto.

—¿Y Tristram? ¿Ha confesado?

—Todavía no. Niega haber tenido algo que ver con su muerte.

—¿Cómo se está comportando?

—Yo no he estado en la sala de interrogatorios con él, pero he visto el vídeo. Si te soy sincera, se comporta como alguien que acabase de descubrir que su novia ha muerto. Se encuentra en estado de *shock*, es incapaz de decir nada coherente. Está hecho polvo.

—A menos que esté actuando. Al fin y al cabo, es actor.

—Independientemente de que esté actuando, las pruebas físicas son bastante incriminatorias. Sus huellas están por todo el vaso del que Sarah bebió antes de morir. También están las de Sarah, claro.

—Es una gran noticia. ¿Tú qué crees que pasó?

—Si le preguntas al inspector Hoskins, el asesinato de Sarah no tiene sentido. Sobre todo ahora que sabemos que era la novia de Tristram.

—Pero tú no crees eso.

—No. Yo creo que cabría pensar que Sarah se vio involucrada en el asesinato de sir Peter.

—Sí, es lo mismo que pensamos nosotras. Estaba desesperada por casarse con Tristram, nos lo dejó muy claro cuando hablamos con ella. Habría hecho cualquier cosa por él.

—¿Incluso cometer un crimen?

—Es muy posible. Había mucho en juego. Lo único que habría hecho falta sería que Tristram le contara el cuento de que se casarían en cuanto su padre desapareciera del mapa. Y recuerdo que lady Bailey nos contó que las cortinas de la ventana del estudio estaban echadas antes de que sir Peter muriera. ¿Y si estaban echadas porque Sarah ya se encontraba dentro, escondida, y no quería que la viera nadie por la ventana? Después, mientras su novio estaba fuera, haciéndose con una coartada muy pública, Sarah espera hasta que sir Peter entra y le tira el armario encima.

—¿Cómo logra que sir Peter entre en el estudio?

—Puede que lo llamara sin más. Las únicas personas que estaban en la casa eran Jenny y Rosanna, y las dos se encontraban arriba. No lo habrían oído.

—¿Quieres decir que Sarah hizo que sir Peter se colocara delante del armario?

—No habría sido demasiado difícil: «Oh, sir Peter, me gustaría coger esto de ese estante alto. ¿Me podría ayudar?». Y luego, mientras él está allí, ella le tira el armario. Suponiendo que tuviera la fuerza necesaria para empujarlo.

—Te diré lo que para mí no tiene sentido —objetó Tanika—. Si relacionamos esto con la muerte de sir Peter...

—El asesinato —la corrigió Judith.

—Sí, perdona, el asesinato. Todo guarda relación con su boda, ¿no? Es imposible que sea una coincidencia que sir Peter muriese la víspera de su boda.

—En eso estoy contigo. A menos que todo fuese una gran maniobra de distracción, desde luego. Después de todo, correlación no es causalidad. Puede que el asesino lo matara el día previo a su boda porque sabía que el momento nos haría pensar que la muerte de sir Peter estaba relacionada con su boda, cuando en realidad no era así.

—Es posible —aceptó Tanika, aunque no parecía muy entusiasmada—. De todas formas, teniendo en cuenta el momento, resulta mucho más sencillo suponer que el asesinato tiene algo que ver con la boda. Y eso es lo que no entiendo. ¿Por qué complicar tanto las cosas?

—Continúa —la animó Judith.

—Si quisieras matar a sir Peter, podrías ponerle una almohada en la cabeza mientras dormía.

—Es posible, pero tendrías que pasar por encima de Jenny.

—Vale. Entonces, ¿por qué no esperar a que Jenny salga un día y pegarle un tiro, hacer que parezca un robo que se ha torcido? ¿Por qué tomarse tantas molestias para matarlo en una habitación cerrada con llave durante una fiesta la víspera de su boda?

—Bien, tomemos en consideración esto. Jenny está libre de sospecha porque se encontraba arriba cuando mataron a sir Peter. Todos la vimos. Y Rosanna se hallaba en la misma habitación, así que es imposible que sea la asesina. Aunque estuviese escondida en el armario. Si tomamos en consideración a otras personas que tal vez se beneficiaran de la muerte de sir Peter, Tristram estaba en el jardín, delante de todos , y no entró en la casa hasta después de que entráramos nosotras. En cuanto a lady Bailey, es preciso que sepas que Becks habló con Tom Lewis. El alcalde estaba pasando por delante en su barco cuando sir Peter murió y jura que lady Bailey apareció en el Camino del Támesis segundos después de que se oyera el estrépito, y que habría visto salir a alguien de la casa y cruzar el jardín por el lateral. Así que también está libre de sospecha.

—¿Qué me dices de Chris Shepherd?

—Después de que te fueras esta tarde a casa de Sarah, cogí la bicicleta e hice una excursioncita a Marlow. Mi primera parada fue el taller Platts, donde hablé con un agradable mecánico que me confirmó que estuvo todo el viernes por la tarde con Chris arreglando su camioneta. También dijo que la camioneta había sido una compra espantosa, cosa que al menos fue en parte satisfactoria, pero hay docenas de personas en el taller que jurarán que Chris no salió de allí en toda la tarde. Es imposible que sea el asesino, al igual que el resto. También fui a ver a la encantadora mujer que lleva la peluquería Divas and Dudes.

—¿Por qué?

—Para comprobar la coartada de Kat Husselbee. Por si acaso, por si había estado en el estudio y había matado a sir Peter por algún motivo, ya fuese por Rosanna o por otra razón aún por determinar. Pero la propietaria de la peluquería afirmó que la tarde que murió sir Peter le estaba cortando el pelo y dando color a Kate entre las dos y las cinco. En definitiva, que *todo* el que podría querer muerto a sir Peter ha demostrado tener una coartada para la hora en que lo mataron. Todos están libres de sospecha. Todos excepto Sarah Fitzherbert.

—Me dijiste que cuando se perpetró el crimen estaba en The Bounty.

—Eso fue lo que nos dijo, pero no creo que estuviera en el pub. Suzie fue allí esta tarde con los perros y no pudo dar con ningún camarero que recordase haber visto a Sarah a las tres de la tarde del día en que mataron a sir Peter.

—¿Os mintió?

—Todo apunta a que sí. Hay una persona más que estaba trabajando ese día y que no estaba en The Bounty, así que Suzie no pudo hablar con ella, pero, si resulta que tampoco la vio, no habrá una sola persona en todo el pub que pueda confirmar que Sarah estaba en The Bounty cuando mataron a sir Peter. Y eso es sorprendente, ¿no? Lo normal sería que alguien recordara haberla visto.

—Pero no fue así porque estaba en el estudio matando —concluyó Tanika para poner la idea a prueba—. Eres increíble, Judith. Porque ahora todo tiene sentido, ¿no crees? Sarah mató a sir Peter para poder casarse con su novio, Tristram, y heredar el título, la casa y todo el dinero. Pero Tristram solo la estaba utilizando. Y cuando ella hizo lo que él quería, la mató para asegurarse de que no pudiera revelar jamás el papel que había desempeñado en la muerte de su padre.

—La verdad es que encaja con lo que nos contó Chris Shepherd. Dijo que Tristram no tendría agallas para echarle un armario encima, mientras que me imagino perfectamente a una emprendedora como Sarah haciendo exactamente eso. Y después, como dijo Chris, Tristram no tuvo ningún problema en elegir la opción cobarde y utilizar cianuro para matar a Sarah.

—Mañana le pediré a un agente que vaya a The Bounty

a hablar con ese camarero que no estaba hoy para asegurarnos de que no vio a Sarah Fitzherbert en el pub cuando sir Peter murió.

—Buena idea —aplaudió Judith.

Esta le dio las gracias a Tanika por ponerla al día y, después de colgar, intentó alegrarse por el hecho de que tal vez dentro de poco Tristram estuviera entre rejas. Sin embargo, algo no terminaba de cuadrarle. Todavía había muchas cosas sin resolver del caso, entre otras: si Sarah era la asesina, ¿cómo se las había arreglado para salir de la habitación cerrada después de matar a sir Peter?

Judith sabía que ya no podría dormir, así que apartó el edredón, echó mano de la bata y bajó a la habitación donde tenía el improvisado tablero de pruebas. Tras mirarlo, supo que tendría que actualizarlo y que necesitaría cruzar todos los datos nuevos con lo que ya sabían.

Iba a ser una noche larga.

Capítulo 35

Por la mañana Judith había actualizado todas las fichas y colocado más lana conectora y chinchetas en el tablero, pero no se había acercado más a demostrar con certeza quién había matado a sir Peter o cómo encajaba en el puzle el subsiguiente asesinato de Sarah. Resultaba muy tentador suponer que Sarah había sido el primer asesino y Tristram el segundo, pero Judith no entendía por qué Tristram sería tan estúpido como para dejar sus huellas en el vaso del que bebió Sarah. A menos que fuese un error.

Judith oyó el ruido metálico del buzón.

Tras apartar de su cabeza el caso, cruzó la sala de estar para ir a la puerta principal y le entusiasmó ver en el suelo de madera un ejemplar del *Marlow Free Press* de esa mañana. Lo recogió, fue a la mesa de juego y abrió el periódico por la página de los pasatiempos antes incluso de sentarse. Tras coger uno de sus lapiceros, acometió las pistas que le darían la respuesta a cada una de las esquinas de la cuadrícula.

1 Horizontal: *Un beso más tres más podría ser desafortunado (8).*

Durante un breve instante la primera pista pareció inescrutable a Judith, aunque «un beso» a menudo era la letra *x*, ya que las personas firmaban las cartas poniendo una equis cuando querían terminar con un beso. Sin embargo, *x* «más tres más» hizo que se preguntara si *x* no sería el número romano 10. Y ahí fue cuando dio con la solución. Después de todo *x* —o diez— «más tres más» era TRECE, que era un número «desafortunado».

Animada por la primera respuesta, miró la 3 Horizontal y la puntuación del final le dijo que iba a ser una pista divertida: *¡¿El soldado que fabrica barriles como si nada?! (5,6).* Era habitual que cuando un crucigramista rompía alguna de las convenciones de los crucigramas —normalmente en busca de una nota alegre— lo hiciera con signos de interrogación o de exclamación. O ambos, como era el caso ahora.

Judith sabía que cualquier crucigramista que se preciara de serlo sabría que el término correcto para alguien que fabrica barriles es *cooper*, «barrilero», y que el apodo que recibían los soldados británicos desde la Primera Guerra Mundial era Tommy. A sus labios asomó una sonrisa al comprender que la respuesta era TOMMY COOPER, un cómico cuya muletilla cuando hacía trucos de magia era que los hacía «como si nada».

Judith pasó a la tercera pista y supo cuál era la respuesta nada más leerla, aunque no entendió en el acto cómo funcionaba la pista. 17 Horizontal: *Escarlata sigue al abusón sin amor hasta uno de Stoke, Desborough or Burnham (7).*

Cualquier crucigramista —o quizá cualquier oriundo de Marlow— sabría que Stoke, Desborough y Burnham constituían la antigua región administrativa conocida como los Chiltern Hundreds. Así que lo de «uno de» sugería que la respuesta era HUNDRED, «cien». Tras centrarse en la segunda parte de la pista para ver si tenía razón, Judith no tardó en darse cuenta de que Escarlata no era un nombre de mujer, sino el color ROJO, y que «seguía» —es decir, iba detrás— a «abusón sin amor». Judith pensó que, un sinónimo de «abusar» era *hound*. Si amor era *love*, «*hound* sin amor» significaba que tenía que quitar la letra O —ya que *love* se utilizaba para designar la puntuación de cero en el tenis— de la palabra *hound*, y lo que quedaba era HUND. Y HUND seguido de RED daba la palabra HUNDRED, «cien». Estaba encantada con su respuesta. ¡Ya solo le faltaba la última pista!

23 Horizontal: *La primera de las oligarcas desea un yate antes de mañana (5).* «La primera» podría indicar simplemente que se quitara la primera letra de la palabra que seguía, y Judith vio enseguida que si quitaba la primera letra de la frase *The Oligarchs Desires A Yacht*, obtenía las letras T, O, D, A, Y, y ciertamente TODAY, «hoy», era «antes de mañana».

Así que, ahora que tenía las cuatro respuestas, ¿componían un mensaje secreto?

Al igual que las demás veces, Judith leyó en orden las cuatro respuestas, empezando por la esquina superior izquierda, y obtuvo «trece cien hoy Tommy Cooper». «Trece cien hoy» era fácil de entender: sugería reunirse a las 13:00 de ese mismo día, que era cuando se publicaba el periódico. Pero ¿Tommy Cooper? Tras pensar en ello con lógica, Judith se percató de que siempre había sido la palabra de la esquina de la cuadrícula la que formaba parte del mensaje, lo que sugería que podía pasar por alto la palabra «Tommy» y que solo «Cooper» significaba algo.

Había un café en el polígono industrial llamado Coopers, ¿acaso no?

Emocionada, Judith supo que el misterioso crucigramista estaría en el café Coopers a la una ese día. Y esta vez ella no la pifiaría. Iba a averiguar qué demonios estaba pasando.

Pero primero tenía que atrapar a un doble asesino —o a dos asesinos— y ya había decidido cómo iba a hacerlo.

—He traído una tarta de zanahoria —dijo Becks cuando entró en la sala del grupo de Judith—. Con más glaseado aparte. Nunca está de más.

—Qué detalle, gracias —dijo Judith mientras acompañaba a Becks hasta una mesita auxiliar que había colocado donde Suzie ya estaba esperando con una tetera, tazas con sus platos y platos de postre—. Sabía que traerías algo —adivinó Judith—. Ya he sacado los platos.

—No tengo mucho tiempo —advirtió Suzie—. Tengo que ir a la radio dentro de un rato.

—Y el club Rotary da un almuerzo ligero en Elgin Halls a mediodía —añadió Becks—. Voy a echar una mano.

—Naturalmente —repuso Judith—. Da la casualidad de que yo también tengo que estar a la una en un sitio, pero hasta entonces pensé que sería instructivo repasar todo lo que sabemos.

—¿Todo? —repitió Suzie mientras consultaba el reloj.

—Todo lo que nos dé tiempo. Porque ahora que tenemos otro asesinato es preciso que revisemos lo que sabemos para ver si todavía se sostiene.

—Pero sabemos quiénes son los asesinos: Sarah mató a sir Peter y después Tristram mató a Sarah.

—No sé —vaciló Judith—. Me sigue resultando interesante que nadie mencionase a Sarah antes de que supiéramos de su existencia. Ni sir Peter cuando me llamó y nadie más después.

—No creían que estaba involucrada —aventuró Suzie—. ¿Por qué iban a mencionarla?

—Porque no paramos de decir que Tristram debe de ser el asesino, y hasta en el testamento de sir Peter se señala a Tristram como su asesino. Entonces, cuando Tristram demostró tener una coartada perfecta, ¿cómo es que nadie preguntó si había embaucado a su novia para que cometiera el asesinato por él?

—Oh, ya entiendo lo que quieres decir —afirmó Becks mientras cogía su plato de tarta de zanahoria y se acercaba al tablero, donde señaló la fotografía de una lata de aceite de oliva que Judith se había bajado de internet—. A mí se me ocurrió otra cosa: es posible que a alguien que trabajaba en un catering (como Sarah) se le ocurriese utilizar aceite de oliva en unas bisagras que chirriaban para que dejasen de hacer ruido.

—Bien visto —aplaudió Suzie.

—Mirad, ¿por qué no cogemos a los sospechosos uno por uno e intentamos dar argumentos de por qué podrían ser el asesino? —propuso Judith.

Suzie y Becks accedieron encantadas al plan que sugería su amiga, pero cada vez que analizaban uno de los nombres del tablero acababan coincidiendo deprisa en que la persona en cuestión tenía una coartada sólida, y en ningún momento pudieron tan siquiera empezar a dilucidar cómo cualquiera de sus posibles asesinos se podía haber esfumado de la habitación cerrada después.

La conclusión era que el único sospechoso que podía haber estado en el estudio cuando sir Peter murió era Sarah Fitzherbert, puesto que nadie en el pub The Bounty recordaba haberla visto cuando asesinaron a sir Peter.

—Aunque nos queda por saber lo que dice el camarero que faltaba —les recordó Judith mientras agarraba el teléfono y marcaba un número—. Ah, Tanika —dijo Judith cuando esta cogió la llamada—. Solo queríamos saber si ya has comprobado la coartada de Sarah Fitzherbert. —Judith permaneció a la escucha—. Ya —dijo—, entiendo. Gracias por contármelo. Sí, estamos en contacto.

—¿Qué ha dicho? —preguntó Suzie cuando su amiga colgó.

—Tanika consiguió que su jefe enviara a un agente a The Bounty esta mañana. El agente pudo hablar con el camarero que nos faltaba, y el hombre asegura que estaba hablando con Sarah Fitzherbert en el pub justo cuando mataban a sir Peter en su estudio.

—¿Cómo? —exclamó, consternada, Suzie.

—Es lo que nos dijo Sarah: estaba en el pub, preguntó si podía ir al aseo.

—¿Está seguro de la hora el camarero en cuestión? —inquirió Becks.

—Eso parece. Aunque era unos años menor que Sarah, fue al mismo colegio que ella, a Great Marlow. La reconoció, pero no recordaba su nombre, así que buscó en Google después de hablar con ella hasta que averiguó quién era. Le enseñó el historial de búsqueda al agente, y empezó a buscar a las 15:03. Y es imposible que Sarah estuviera en The Bounty a las tres y tres después de matar a sir Peter en su estudio un par de minutos antes.

—Vaya, esto no pinta bien —decidió Suzie—. Significa que todo el mundo tiene coartada. Jenny estaba en su dormitorio cuando mataron a sir Peter, al igual que Rosanna. Lady Bailey estaba saliendo de un arbusto al Camino del Támesis delante del alcalde. Chris Shepherd se encontraba en Platts arreglando la camioneta. Kat Husselbee se estaba cortando el pelo en Divas y Dudes. Y la puñetera Sarah Fitzherbert se hallaba a unos tres kilómetros, en un aseo. Es posible que todos ellos tuviesen motivos para querer muerto a sir Peter, pero es imposible que alguno estuviese en el estudio empujando el armario sobre sir Peter.

—Uno de ellos estaba allí —insistió Judith—. Solo tenemos que averiguar quién. A menos, desde luego, que fuese alguien distinto quien se encontraba en el estudio perpetrando el crimen.

—¿Cómo quién?

—Lo cierto es que no soy capaz de imaginar quién más se beneficiaría de la muerte de sir Peter.

Las mujeres se miraron, las tres sabían que el caso se les estaba yendo de las manos. Después de todo, ¿cómo pudo matar a sir Peter alguien que ni siquiera se hallaba en la misma habitación en ese momento?

—Repasemos las pruebas físicas —pidió Judith—. Puede que nos ayude a resolver quién es el asesino o cómo lo hizo.

Sin embargo, el enfoque no fue mejor. Hablaran de la lata de aceite de oliva o de las huellas de botas en el arriate —o del testamento que había desaparecido hasta que lo encontraron roto en el montón de compost—, las tres mujeres no tenían la sensación de estar averiguando algo nuevo o de que lograran que el caso avanzase.

Solo por ser concienzudas, Becks les recordó el tarro de cristal que habían hallado intacto en el suelo del estudio.

—Bien visto —dijo Judith—. Tal vez ahí hubiera algo sospechoso, ¿no?

—Teniendo en cuenta que demostré lo frágil que era —mencionó con orgullo Suzie.

—Cosa que hiciste tirándolo al suelo —le recordó Becks.

—Como digo, fui yo quien demostró lo frágil que era. Pero os diré lo que quiero saber —continuó Suzie, que quería cambiar de tema—. ¿Por qué quisiste que lo analizaran para ver si había huellas, Judith?

—No lo sé —reconoció esta—. Me pareció que era lo suyo: buscar huellas en una posible prueba. Y estoy segura de que ni me habría molestado de no entrar ese rayo de sol tan intenso por la ventana. Iluminó el tarro y me permitió ver deprisa que no había ni una sola mancha en él. Resplandecía con la luz. ¡Cielo santo! —exclamó Judith mientras cogía una foto que había imprimido de un frasco de vidrio de laboratorio—. Por la mañana comprobamos las huellas del tarro, ¿verdad?

—Sí —confirmó Suzie.

—¿A qué hora? —preguntó Judith, con el entusiasmo iluminándole los ojos.

—Yo diría que sobre las diez y media —dijo Becks—. O un poco antes.

—No pudo ser mucho después —coincidió Suzie—, porque a las once yo estaba en Marlow FM.

Judith estaba pasmada.

—Pero es imposible.

—¿El qué?

Una alarma empezó a sonar en el móvil de Suzie, que cogió el teléfono y la silenció.

—Basta que lo miente... —dijo Suzie—. Me tengo que ir. Necesito llegar a la radio.

—Sí, claro —repuso Judith—. No dejes que te entretenga.

—Pero has descubierto algo.

—No sé lo que es —contestó Judith, lo cual no era del todo verdad. Sabía que había efectuado un descubrimiento increíble, pero no tenía ni la más remota idea de lo que significaba.

Cuando Becks anunció que también se tenía que ir, Judith fue consciente de que debía hacer lo que hacía siempre que se atascaba con un problema.

—Un buen chapuzón me ayudará a ordenar mis pensamientos —dijo a sus amigas cuando se iban—. Aunque, ¿podemos vernos esta tarde en White Lodge justo antes de las tres?

—¿Por qué a las tres? —quiso saber Becks.

—No a las tres, un poco antes. A menos cinco, por ejemplo. Con eso debería bastar. Porque, si no me equivoco, creo que esta tarde tal vez podamos identificar al asesino.

Capítulo 36

Nadar en el río revitalizó a Judith, y, aunque todavía no podía demostrar quién era el asesino, sabía que ahora había un aspecto crítico del caso que veía con absoluta claridad, eso suponiendo que el resultado del experimento que realizaría a las tres de la tarde saliera como esperaba. Hasta entonces, tenía la oportunidad perfecta para ir al café Coopers y desentrañar de una vez el misterio de los mensajes secretos que había estado descifrando en el *Marlow Free Press*. Y mientras estuviese allí podía continuar trabajando en el caso. Ciertamente ese iba a ser un día señalado, pensó.

Coopers satisfacía las necesidades del centro comercial cercano a donde vivía Suzie y ocupaba un espacio de ladrillo que formaba parte de una serie anodina de locales comerciales. Habían transformado el interior en un bar moderno, con sofás cómodos junto a la puerta y el resto del lugar lleno de mesas y sillas con estructura de metal. Del techo colgaban unas bombillas industriales de baja intensidad. Como era característico, el perro del dueño, un labrador negro, estaba dormido en uno de los sofás, y el resto del sitio estaba lleno de una mezcla de trabajadores, estudiantes, paseantes y padres jóvenes que buscaban un sitio donde hacerse con su dosis de cafeína.

Judith vio una mesa en un rincón y se sentó. Cuando el camarero se acercó para ver qué quería, pidió una infusión de menta. Pero, puesto que el café de Coopers era el mejor de Marlow, le pareció que no tomarse uno era desaprovechar la oportunidad, así que cambió de idea y pidió un rico *latte* con leche entera y, ahora que lo pensaba, también un sándwich de salchicha. No es que tuviera hambre, pero Judith sabía que necesitaba pedir lo suficiente para esperar hasta la una. Y una porción del pastel de galleta y caramelo salado con cobertura de chocolate que había visto en el mostrador al entrar le ayudaría más aún a mejorar su tapadera.

Judith pugnaba por concentrarse en las personas que había en el café mientras su cabeza seguía dándole vueltas al caso como una bola en una máquina recreativa, pero seguía diciéndose que no sabría si estaba en lo cierto hasta las tres de la tarde. Debía ser paciente. Y, lo más importante, no quería perderse a «Higginson» por estar distraída.

Se obligó a echar un vistazo y, a medida que el reloj se acercaba cada vez más a la una, notó que su nerviosismo iba en aumento. ¿Habría un traficante de droga entre la gente, como creía Suzie? ¿O alguien pasando algo de contrabando? ¿O —y ella apostaba por esto— alguien estaba teniendo una aventura?

En concreto, Judith escudriñó el rostro de tres personas que estaban sentadas solas a sendas mesas. Había una estudiante con auriculares que tecleaba en su portátil, un paseador de perros de unos cincuenta años que almorzaba con su golden retriever a los pies y una mujer de sesenta y tantos años que iba vestida para dar un paseo invernal pero también estaba leyendo un libro viejo y delante tenía una taza de café que se le estaba enfriando.

El instinto de Judith le dijo que la mujer del libro era la crucigramista. Parecía que estaba esperando.

Entonces entró el anciano al que Judith había visto en el banco del parque de *skate*, con el sombrero de *tweed* en la cabeza, la gruesa bufanda alrededor del cuello, las manos ocultas en los guantes de piel de becerro.

Judith estaba anonadada. Era imposible que la aparición del anciano fuese una coincidencia, pero ¿de verdad era ese «Higginson», la persona que enviaba los mensajes secretos?

Judith vio que el hombre iba hacia el mostrador y pedía un té, que se llevó a una mesa en un rincón tranquilo. Judith supo que había llegado el momento de actuar, pero primero quería terminarse el pastelito, así que engulló lo que le quedaba y lo masticó mientras cruzaba el café para por fin conocer a su némesis.

—El señor Higginson, supongo —saludó cuando llegó a la mesa y se sentó.

Ahora que estaba cerca, Judith vio que el hombre rozaría los noventa años, tenía el pelo blanco y ralo y los ojos azules más llamativos que hubiera visto. Judith supo que en su día debió de ser muy atractivo.

—¿Quién es usted? —balbució el hombre.

—Me ha dado usted unos buenos dolores de cabeza —afirmó Judith.

—Lo siento, pero no sé de qué me habla.

—No se librará usted de mí tan fácilmente. Es Higginson,

el crucigramista del *Marlow Free Press*, ¿no es verdad? Lo vi en el parque de *skate* la semana pasada. A la hora exacta a la que según las respuestas de las cuatro esquinas del crucigrama estaría allí alguien. Después vi que se reunía con una mujer en el banco del parque. Y, si no me equivoco, hoy ha quedado con la misma mujer. O tal vez con otra, no quiero dar nada por sentado.

Mientras hablaba, Judith vio que la mujer con la que el hombre se había reunido en el parque de *skate* entraba en el café, iba al mostrador y hablaba con el camarero.

—No, mi primera impresión era la correcta: es la misma mujer. No pretendo juzgar, soy la primera en admitir que nada de esto es asunto mío, pero no puede dejar un rastro de migas de pan como este y esperar que no lo siga. Y, si no piensa decir nada, me obliga a suponer que la mujer que está a punto de venir aquí (pues tanto usted como yo sabemos que lo hará) es alguien con quien tiene una relación romántica. Cosa que, no me cansaré de afirmar, no es asunto mío, pero es el motivo de que se vean obligados a reunirse en secreto, ¿no? Me figuro que no querrá que su mujer se entere.

Cuando vio que la mujer se acercaba con su taza de té y su plato, el hombre por fin adquirió cierta seguridad.

—Tiene usted razón en una cosa —repuso él—: tengo una relación romántica con ella. Pero a mi mujer no le importa.

—¡Ja! Eso es lo que todos los hombres dicen.

—De verdad que no.

La mujer aflojó el paso al ver a Judith en la mesa. Ahora que estaba cerca, Judith vio que también tenía ochenta y tantos años y un corte de pelo elegante. Irradiaba inteligencia. Como una de las catedráticas que le daban clase en su día en Oxford, pensó Judith.

—Hola —saludó la mujer, y Judith se dio cuenta de que al parecer su presencia no le molestaba lo más mínimo.

—Hola —dijo Judith a su vez.

—Me temo que nos han descubierto —dijo el hombre a la mujer.

—En fin —repuso ella—, supongo que ese siempre ha sido el riesgo que corremos. ¿Le importa si me siento?

—Naturalmente que no —contestó Judith, que ahora tenía la sensación de haberse metido en camisa de once varas. ¿Qué demonios estaba pasando?

La mujer dejó su té en la mesa, cogió una silla de una mesa cercana, la acercó y se sentó.

—Hola, querido —dijo al hombre con una sonrisa.

—Hola, querida —la saludó él, y ambos miraron a Judith.

—¿Cómo es que son ustedes los que conciertan citas en secreto pero soy yo la que se siente culpable? —inquirió Judith.

—Supongo que debería sentirme halagado —aseguró el hombre—. Al menos hace usted el crucigrama todas las semanas.

—Desde luego que sí. Soy Pepper.

—¿Perdone?

—También soy crucigramista. Mi seudónimo es Pepper.

El hombre estaba encantado.

—¿Usted es Pepper?

—Un juego de palabras con mi apellido: me llamo Judith Potts. Pepper Pot.

—Sus pistas son estupendas.

—Es muy amable por su parte, y yo disfruto mucho con su trabajo.

—¿De verdad lo ha descubierto? —inquirió la mujer.

—No fue difícil, pero no me haga sufrir más: ¿qué es lo que he descubierto? ¿Por qué tanta intriga y misterio?

El hombre se volvió hacia la mujer y le cogió la mano.

—Cree que estamos teniendo una aventura —le dijo.

—¡Qué maravilla!

—¿No es así? —quiso saber Judith.

—Oh, no —afirmó el hombre.

—Pero no lo entiendo. Ha dicho usted que tenían una relación romántica.

—Y así es —confirmó la mujer—. Estamos casados, ¿sabe?

Era lo último que esperaba oír Judith.

—¿Casados? Entonces, ¿por qué estos encuentros furtivos?

—Porque es emocionante —contestó el hombre con brillo en los ojos.

—Y un motivo de ilusión —añadió la mujer—. Voy a pilates todos los jueves por la mañana y después me siento con el *Marlow Free Press* de esa semana a hacer el crucigrama. Cuando lo termino, veo el mensaje secreto que solo yo sé que he de buscar y quedamos como si estuviéramos teniendo una aventura. Le da chispa a la semana.

De repente se oyó un estrépito cuando a uno de los camareros se le cayó la bandeja de vasos que llevaba. En el café se hizo el silencio, el camarero se deshizo en disculpas a las mesas cercanas y poco a poco los clientes retomaron sus conversaciones, aunque en el aire flotaba una sensación de desasosiego que tardó un tanto en disiparse.

Judith centró su atención en la pareja que tenía delante.

—¿Hacen como si no se conocieran? —les preguntó.

—No del todo, pero nos conocimos cuando éramos adolescentes y nuestro noviazgo fue muy emocionante. Nos escondíamos de nuestros padres y de los profesores del colegio. Es una forma de recuperar esa emoción, aunque seamos tan mayores.

—¿Y si un amigo lo descubre? ¿O saca una conclusión errónea, como he hecho yo?

—Bueno, es parte de la diversión —afirmó la mujer—. Del peligro, aunque no es que se trate de un peligro real, claro. Solo nos estamos divirtiendo.

A Judith le encantó oír la historia de la feliz pareja, pero se dio cuenta de que algo en la conversación, o en el ambiente de Coopers, le estaba tocando la fibra sensible. Era algo que tenía que ver con el asesinato de sir Peter, o quizá de Sarah, no estaba segura de cuál de los dos, pero tenía la sensación de que las placas tectónicas del caso acababan de desplazarse.

—Creo que es la historia más maravillosa que he oído nunca —dijo con una ancha sonrisa.

—Gracias —contestó la mujer.

—Y lo cierto es que no debería entrometerme en un momento tan romántico. Prometo que no me volveré a entrometer en ninguna de sus citas, pero que sepan que haré su crucigrama todas las semanas y que siempre que vea dónde serán sus encuentros amorosos estaré sonriendo.

—Creo que lo más probable es que ahora dejemos de hacerlo. Solo era divertido cuando era un secreto.

—En tal caso, lo único que puedo hacer es disculparme

por ser una aguafiestas —se lamentó Judith, aunque vio que la pareja no parecía muy molesta.

—Ah, no se preocupe —contestó la mujer al tiempo que ponía una mano sobre la de su marido—. Encontraremos otra cosa para pasar el tiempo. No se preocupe, de verdad.

—No lo dudo.

Judith dio las gracias a la pareja de nuevo y se fue del café. Pero solo podía pensar en una cosa: ¿cuál era la puñetera conexión que acababa de establecer?

Capítulo 37

Cuando llegó a White Lodge, poco antes de las tres de la tarde, Judith sentía una profunda frustración. Seguía dándole vueltas en la cabeza a la conversación que había mantenido en Coopers y además intentaba recordar cada detalle del tiempo que había pasado en el café, pero no era capaz de desbloquear su subconsciente. Fuera lo que fuese lo que había medio pensado, se le seguía escapando y la estaba volviendo loca.

Apenas se percató de que Suzie y Becks llegaban en la furgoneta de Suzie.

—¿Te encuentras bien, Judith? —le preguntó Suzie cuando se unieron a ella.

—Sí, sí —repuso Judith mientras prestaba atención a sus amigas con una sonrisa—. Solo estaba pensando en el caso.

—O casos, plural —le recordó Suzie.

—Muy cierto.

—Hablé con Jenny —contó Becks—. Tiene cita con el médico esta tarde, pero nos ha dejado las llaves de casa debajo de una maceta por si necesitamos entrar.

—Me alegra saberlo —respondió Judith—. Venga, vamos a ver qué encontramos.

Judith echó a andar por el jardín hacia el lateral de la casa donde se situaba el estudio de sir Peter. Las otras dos mujeres se miraron de soslayo y la siguieron.

—¿Qué estamos buscando? —le preguntó Becks cuando le dio alcance.

—Lo veremos cuando lo veamos —repuso Judith—. O, dicho de otra manera, no lo veremos cuando no lo veamos. Suponiendo que tenga razón, que creo que la tengo, debo decir.

—Lo que dices no tiene mucho sentido —apuntó Suzie.

—Lo siento, es que estoy nerviosa. Tenemos que estar en el sitio a las tres en punto.

Judith no fue a la ventana del estudio, sino que cruzó el césped y se dirigió hacia los arbustos que crecían junto al seto de laurel donde lady Bailey había dicho que estaba cuando se cometió el crimen.

—¿Qué estamos haciendo? —inquirió Becks, pero era demasiado tarde: Judith ya estaba metiéndose en los arbustos.

Becks miró a Suzie y comprendió que tendrían que seguir a su amiga.

Tras atravesar el denso follaje, vieron que Judith consultaba el reloj.

—Bien, como sabemos, a sir Peter lo mataron justo después de que el reloj de la iglesia diera las tres, cosa que debería suceder dentro de nada.

—¿Por qué es necesario que estemos donde estaba lady Bailey? —quiso saber Becks.

—Donde dijo que estaba —la corrigió Judith.

Las tres oyeron la primera campanada de la iglesia de Todos los Santos, seguida de dos más.

—El armario cayó más o menos ahora, ¡pum! —exclamó Judith—. Y los que estábamos en el jardín empezamos a ir hacia la casa.

—Pero sabemos que es imposible que lady Bailey sea la asesina —le recordó Becks—. Hablé con el alcalde, no me mentiría.

—Vaya, eso es muy interesante —observó Judith, con la vista fija en la casa—. Estaba en lo cierto, pero ¿qué significa?

—Qué significa ¿qué? —Suzie estaba perpleja.

—Lo que lady Bailey nos contó no era verdad —reveló Judith, pero sus amigas tenían claro que estaba diciendo las palabras en alto para someterlas a prueba.

—¿Qué nos contó? —preguntó Suzie.

—¡Chsss! —la riñó Becks—. No la interrumpas.

—Es imposible que lo que nos contó sea verdad. No si pensamos en el tarro de cristal que encontraste en el estudio, Becks. Santo cielo, ese tarro estaba vacío, ¿no? ¿Es lo que vio lady Bailey? Un momento, pero no es posible, porque eso significaría...

Un escalofrío le recorrió la espalda a Judith al caer en la cuenta, en una gloriosa epifanía, de lo que era relevante del tiempo que había pasado en Coopers: ahora el caso entero empezaba a tener sentido.

—No puede ser —dijo, pero de nuevo sus amigas supieron que estaba sometiendo a prueba la idea y descubriendo que bien podía ser así—. Vaya, ¡qué inteligente!

—¿Sabes quién es el asesino? —le preguntó Suzie, incapaz de estar callada más tiempo.

—¿Sabéis qué? —repuso Judith, todavía sorprendida por su descubrimiento—. Creo que sí.

—¿Y cómo mataron a sir Peter?

—Oh, sí, desde luego. Ahora lo sé.

—Y ¿cómo salieron después de la habitación cerrada con llave? —añadió Becks.

—Y por qué tenía que morir sir Peter y (¡claro!) por qué Sarah tenía que morir después.

—A ver, un momento —terció Suzie—. ¿Has deducido todo eso mientras estabas aquí plantada mirando la casa?

—No solo mirando la casa —puntualizó Judith—. Mirando la casa a las tres de la tarde.

—¿Pruebo a adivinar? —preguntó Becks—. Porque tengo una teoría.

—¿Sí? —repuso Judith, encantada.

—Es posible.

—Entonces, ¿por qué no has dicho nada? —espetó una exasperada Suzie.

—Porque yo nunca he creído que lo mataran en el estudio. Siempre me pareció imposible, pero ¿estás diciendo ahora que de verdad fue ahí donde lo mataron? —le preguntó Becks a Judith.

—Lo mataron en el estudio —confirmó Judith.

—En ese caso, creo que la que lo mató fue Rosanna.

—Qué interesante —repuso Judith, y animó a su amiga a seguir—. Continúa.

—Porque en este caso el caballo de batalla siempre ha sido las coartadas, ¿no? Cada vez que damos con alguien que podría querer muerto a sir Peter, resulta que ese alguien tiene una coartada sólida. Pero si uno de ellos es el asesino, es imposible que su coartada sea tan a prueba de bombas como pensamos. Y no estoy segura de que la de Rosanna se sostenga. Dijo que estaba en el armario, pero ¿es verdad?

—Nos supo decir que fue Jenny la que entró en el dormitorio y salió al balcón —adujo Suzie.

—Todo el mundo vio a Jenny en el balcón. Cualquiera le pudo decir después que Jenny estaba arriba cuando se cometió el asesinato.

—¿Y qué hay del botón de su abrigo que Judith encontró en el fondo del armario?

—Pues en eso estaba pensando: ¿y si lo puso allí a propósito, sabiendo que nosotras (o la policía) lo encontraríamos después? Ello le permitiría hacerse la abochornada cuando la pillaran y después fingir que se veía obligada a admitir de mala gana que estaba en el armario cuando se perpetró el crimen, cuando no era así: estaba abajo, en el estudio, matando a sir Peter.

Becks miró a Judith con una sonrisa triunfal.

—Es una gran historia —alabó Judith—, pero siento decir que es solo eso: una historia. Rosanna no es nuestra asesina. Porque, tanto si estaba en el armario como si no, y me inclino a pensar que estaba allí, ¿cómo se las arregló para matar a su padre en una habitación cerrada con llave y estar fuera cuando nosotros la abrimos después? ¿Puedes explicarlo?

Becks frunció el ceño.

—No —admitió—. Supongo que no.

—¿Tú sí? —preguntó Suzie a Judith.

—Creo que tenemos que entrar en White Lodge antes de que pueda demostrarlo sin lugar a dudas —respondió Judith—. Tenemos que comprobar una cosa. ¿Has dicho que Jenny nos ha dejado las llaves fuera?

Las mujeres dieron con las llaves que Jenny les había dejado y entraron en White Lodge. Una vez allí, Judith fue directa al estudio de sir Peter.

—Vale, si no es Rosanna, ¿nos vas a decir quién es el asesino? —inquirió Suzie.

—En cuanto compruebe una cosa detrás del armario —repuso Judith mientras se acercaba al mueble, que seguía de pie a unos treinta centímetros de la pared. Se introdujo detrás.

—¿Por qué necesitas comprobar algo detrás del armario?

Judith salió de detrás del mueble y sus amigas vieron que debía de haber pasado la mano derecha por la madera, ya que ahora tenía polvo y telarañas en ella.

Se frotó los dedos.

—¿Qué estás buscando? —sintió curiosidad Becks.

Judith fue a la chimenea.

—Polvo —repuso—. O, mejor dicho, ceniza. ¡El mazo que falta! —exclamó mientras señalaba el pequeño soporte de la chimenea.

—¿Qué mazo? —se sorprendió Suzie, que ahora sabía que o bien había perdido el hilo de la conversación o se estaba volviendo loca.

—Un regalo que hicieron a un antepasado —contestó Judith al tiempo que indicaba el soporte de bronce de la repisa de la chimenea—. Se supone que en ese soporte hay un mazo de juez, pero ya no está ahí.

—¿Y es importante? —fue la pregunta de Becks.

—Creo que es de vital importancia. Y si fuera de las que apuestan, y debo confesar que lo soy, creo que lo encontraremos entre la ceniza de la chimenea.

—¿En serio? —se asombró Becks—. ¿Ves un mazo que falta en un soporte y deduces que estará escondido en ese montón de ceniza?

—Bien, solo hay una manera de averiguarlo —resolvió Judith.

Esta cogió un atizador y empezó a meterlo en la ceniza de la chimenea, aparentemente al azar. Tras raspar un poco, el extremo del atizador se topó con algo. Judith se sirvió de la punta para sacar el objeto de la ceniza.

Era un mazo de bronce.

—¡No me lo puedo creer!

—Vaya, esto es muy gratificante —afirmó Judith—. Creo que demuestra mi teoría.

—Vale, tienes que decirnos lo que está pasando.

A Judith le sonó el teléfono, pero al parecer no lo oyó.

—Judith —advirtió Becks—, es tu móvil.

—Ah, sí —repuso mientras lo sacaba del bolso—. Tanika —dijo al cogerlo. Estuvo escuchando unos segundos y se puso nerviosa—. No, eso no es bueno. No puede hacer eso. —Tras cambiar unas palabras más con la subinspectora, Judith la cortó—: Un momento, voy a tener que pensar en esto. Te llamo dentro de cinco minutos.

—¿Qué pasa? —preguntó Suzie cuando Judith colgó.

—Es ese estúpido, el inspector Hoskins. Ha puesto en libertad bajo fianza a Tristram.

—¿Se puede ser más tonto? —dijo Becks.

—Creo que sí —afirmó Judith, y acto seguido las mujeres vieron que sus pensamientos se concretaban—. Dios mío, esto no es bueno, no es nada bueno. —Judith se volvió hacia Becks y Suzie—. Creo que se va a cometer otro asesinato.

—¡¿Cómo?! ¡¿Después de todo, es nuestro asesino?! —exclamó Suzie mientras Judith empezaba a marcar un número de teléfono a toda velocidad.

Esta levantó un dedo mientras esperaba a que cogieran la llamada.

—Jenny, menos mal que lo ha cogido. Tiene que venir a casa inmediatamente, sin pérdida de tiempo. La policía acaba de dejar en libertad a Tristram y creo que su vida corre peligro.

Capítulo 38

Cuando Jenny llegó a White Lodge, Judith le contó que creía que Tristram intentaría atacarla. La mujer estaba horrorizada.

—¿Es el asesino? ¡Tenemos que decírselo a la policía!

—El inspector Hoskins no cree que a sir Peter lo hayan asesinado, así que no podremos convencerlo de que Tristram la va a matar a usted.

—¿Lo dice en serio?

—Nos enfrentamos a un asesino despiadado, y por eso tenemos que protegerla.

—¿Y la agente que estuvo aquí? ¿La creería?

—¿Tanika? Ya no está al frente del caso.

—Entonces, ¿qué podemos hacer?

—Siento decir que nuestra única esperanza es aguardar hasta que se presente aquí para que podamos llamar a la policía.

—Pero ¿por qué no llamamos ahora?

—Porque no vendrá. El hombre que lleva el caso es idiota. Y no tendremos pruebas hasta que Tristram venga aquí. Pero no estará usted sola: Becks, Suzie y yo esperaremos con usted. Seremos sus ojos y sus oídos. Y le prometo que en cuanto Tristram aparezca, y estoy segura de que lo hará, estaremos con usted. No se arriesgaría a hacerle daño delante de tres testigos.

—Aunque tiene mucha ira en el cuerpo.

—Con todo, se dará cuenta de que no le puede hacer a usted daño.

Jenny frunció el ceño, profundamente preocupada, y Judith vio que intentaba a la desesperada procesar lo que le acababan de decir.

—Es necesario que venga —insistió Judith, que quería simplificar las cosas al máximo para Jenny—. Después podremos acudir a la policía.

—De acuerdo —convino Jenny, aunque era evidente que nada de aquello le hacía mucha gracia.

Puesto que ya había oscurecido, Judith y sus amigas ayudaron a Jenny a correr las cortinas de la casa.

—Lo que estamos haciendo parece muy peligroso —observó.

—No se preocupe —la tranquilizó Judith—. Usted quédese abajo. Becks, Suzie y yo estaremos arriba, con las luces apagadas. Podremos mirar por las ventanas abriendo un poco las cortinas.

Tras dejar en la cocina a Jenny, Judith subió con Suzie y Becks.

—Tiene razón —coincidió Becks—. No creo que esto sea buena idea.

—No tenemos elección —aseguró Judith—. En serio. Solo sabremos si estoy en lo cierto cuando Tristram aparezca. Y ahora, ocupad vuestras posiciones. Yo me apostaré en la habitación de Jenny y sir Peter. Becks, tú quédate en el rellano y no pierdas de vista el camino de acceso.

Suzie, tú mira por el lado de la casa en el que está la pista de tenis.

Las mujeres se separaron y Judith fue al dormitorio de Jenny y sir Peter. Lo había elegido porque desde él se veía el lateral del jardín y el seto de laurel que lady Bailey había utilizado para acercarse a la casa. Judith creía que si lady Bailey conocía el camino secreto que conducía hasta la casa, Tristram también. Y lo más seguro es que no supiese que su madre le había revelado su existencia a Judith. Esta estaba convencida de que Tristram se acercaría a la casa así. Es lo que habría hecho ella si quisiera llegar sin que nadie la viese para cometer un asesinato.

Mientras esperaba y vigilaba, dejó que su cabeza repasase los detalles del caso. Era de lo más inverosímil que sus amigas y ella estuviesen vigilando el jardín de White Lodge por la noche como estaban haciendo, pero lo que no le había dicho a nadie era que seguía sin poder creer la conclusión a la que había llegado. Y, sin embargo, los años que llevaba creando crucigramas le habían enseñado que a veces la solución —por improbable que pudiera parecer en un primer momento— era correcta. Fue como la primera vez que supo que «once más dos» era un anagrama de «doce más uno». Daba lo mismo que su instinto le dijese que no era posible que esos hechos fuesen verdad, porque lo eran.

Por el momento, sin embargo, todavía existía una pizca de duda en su cabeza. Una duda que sabía que podría disipar si Tristram se presentaba allí.

Vio un destello de luz de luna argéntea en el seto de laurel, junto al río. ¿Se acababan de mover las hojas? Judith intentó imaginar cuánto tardaría alguien en recorrer el sendero que discurría al otro lado del seto y, sí, ¿acaso no acababan de agitarse las hojas de nuevo a la luz de la luna?

A Judith se le aceleró el corazón, pero antes de que pudiera saber si estaba en lo cierto, un bulto oscuro salió del seto y echó a correr hacia la casa. La impresión fue tal —por la repentina aparición de la persona y la velocidad del movimiento— que se quedó donde estaba unos segundos, paralizada, antes de que se sintiera capaz de moverse.

Entonces, dio media vuelta y salió corriendo de la habitación lo más deprisa que pudo.

Cuando llegó al descansillo de la planta de arriba, llamó a sus amigas:

—¡Ya está aquí!

Y Suzie y Becks llegaron desde donde estaban. Antes de que pudieran decir más, oyeron que abajo una puerta se abría de golpe y un hombre rugía enfurecido.

Mientras bajaban ruidosamente por la escalera, Jenny lanzó un grito y, cuando irrumpieron en la cocina, se toparon con una estampa aterradora.

Era Tristram, como había vaticinado Judith. Estaba encima de Jenny, a la que había inmovilizado contra el suelo e intentaba estrangular. Jenny tenía el rostro de un rojo cada vez más vivo a medida que se iba quedando sin aire, y los ojos se le salían de las órbitas.

Judith y Suzie corrieron a ayudar a Jenny y empezaron a tirarle de la espalda a Tristram para quitárselo de encima, al tiempo que le gritaban que soltase a Jenny, pero él no las oía, la furia le confería una fuerza sobrehumana, sus manos cada vez apretaban más la garganta de Jenny... hasta que dos manos firmes se sumaron a la melé y retiraron de la garganta de Jenny una de las manos.

Era Tanika.

En cuanto le quitaron esa mano, Becks, Suzie y Judith lograron apartarle la otra, y Tristram soltó un rugido de frustración cuando Tanika se abalanzó sobre él por detrás y lo esposó con firmeza.

—Tristram Bailey, queda detenido por tentativa de asesinato —informó mientras se separaba de él. Tristram forcejeaba en el suelo con las manos a la espalda, con el metal clavándosele en las muñecas.

Se oyó una arcada, y las mujeres vieron que Jenny se ponía a gatas mientras intentaba llenar de aire sus pulmones de nuevo. Cogía aire con fuerza, pero su respiración era un sonido áspero aterrador y ya tenía el cuello de un rojo vivo, descarriado y magullado.

Tanika fue la primera que se levantó.

—Joder, Judith —dijo.

—Un momento —pidió esta, mientras intentaba recuperar el resuello.

—¿Se puede saber en qué demonios estabas pensando? —espetó Suzie.

—¿Qué?

—¡Dijiste que estaría a salvo! ¡Dijiste que no habría peligro!

—No creía que Tristram fuera capaz de hacerlo —se excusó Judith.

—Está desquiciado, claro que lo iba a hacer.

—Judith, te has pasado, y mucho —opinó Becks.

—Ya he dicho que lo siento —contestó Judith, pero las demás percibieron la irritación en su voz—. No teníamos elección.

—Siempre hay elección —objetó Suzie—. Y nuestra elección debería haber sido llamar a la policía.

—No le falta razón —se sumó Becks—. Te has equivocado, Judith. Te has equivocado de medio a medio.

—No ha sido culpa mía.

—¿Y si hubiese matado a Jenny?

—No la ha matado.

—¡Ha estado muy cerca, joder! —exclamó Suzie.

—No me podéis echar la culpa a mí.

—¿Y a quién quieres que se la echemos? —inquirió Suzie, a quien la adrenalina le provocó una repentina ira—. Siempre crees que lo sabes todo, ¿no? Vas metiendo las narices en la vida de los demás, los juzgas por no tener bastante dinero o les dices que tienen que terminar la obra de su casa, pero ¡no es de tu puñetera incumbencia las decisiones que yo tomo o cómo vivo mi vida! ¡Ni cómo vive su vida nadie!

—Suzie… —empezó Judith para intentar hablar con su amiga.

—No, me largo de aquí, estoy harta —aseguró Suzie, y fue dando zancadas hacia la puerta de la cocina—. Querrás mi declaración, Tanika. La tendrás mañana. ¿Te vienes, Becks?

Las demás vieron que Becks estaba en un brete: le estaban pidiendo que eligiera entre Suzie y Judith.

Y eligió.

—Lo siento, Judith, pero Suzie tiene razón. Siempre vas demasiado lejos, pero esta vez te has pasado. Has utilizado a Jenny de cebo, y eso no te lo puedo perdonar. Necesito irme a casa. Ahora mismo. Con Colin. Con la seguridad que me ofrece.

Becks cruzó la cocina, Suzie —tras lanzar una última mirada torva a Judith— le abrió la puerta a su amiga y ambas se fueron.

Tanika ayudó a Jenny a sentarse en una silla y le preguntó si estaba bien. Esta asintió débilmente. En cuanto a Tristram, estaba tendido en el suelo, con los ojos cerrados y una mueca mientras lo sacudían sonoros sollozos de furia y remordimiento.

Por la ventana de la cocina vieron que Suzie y Becks se subían a la furgoneta de Suzie y se alejaban. Cuando la furgoneta se incorporaba a la carretera principal, llegó un coche patrulla con las luces intermitentes y la sirena sonando. Llegó hasta la casa y aparcó junto al coche en el que había llegado Tanika. El inspector Hoskins se bajó con dos agentes de uniforme y los tres corrieron hacia la casa. Unos segundos después la puerta de la cocina se abrió bruscamente y entraron. Vieron a Jenny sentada a la mesa de la cocina, a Tanika a su lado, a Judith junto a la ventana y a Tristram esposado en el suelo.

—Subinspectora, ¿qué diablos está pasando? —ladró el inspector Hoskins.

—El señor Bailey acaba de intentar matar a Jenny —aclaró Tanika—. He conseguido reducirlo.

—Pero ¿qué estaba haciendo usted aquí?

—En cuanto oí que había puesto en libertad al señor Bailey, decidí vigilar la casa.

—¿Por qué?

—Porque era evidente lo que haría Tristram a continuación. Al menos para cualquiera que tenga un mínimo de inteligencia.

—¿Perdone?

—Claro que yo siempre he sabido que este era un caso de asesinato, a diferencia de usted, señor.

—No es usted investigadora jefe, no tiene derecho a actuar por su cuenta en el caso.

—Aunque fue una suerte que lo hiciera —espetó Tanika al tiempo que señalaba a Tristram—. Si hubiésemos dejado esto en sus manos, se habría cometido un tercer asesinato.

Los agentes de uniforme estaban estupefactos con la insolencia de Tanika, pero el inspector Hoskins se quedó completamente quieto.

—Repita eso.

Tanika recordó la promesa que había hecho a Sarah Fitzherbert después de que muriera.

Así que levantó el mentón y miró directamente a su jefe.

—Si hubiésemos dejado esto en sus manos, señor, Jenny Page estaría muerta.

—Salga de aquí —le ordenó el inspector—. Ahora. Queda suspendida por insubordinación con efecto inmediato.

Tanika miró un momento al inspector Hoskins y acto seguido fue hacia la puerta. Los agentes se hicieron a un lado para no interponerse en su camino.

—Por favor, pongan al señor Bailey bajo arresto —ordenó el inspector Hoskins a sus dos agentes—. Y comprueben que la señora Page está bien.

Mientras uno de los hombres iba a ver cómo se encontraba Jenny y el otro levantaba a Tristram de malas maneras, todos vieron cómo se alejaba el coche patrulla de Tanika.

Después, Judith no supo a ciencia cierta si lo que siguió duró unos minutos o mucho más, pero, cuando se llevaron a Tristram, llegó una ambulancia y un paramédico examinó a Jenny. Por suerte, el paramédico dictaminó que no era probable que hubiese lesiones a largo plazo y que lo mejor que podía hacer Jenny era tomar unos analgésicos y dormir todo lo posible.

Desde luego no le tomarían declaración después de la dura experiencia que había vivido, y el inspector Hoskins dispuso que regresarían por la mañana.

—No olvide, y esto es lo más importante, que ahora Tristram está entre rejas —le dijo a Jenny—. Y no volverá a salir. Todo ha terminado.

Jenny esbozó una sonrisa débil, aunque era evidente que seguía pugnando por procesar lo que le había ocurrido.

—Me quedaré con usted un rato —se ofreció Judith.

—Estaré bien —aseguró Jenny.

—Es lo menos que puedo hacer —insistió Judith, y era evidente hasta qué punto se sentía responsable de lo cerca que había estado Jenny de morir—. La ayudaré a cerrarlo todo con llave. Me aseguraré de que está a salvo.

El inspector Hoskins le dio las gracias a Judith por su ayuda y se fue con sus hombres, que empujaban sin miramiento a Tristram.

En cuanto la policía se hubo ido, Jenny rompió a llorar. Judith acercó una silla y la abrazó para ofrecerle su respaldo.

—Lo siento, lo siento mucho —no paraba de decir una y otra vez.

—¿Le apetece beber algo? —le ofreció Judith—. ¿Una infusioncita? ¿Algo más fuerte?

—No pensaba que fuera a venir aquí, aunque dijera usted que lo haría. Creí que exageraba.

—Me temo que el mazo que encontré en la chimenea me demostró que estaba muy lejos de exagerar.

—¿Qué mazo?

—Ya que estamos, ¿por qué no viene conmigo al estudio y le explico cómo mataron a sir Peter?

—¿Lo sabe usted? Porque yo no lo entiendo. ¿Cómo lo hizo Tristram? ¿Cómo mató a Peter? Si estaba fuera, en el jardín...

—Fue todo muy ingenioso —repuso Judith mientras llevaba por la casa a Jenny—. Y resulta curioso que la solución siempre estuviese en el estudio —añadió mientras entraban en él—. No tanto escondido a la vista como escondido entre la ceniza. Porque este caso siempre ha girado en torno al cómo: ¿cómo logró el asesino empujar un armario pesado sobre sir Peter y después escapar si la puerta estaba cerrada con llave?

»Pero, si uno se para a pensarlo, el misterio que envuelve este asesinato va más allá incluso. Como me dijo Tanika, ¿por qué tomarse tantas molestias? Atraer a sir Peter a su estudio la víspera de su boda, echarle un armario encima y después llevar a cabo un truquito con la cerradura. Por eso seguía volviendo a la idea de que Tristram era el asesino. Después de todo, uno de los motivos por los que uno querría hacer que la muerte de alguien pareciese un accidente es que uno fuese el principal sospechoso si la policía creía que se trataba de un asesinato. Pero ¿el día antes de la boda? Como fecha, parecía elegido deliberadamente, ¿qué opina? Para infligir el máximo dolor a la familia. A usted, de hecho.

Jenny asintió, pues entendía bien el sentido.

—Fue muy ingenioso por su parte.

—¿Perdone?

—Puesto que fue usted quien mató a sir Peter, como también fue usted quien mató a la pobre Sarah Fitzherbert.

Jenny parecía no entender lo que acababa de decir Judith.

—El asesino es usted, Jenny, no Tristram. Como demuestra el mazo de la chimenea.

Capítulo 39

—¿Qué? —exclamó Jenny, pero a Judith le satisfizo ver cierta cautela en su mirada—. ¡Acaba de ver lo que ha intentado hacerme Tristram!

—Lo sé, y casi lo siento por él. Pero acababa de averiguar que el asesino era usted cuando Tanika llamó para decir que a Tristram lo habían puesto en libertad bajo fianza. Si le soy sincera, seguía dudando de la conclusión a la que había llegado, pero sabía que, si estaba en lo cierto, Tristram la atacaría, lo cual hizo que utilizarla a usted de carnada fuese un tanto inmoral, desde luego. Pero será mejor que no nos enredemos demasiado en lo moral. Es usted una doble asesina, aunque no lo puedo demostrar. No de forma que se sostuviera ante un tribunal, me refiero.

—Esto es una broma enfermiza.

—¿Le importa que me siente? —preguntó Judith, y fue al sillón que había junto al fuego—. La verdad es que estoy bastante cansada y un poco nerviosa. Ayer no dormí mucho. Y me estoy poniendo a su merced. Aunque añadiría que la policía ha visto que me quedaba con usted cuando se ha ido. Y que usted es la única persona que hay en la casa. Si algo malo me sucediera, no sé cómo podría decir usted que lo hizo otro.

—Haga el favor de dejar este disparate ahora mismo. Yo quería a Peter.

—No es verdad. Solo iba por su dinero, no me cabe la menor duda. Era rico.

—¡Y no lo tengo! ¡No recibiré ni un penique!

—Lo sé, un golpe de lo más inteligente por su parte, ¿no es así? Después de todo, como comentó Becks el primer día, ¿por qué una novia mataría a su futuro y rico marido la víspera de su boda? Si hubiese esperado usted veinticuatro horas para liquidarlo, sería usted millonaria, además de la propietaria de esta mansión georgiana, y la llamarían lady Bailey durante el resto de su vida. Pero, como no llegaron a casarse, se ha quedado sin nada. Pero esto también significa otra cosa: si hubiera esperado veinticuatro horas, habría sido usted la principal sospechosa. Como Rosanna dijo: ¿una mujer sale de la nada, caza a un hombre vanidoso y egocéntrico y el primer día que se supone que lo heredaría todo el marido sufre un trágico accidente? La policía centraría su atención inmediatamente en usted. De hecho, si Peter moría en cualquier otro momento después de que se casara con usted, las sospechas siempre recaerían sobre usted.

—Pero olvida usted que Peter ya me lo había dejado todo. En su testamento. El que hizo en diciembre.

—Sí, y debió de llevarse usted un buen susto cuando Andrew Husselbee llegó diciendo que había otro testamento. Después de todo, su plan se basaba en dar la impresión de que usted no se beneficiaba de la muerte de sir Peter. Y, mire por dónde, ahora había un documento en el que tal vez figurase que usted lo heredaba todo, la única cosa que tanto se había esforzado usted en asegurarse de que no sucediera nunca.

»Sin embargo, supo improvisar a las mil maravillas. Recuerdo bien esa tarde. Andrew dijo que había visto con sus propios ojos cómo guardaba sir Peter el nuevo testamento en la caja fuerte de su habitación. No es muy difícil imaginar que, si lo guardó ahí hace un mes, seguía ahí el día que murió. Seguro que el corazón se le saldría a usted del pecho mientras yo intentaba dar con la combinación para abrir la caja fuerte. Su plan se vería sumamente socavado si el testamento que encerraba le dejaba algo a usted.

»Es curioso que no se ofreciera usted a ayudarnos con la combinación hasta que sugerí que probásemos con la fecha de nacimiento del padre de sir Peter. Incluso entonces, creo que habría fingido usted equivocarse de fecha, de no ser porque Andrew también la conocía. Así que de pronto se puso a hablar usted del «glorioso doce», pero (y esta es la clave) solo en ese punto, cuando supo que la caja fuerte se abriría tanto si le gustaba a usted como si no, se ofreció a abrirla. Sabía que su única esperanza residía en intentar impedir que nosotros viésemos lo que había dentro mientras la abría usted, lo cual le permitió guardarse en la manga el sobre que encontró dentro. O en el escote. O donde sea que lo escondiese. La cuestión es que sustrajo el sobre de la caja fuerte mientras se apartaba y nosotros nos apiñábamos alrededor de la caja. Me figuro que entonces, cuando nosotros no mirábamos, lo escondió mejor. Debajo de una de las almohadas de la cama o en cualquier otro sitio.

»Y, seamos sinceras, ¿quién la miraría a usted con lupa?

Nos habíamos tragado la mentira de que era la afligida prometida. ¿Por qué iba a querer que el testamento de sir Peter fuese un secreto? ¿Sobre todo cuando tal vez se beneficiara usted de él? Pero, como digo, todo su plan se basaba en que usted no se beneficiase económicamente de la muerte de sir Peter. No me imagino la sorpresa que debió de llevarse cuando después abrió el sobre y vio confirmados sus peores temores: sir Peter, el tonto y perdidamente enamorado sir Peter, en efecto, se lo había dejado todo a usted.

—Todo esto es demencial.

—Usted y yo sabemos que no lo es.

—Entonces, ¿cómo demonios cree que conseguí echarle encima un armario en la planta baja en una habitación cerrada con llave mientras yo estaba en una planta distinta en ese mismo momento?

—Se lo explicaré encantada, pero primero debería decirle que sé que no trabajaba usted sola. Ha tenido un cómplice durante todo este tiempo. No creo que se me hubiese ocurrido de no haberme topado con una pareja de lo más agradable en el café Coopers. Están casados, pero a veces fingen no conocerse en público. Ello me hizo pensar en personas de este caso que tal vez hubiesen fingido no conocerse cuando en realidad mantenían una relación secreta. Su cómplice era Tristram.

—Muy bien, esto sí que es descabellado.

—No, de descabellado nada, claro que Tristram y usted se esforzaron mucho en dar la impresión de que se odiaban desde que entró usted a formar parte de la familia. Cuando, en realidad, el amor que se profesaban Tristram y usted era profundo, y sin lugar a dudas muy retorcido, pero también de una gran intensidad.

—Ese hombre acaba de intentar matarme.

—Y así es como logré demostrar por fin que, en efecto, era su cómplice. Sus planes empezaron a descontrolarse entonces. Pero a eso llegaré dentro de un momento. Primero vayamos a Florencia, a cuando conoció a sir Peter en un bar. Nos dijo que intentó ligar con usted, pero permítame que le cuente una historia ligeramente distinta. Verá, Tristram tiene en la pared de su habitación el cartel de la obra de teatro en la que estaba actuando en Florencia. En él solo había cuatro personas, todas hombres. Y los demás nombres del póster también eran de hombre. En su momento me resultó chocante. No había ningún motivo por el que Tristram no pudiese haber tenido una aventura con un hombre, pero nadie más mencionó que le interesaran los hombres. Así que me sorprendí preguntándome dónde estaba la mujer en esa producción teatral que le había llamado la atención, puesto que no había ninguna. Así que lo siguiente que pensé fue: ¿y si en realidad se enamoró de otra persona? Alguien que, como sabemos, se encontraba en Florencia por aquel entonces, cuidando de una solterona anciana, daba la casualidad. Esa persona es usted.

Judith vio que Jenny estaba pendiente de cada palabra. «Bien», pensó. Era normal que lo estuviera.

—Aunque me pregunto si «enamorarse» es el verbo adecuado. La madre de Tristram dijo que su hijo es como un labrador fiel, y Chris Shepherd, que básicamente era débil, la clase de persona que se uniría a una secta. Creo que, cuando usted conoció a Tristram en Florencia, vio cómo era en realidad: un muchacho pijo y no muy espabilado cuya familia era superrica. Así que empezó usted a trabajárselo. Al principio, estoy segura de que su único interés era acceder a su tarjeta de crédito, pero también estoy segura de que, durante sus conversaciones de alcoba, Tristram le contaría lo rico que iba a ser, que su mujer sería lady Bailey y que viviría en una mansión en Marlow. Usted sabía que podía hacer que Tristram siguiera enamorado de usted servilmente, pero pensó que por qué iba a tener que esperar hasta que sir Peter muriese para que Tristram heredase su fortuna. Puede que existiera una forma de acelerar la muerte de su padre.

»No sé exactamente cuándo tramó su diabólico plan, pero me figuro que fue cuando se enteró de que sir Peter había ido a Florencia para llevarse a su hijo de vuelta al Reino Unido. Y Tristram, el pobre, cobarde e impresionable Tristram, se dejó convencer por usted. Y, aunque ello implicaría que usted sedujese a su padre, no olvidemos que Tristram estaba dispuesto a involucrarse en el asesinato de su padre, un hombre del que sentía que lo había aplastado durante toda su vida. No va con doble sentido. Pero me pregunto si servirse de la novia del hijo para seducir al padre no aumentaba la exquisitez del plan. Estoy segura de que así es como se lo presentó usted a Tristram.

»Naturalmente, Tristram le contó que no hacía mucho a sir Peter le habían diagnosticado que tenía diabetes, así que se aseguró usted de tropezarse con él en un bar y le contó que era usted enfermera privada, como nos dijo a nosotras. No podemos saber con certeza qué más pasó esa noche, puesto que sir Peter ya no está aquí para contárnoslo, pero yo diría que usted lo sedujo. Hizo que se enamorara de usted. O al menos que la deseara. Y después, cuando sir Peter regresó a Inglaterra con su hijo descarriado, sin ser consciente del peligro mortal en el que se estaba poniendo, la contrató a usted de enfermera. Pobre hombre. Pensó que se estaba acostando con una mujer más joven. Qué poco sabía que había dejado entrar en su casa a una viuda negra.

»Y, cuando Tristram y usted se volvieron a ver, fingieron que no se conocían. Y que se odiaban. No creo que a usted le costara mucho, ya que no creo que sea capaz de querer mucho a nadie. Irónicamente, eso hizo que Rosanna también sospechara de usted desde el principio, pues creía que solo iba usted detrás del dinero de su padre. Si hubiese sabido que era mucho peor que eso...

»Cuando no había nadie, Tristram y usted maquinaban cuál sería la mejor manera de matar a sir Peter. Como bien sabe, Tristram no era todo lo discreto que debería, lo que significa que tanto su madre como Rosanna lo vieron llamando por teléfono a escondidas, y supusieron que tenía una novia secreta. Cuando descubrimos la existencia de Sarah Fitzherbert, debo admitir que cometí un terrible error. Como había estado buscando a una novia secreta (y ahí tenía a una novia secreta), di por sentado que las dos eran la misma persona. Pero Tristram tenía más de una novia secreta, ¿no es así?

»Pero no adelantemos acontecimientos. Porque aquí (¡finalmente!) reside la genialidad de su plan: conseguiría que sir Peter le propusiera matrimonio y lo liquidaría la víspera de la boda. Y ¿quién sospecharía que la asesina era usted? Literalmente sería la última persona que lo querría muerto. O eso parecería. Luego, si después de algún tiempo Tristram y usted empezaban a salir, la gente chismorrearía, por supuesto, pero usted no estaría cometiendo ningún delito. Y sabe Dios que cosas más raras han pasado que una mujer se enamore del hijo de su amante muerto. Lo cierto es que era un plan muy elegante.

»Lo único que tenía que hacer era idear una forma de matar a sir Peter lo más cerca posible del día de su boda. Y ahí es donde se topó usted con un pequeño inconveniente. Como convinimos el otro día la subinspectora Malik y yo, matar a alguien no es fácil. O, permítame que lo reformule: es fácil matar a alguien al que no le une nada, pero usted sabía que la policía la investigaría en cuanto sir Peter muriese en circunstancias sospechosas. Así que, ¿qué puede hacer una asesina?

»Tristram se planteó utilizar veneno, pero sir Peter lo sorprendió cuando trataba de sacarlo del estudio, lo cual no facilitó precisamente el cometido de usted, pero sí la ayudó a comprender una cosa: la muerte de sir Peter tenía que parecer un accidente. De hecho, decidió que el mejor accidente que podía sufrir sería aquel en el que fuese imposible entender cómo habrían podido asesinarlo. Por eso terminó muriendo en una habitación cerrada a cal y canto que solo tenía una llave, que se encontró en su propio bolsillo.

»Y, como es natural, usted sabía que Tristram sería un pararrayos en cualquier investigación policial, así que su plan debía asegurarse de que la coartada de Tristram era sólida a más no poder. Y, ahora que caigo en la cuenta, esa es la razón de que, casi con toda seguridad, fuese Tristram el que me invitó a la fiesta.

»Una floritura muy inteligente, la verdad. Después de todo, yo no sabía cómo hablaba sir Peter, y para un actor como Tristram era bastante fácil hacerse pasar por su propio padre. Me refiero a que imagine que lleva a cabo su golpe de efecto con semejante asesinato y no tiene cerca a nadie en quien confíe la policía para presenciarlo. Tener a un agente en la fiesta resultaría demasiado arriesgado, pero ¿y la ancianita que había resuelto esos asesinatos el año anterior? Me imagino perfectamente que ustedes dos pensaron que yo sería la persona perfecta para confirmar a la policía que, en efecto, Tristram estaba fuera, en la fiesta, cuando sir Peter murió. Por eso Tristram se acercó a hablar conmigo y con mis amigas mientras usted cometía el asesinato. Curiosamente, en cierto modo me siento halagada: consideraron que sería un testigo fidedigno.

—¿Se da cuenta usted de que todo esto no son más que conjeturas? —observó Jenny.

—Oh, estoy de acuerdo con usted, aunque habrá una serie de cosas que ahora se pueden demostrar: que Tristram y usted eran pareja en Florencia. Extractos de banco y declaraciones de testigos lo podrán demostrar. Y, como usted sabe, en esta habitación habrá toda clase de pruebas de cómo lo hizo. Vamos, fue tan inteligente que seguro que una parte de usted querrá oír que le confirme lo brillante que fue. De hecho, solo cometió un error: planificó una boda de invierno en lugar de una de verano.

—¿Eso fue un error?

—Pues sí —confirmó Judith, satisfecha de que por fin consiguiera que Jenny tomara parte en la conversación—. Así es como conseguí averiguar que el asesino era usted y cómo lo hizo.

—Vaya, esto sí que me gustaría oírlo.

—Muy bien. Le contaré cómo mató usted a sir Peter Bailey.

Capítulo 40

—Me gustaría señalar, ya que estamos hablando —dijo Judith—, que también aparecieron otras pruebas (anomalías, en realidad). Como el mazo que faltaba de la repisa de la chimenea. Y el «curioso incidente», como diría Holmes, del tarro de cristal que no se rompió. ¿Qué más? Bien, veamos, el testimonio de Rosanna de que se fumó usted un cigarrillo cuando subió a la habitación después de la discusión en la fiesta, la observación de lady Bailey de que Tristram salió de la casa poco antes de que llegara en su coche... y un gancho en la pared que en su día se utilizaba para afianzar el armario. Todos esos pequeños detalles no es que sean muy interesantes si se toman por separado, pero, si se alinean en el orden adecuado, cuentan la historia más increíble.

—¿Qué pasa si admito que tiene usted razón? —preguntó Jenny, interrumpiéndola de pronto.

Judith se sintió electrizada. Confiaba en que, al ponerla contra las cuerdas, Jenny le ofreciese algún trato.

—Admitir, ¿qué?

—Que me enamoré de Tristram. En Florencia. Y que juntos planeamos que yo seduciría a su padre.

—¿Y...?

—Muy bien, que planeamos matarlo.

—Gracias —repuso Judith—. No se imagina lo gratificante que resulta oírle decir eso.

—Pero antes de que se sienta usted demasiado satisfecha consigo misma, permítame que le recuerde que está usted completamente sola en esta casa. La policía se ha marchado —añadió Jenny.

—Lo sé, pero créame: no constituyo ninguna amenaza para usted. A mí lo único que me importa es oír la verdad.

—En ese caso, le diré la única verdad que necesita saber: a su amable subinspectora la han despedido con un rapapolvo, ¿no es cierto? Y ¿sus amigas? Se morían de ganas de deshacerse de usted.

—Soy consciente del peligro en el que me encuentro —afirmó Judith con tranquilidad—, pero esta podría ser mi única oportunidad para hablar con usted como es debido. Que no es que piense que deba estar usted muy preocupada. Como las dos sabemos, no creo que nada de lo que digamos en esta habitación pueda ser admisible en un juicio. Pero la cuestión es que me gano la vida de crucigramista, y no soporto dejar sin resolver un rompecabezas, así de sencillo. Y nada ha sido más un rompecabezas que el asesinato de sir Peter. Mi única esperanza de acercarme a la verdad es que usted y yo hablemos a solas.

—Muy bien. En ese caso, debería usted saber que es posible que forjara un plan con Tristram, pero sucedió lo único que no esperaba que sucediese: me enamoré de Peter.

—Vamos —contestó Judith, decepcionada—. Por favor, no empiece a mentir otra vez, ahora que íbamos tan bien.

—Deje que le cuente lo que pasó. Ese era el plan, que yo

seduciría a Peter, lo mataríamos juntos y me casaría con Tristram. Pero lo cierto es que me enamoré de Peter, así que no quería seguir adelante con mi parte del plan. Tristram, en cambio, se negó a aceptar tal cosa. Y continuó de todas formas. Primero se planteó matar a su padre con cianuro y después, cuando lo descubrieron, se le ocurrió este otro plan que llevó a cabo.

—¿Me está diciendo que el asesino es él?

—Intenté detenerlo, le supliqué, pero no quiso escucharme.

—¿Por qué no acudió usted a la policía?

—Porque, si le soy sincera, no pensé que fuese a hacerlo. No hasta que era demasiado tarde. Pero fue Tristram. Él mató a su padre.

—Muy bien. Si eso es verdad, ¿cómo lo hizo?

—¿A qué se refiere?

—Es la única pregunta importante. En esta versión de lo que pasó que está intentando venderme, ¿cómo mató a su padre Tristram?

—Es como le dije. No creo que Peter estuviese muerto cuando le tomé el pulso.

—Sí, fue muy inteligente por su parte sugerirnos la posibilidad hace unos días. Fue entonces cuando decidió que tenía que salvarse cargándole el muerto a Tristram, ¿no es verdad?

—Es lo único que tiene sentido —continuó Jenny, haciendo caso omiso de Judith—. Peter seguía vivo cuando el armario le cayó encima. Y después, cuando salimos del estudio, Tristram entró y lo mató.

—Una teoría estupenda, lo reconozco. Salvo por tres cosas. Primero, si sir Peter estaba solo en el estudio, ¿cómo se le cayó encima el armario? Los muebles pesados no se van al suelo sin más ni más. Segundo, según la autopsia, sir Peter murió casi en el acto de las heridas. No permaneció tendido desangrándose durante minutos mientras intentábamos dar con él en la casa, forzábamos la puerta, le quitábamos el armario de encima y despejábamos el estudio solo para que Tristram se colara después con el objeto de rematarlo. Y todos lo vimos: tenía el brazo doblado debajo del cuerpo, la mano bastante machacada. Lo cierto es que no estaba vivo.

Judith se sentía satisfecha consigo misma mientras observaba a Jenny.

—Ha mencionado tres cosas.

—Ah, sí. Y su historia no explica que el mazo se encontrara entre la ceniza.

—Y dale con el mazo, déjelo ya.

—Me temo que no puedo, pero suscita usted una cuestión interesante, porque se ha comportado usted de un modo muy inteligente en el curso de la investigación. Daba la impresión de que nos ayudaba en todo momento, pero en realidad lo que intentaba era estar lo más cerca posible de nosotras. Para asegurarse de que sabía lo que estaba pasando. Para tratar de impedir que sacáramos determinadas conclusiones y de hacer que llegáramos a otras. Por ejemplo, después de sustraer el testamento de la caja fuerte, fue usted la que lo rompió y lo escondió entre el compost. Tendría que haberme dado cuenta en su momento, pero fue usted la que sugirió que lo buscáramos fuera de casa. Yo ya había llegado a esa misma conclusión, así que accedí encantada, pero tendría que haber recelado más. ¿Fue solo una coincidencia que fuese usted la que sugirió que buscáramos fuera y que también fuese la que nos llevase hacia el compostador donde, una vez más, fue usted quien se percató de que alguien había removido el compost no hacía mucho?

»Y que faltara el sobre me desconcertó en su momento, pero no pensé detenidamente a qué podía deberse esa ausencia hasta llegar a la conclusión lógica. El hecho de que no estuviera roto el testamento sugería que era incriminatorio (claro que lo era, tenía sus huellas dactilares), pero tendría que haberme dado cuenta de que el hecho de que no estuviese allí implicaba que, de alguna manera, aquello era una puesta en escena. Después de todo, ¿qué verosimilitud tenía que Tristram se enfadara hasta el punto de hacer pedazos el testamento y meterlo en un montón de compost, pero a la vez fuese lo bastante cuidadoso para retirar el sobre y deshacerse de él aparte?

»Pero la mayor genialidad fue conseguir que nos replanteáramos si a sir Peter lo habían matado *después* de cuando considerábamos que lo habían matado. Como está haciendo otra vez ahora. Es una idea de lo más plausible. Una teoría de lo más tentadora. Pero me temo que con ello plantó las semillas de su caída. Porque mi forma de pensar es bastante lógica, y que hablara usted de que a sir Peter tal vez lo mataran *después* de lo que pensábamos hizo que me preguntara inevitablemente si no lo habrían matado *antes* de lo que pensábamos. Después de todo, la caída del armario fue un incidente tan ruidoso y dramático que ¿quién se plantearía que sir Peter no murió en ese preciso instante?

—Pero acaba de decir usted que murió en el acto de las heridas.

—Oh, sí, y así fue. Pero la palabra «dramática» es muy

importante para entender lo que sucedió ese día. Todo fue una obra representada por Tristram y usted. Y como en todas las buenas obras, primero había que montar el escenario. Por eso lady Bailey vio salir a Tristram poco antes de que se perpetrara el crimen. Verá usted, mientras los demás estábamos fuera, en la fiesta, Tristram se encontraba en el estudio, con las cortinas echadas, para que nadie pudiese ver nada. La puerta estaba cerrada, pero, como nos contó Chris Shepherd, sir Peter echaba la llave en el estudio desde que discutió con su hijo. Tristram también se aseguró de que la chirriante puerta del estudio estuviese bien engrasada, para que cualquiera que pudiese estar cerca no oyese las distintas idas y venidas. Su elección fue un tanto extravagante (aceite de oliva), pero cumplió con su cometido, y se aseguró de borrar sus huellas de la lata antes de devolverla a la cocina.

»Mientras se encontraba en el estudio, sacó del armario todo el material de laboratorio lo más deprisa posible y lo dispuso con sumo cuidado en la alfombra, delante, de manera que después, cuando el mueble cayera, todo el cristal se hiciera añicos estrepitosamente. Por desgracia para él, aunque alineó casi todo lo que había para que lo aplastara el armario al caer, había un tarro de cristal que debió de encajar de tal modo entre los estantes que sobrevivió al impacto. Fue Becks la que se percató de lo extraño que era: que un frasco de cristal cayese de un armario desde una altura de casi dos metros y no se rompiera. Sobre todo cuando Suzie demostró en un pispás lo frágil que era cuando lo tiró al suelo. Pero, cuando Tristram terminó, el escenario donde se perpetraría el asesinato estaba listo.

»Después de su más que pública (y también más que guionizada) discusión con Tristram en la fiesta, usted dijo que se iba a su habitación, pero no es allí a donde fue, sino al estudio. Me figuro que Tristram le dejaría la llave en algún lugar de la casa para que pudiera entrar usted. Después, cuando sir Peter la siguió a la casa, usted lo llamó para que fuera al estudio. Estoy segura de que le sorprendió encontrar todo el material de laboratorio de cristal en el suelo, delante del armario. Cuando fue a echar un vistazo, usted cogió uno de los instrumentos más pesados (había un viejo osciloscopio de metal, por ejemplo) y, con toda la rabia que consiguió reunir, golpeó con él a sir Peter en la cabeza. Murió en cuestión de segundos, como confirmó posteriormente la autopsia, al igual que también confirmó que la causa de la muerte había sido un traumatismo por objeto contundente. Pero ¿llegaría a saber la policía científica si ese traumatismo se lo había causado un objeto al caer desde la parte superior de un armario alto o una persona que lo había golpeado con fuerza con dicho objeto?

»Acto seguido, borró usted las huellas del arma homicida y la dejó junto al cuerpo sin vida de sir Peter. La primera parte del plan había sido un éxito. Sir Peter había muerto y nadie había oído nada. En lo que respectaba a todo el mundo, seguía vivo. Después, salió usted del estudio lo más deprisa que pudo, cerró la puerta con llave y subió la escalera corriendo para ir a su dormitorio. Da la casualidad de que Rosanna ya estaba allí, lo cual debería haber echado por tierra sus planes, pero se había escondido en el armario, algo que, por suerte para usted, después hizo que su coartada pareciese más sólida incluso.

—¿Lo dice en serio? —inquirió, sorprendida, Jenny—. ¿Rosanna estaba en el armario?

—Sí. Pero no se preocupe, porque no vio nada.

—Pero eso significa que hay un testigo que dirá que yo estaba en mi habitación cuando el armario cayó.

—Hay un testigo, ella ha dicho que estaba en su dormitorio y, que quede claro, que también usted estaba en el dormitorio.

—Entonces, ¿cómo sugiere que me las arreglé para empujar el armario desde mi habitación, que está en la planta superior, y con un testigo que se encontraba en la misma habitación que yo?

—Tiene usted razón, y no sugeriré tal cosa.

—Entonces, toda su historia se desmorona.

—Es porque usted no empujó el armario —afirmó Judith, interrumpiendo a Jenny—. Se ocupó de que le cayera encima. Y por eso menciono el error de que quisiera celebrar su boda en invierno.

—¡Deje de decir eso de una vez!

A Judith le entusiasmó ver hasta qué punto estaba pinchando a Jenny. Eso era exactamente lo que esperaba que pasase.

—Permítame que le presente la prueba A, que es el testimonio de lady Bailey. Dijo que a las tres de la tarde estaba entre los arbustos del fondo del jardín, mirando hacia la ventana del estudio, cuando oyó que el armario caía con gran estrépito. Pero también dijo que no pudo ver lo que pasaba en el estudio en sí porque, aunque las cortinas ahora volvían a estar descorridas, el sol daba en la ventana. En su momento pensé que era una maniobra evasiva, pero tomemos lo que dijo al pie de la letra: el sol salió a las tres y dio en el cristal de la ventana del estudio. Muy bien. Era un día frío pero soleado, algo que apenas reviste interés. Pero añado la prueba B, el tarro de cristal que descubrimos en el estudio que había sobrevivido a la caída del armario. Cuando lo puse en la mesa del estudio de sir Peter, me aseguré de colocarlo al trasluz para examinarlo con más atención. Y así fue como descubrimos que había borrado usted todas las huellas.

»Y esta es la anomalía. Lo puse en la mesa del estudio de sir Peter a eso de las diez y media de la mañana. Pero si el sol entraba por la ventana por la mañana (como sabía que sucedía, puesto que lo había visto con mis propios ojos), ¿cómo podía entrar por esa misma ventana también por la tarde? El sol tendría que haber pasado al otro lado de la casa después de mediodía, y en invierno el sol está tan bajo en el cielo que lo cierto es que debería haberse apreciado perfectamente. Como digo, si hubiese tenido usted paciencia y hubiera esperado a casarse en verano, el sol habría estado tan alto en el cielo que no sé si me habría percatado de la diferencia que existía entre el ángulo del sol a las 10:30 y a las 15:00.

»¡Fue un descubrimiento increíble! Sabía que tenía que comprobarlo. Así que mis amigas y yo fuimos a White Lodge justo antes de las tres de la tarde y nos apostamos en el seto de laurel desde donde lady Bailey dijo haber visto el destello en la ventana del estudio. Y, tal y como sospechaba, cuando llegamos allí el sol ya se hallaba en el otro lado de la casa. Habría sido imposible que el sol entrara por la ventana del estudio. Estaba mintiendo, o al menos esa fue mi reacción inicial. Pero ¿por qué iba a mentir sobre un detalle tan anecdótico? Lo que me hizo pensar: ¿y si decía la verdad?

Pero, si no fue el sol, ¿qué pudo ser ese destello? Y entonces fue cuando caí. Recordé que el tarro de cristal que no se rompió en el estudio en su día contenía cinta de magnesio.

Judith vio que Jenny se quedaba muy quieta.

—Vaya, veo que por fin entiende el peligro que corre. Bien. Pues sí, en el lateral del tarro ponía «Cinta de magnesio», pero, como no se hizo pedazos, quizá debiera haberme sorprendido que dentro no hubiera cinta. Porque es un material asombroso, ¿no le parece? Lo recuerdo de los experimentos de ciencias que hacíamos en el colegio. Es una cinta metálica que se compra en rollos, como el celo, y, aunque se puede desenrollar con bastante facilidad, es muy fuerte. Después de todo es metal. Sin embargo, esto es lo asombroso de ella: cuando se le prende fuego, produce una luz incandescente (¿a que sí?), la llama va consumiendo la cinta y la convierte en una ceniza fina.

»Así que, si bien es cierto que usted estaba en una planta distinta de sir Peter cuando el armario cayó, su habitación está justo encima del estudio, como vi la primera vez que entré. Me asomé por la ventana lateral y vi los arbustos justo debajo del estudio de sir Peter.

»Y hay otra cosa que une ambas habitaciones, ¿no? Las dos tienen una chimenea. Suzie incluso comprobó el tiro de la de su dormitorio cuando buscábamos el testamento de sir Peter. Si se hubiese dado cuenta de que el tiro era un conducto que bajaba hasta el estudio y también subía hasta el tejado, quizá hubiésemos resuelto esto mucho antes.

»Pero así es como se las arregló para acceder al estudio desde su habitación. Cuando preparó el escenario con anterioridad, Tristram no solo dispuso el material de laboratorio en el suelo, sino que además ató cinta de magnesio en las tallas ornamentales de la parte superior del armario y después la llevó hasta el viejo gancho que está atornillado a la pared, dejando la cinta lo bastante floja para que, cuando lo empujó mínimamente, el armario se inclinase, pero la cinta metálica que había atado al gancho de la pared impidiese que cayera al suelo.

»En ese punto, inclinado hacia delante lo suficiente para que cayera si alguien cortaba la cinta (pero solo lo suficiente), el pesado armario se mantendría como estaba con absoluta facilidad. No había impulso cuando lo empujó hacia delante, Tristram se habría asegurado de eso, y toda la fuerza de su peso no se habría sentido hasta que la cinta se soltó y el mueble empezó a vencerse, ganando velocidad cuando cayó al suelo con un estrépito que fue tanto más impresionante debido a los objetos de cristal del suelo que rompió.

—Y ¿cómo dice usted que se cortó la cinta? —le preguntó Jenny, pero era evidente que ya sabía que Judith había adivinado la respuesta.

—En realidad fue muy simple. Y aquí es donde entra el mazo. Verá, después de que Tristram dejara el armario ligeramente inclinado, lo único que tenía que hacer era tender más cinta de magnesio desde el gancho hasta la chimenea. Pero ¿cómo unir la cinta con la habitación de arriba? En fin, usted ya había pensado en eso, ¿no es así? Antes de que comenzara la fiesta, bajó más cinta de magnesio por el tiro desde su dormitorio, aunque necesitaba un objeto pesado para asegurarse de que llegaba hasta la chimenea de abajo. Y puesto que este objeto después caería en las cenizas de la chimenea, tenía que ser algo que no llamase la atención si se encontraba. Así que cogió usted el mazo de bronce de la repisa de la chimenea del estudio y se lo llevó a su habitación. A continuación lo ató al extremo de la cinta de magnesio y lo hizo descender por el tiro.

»Y eso fue lo último que Tristram preparó esa tarde en el escenario. Metió la mano por la chimenea del estudio y encontró colgando el mazo. Lo único que tenía que hacer era atar la punta de la cinta que había dispuesto antes a la punta de la que estaba unida al mazo y, *voilà*, ya tenía un detonador improvisado que bajaba desde la habitación de arriba por la chimenea hasta el estudio y lo conectaba con la cinta que sujetaba el armario para que no se desplomara.

»Por eso Rosanna pensó que usted se fumó un cigarrillo cuando subió a su dormitorio. Se equivocaba. Desde donde estaba, en el armario, Rosanna oyó el encendedor, pero tiene usted suerte de que no viese nada, puesto que la habría visto a usted inclinada dentro de la chimenea y un fogonazo cuando el magnesio se prendió.

»Ya encendida, la cinta se convirtió en un detonador terrorífico, que se fue consumiendo a medida que fue bajando por el tiro, hizo que el mazo cayera a la ceniza de la chimenea y después quemó la siguiente sección de cinta que cruzaba el estudio: eso fue el vivo destello que lady Bailey vio desde el otro lado del jardín. Lo que daba en las ventanas no era el sol, sino la cinta de magnesio que ardía vivamente en el estudio. Y, en cuanto la llama quemó la cinta que unía el armario al gancho, consiguió el efecto que ustedes buscaban: el armario se liberó y cayó encima del cuerpo sin vida de sir Peter con un tremendo estruendo de madera, metal y cristal. El resto de la cinta unida al armario se convirtió en inocente ceniza después de que el armario cayese. Y en una habitación en la que había tanto polvo como en ese estudio y con un armario tan antiguo, quién iba a reparar en los finos restos de ceniza blanca que dejó la cinta al quemarse.

»De modo que así es como lo hizo, Jenny, ya que me lo ha preguntado. Y lo cierto es que fue usted muy inteligente. Porque el armario pesaba tanto que su caída grabaría en la cabeza de todo el mundo una hora de la muerte que sería imposible refutar. Aunque sir Peter ya hubiese muerto cuando el armario le cayó encima. Lo cual, dicho sea de paso, también encajaba con la autopsia. Tanika insistió en que sir Peter murió casi en el acto. En fin, eso lo sabemos porque fue usted quien lo mató casi en el acto. Y si hubiese dejado pasar demasiado tiempo entre la muerte de sir Peter y la caída del armario, estoy segura de que la autopsia habría podido determinar que el mueble había aplastado un cuerpo que ya estaba sin vida. Pero sir Peter llevaba muerto un minuto cuando el armario se le echó encima, su cuerpo aún estaba caliente. En la autopsia, todas las heridas derivadas de haber sido aplastado solo se habrían manifestado como lo que eran, lesiones no mortales. Magulladuras no mortales. Huesos rotos no mortales. Solo hubo un golpe (en la cabeza) que lo mató. Y sería imposible que todos los testigos, la policía y el forense creyeran que ese golpe no lo había recibido en el mismo instante en que el enorme armario le cayó encima.

—Está usted muy segura de sí misma —observó Jenny con mordacidad—. Casi me entran ganas de confesar.

—Debería. Porque, ahora que sabe dónde buscar, la policía encontrará ceniza de magnesio a través de la habitación, hasta el armario y subiendo por el tiro.

—Se cree usted muy lista, ¿no?

—Pues sí, la verdad.

—Entonces, ¿cómo explica la puerta cerrada con llave?

—Es fácil. Como he dicho, cuando salió usted del estudio la primera vez, después de matar a sir Peter, cerró la puerta y se guardó la llave. Después, cuando el estrépito hizo que entrásemos todos en la casa y Tristram forzó la puerta, lo más lógico es que usted, enfermera de profesión y prometida de sir Peter, fuese la primera en acercarse al cuerpo. En medio de tamaña confusión, le sería a usted fácil meterle la llave en el bolsillo.

»De hecho, el plan en sí era muy sencillo. Una habitación preparada de antemano, un detonador que subía hasta la planta de arriba y una puerta cerrada a cal y canto que haría que pareciese imposible que se había perpetrado un crimen. Pero lo impresionante fue cómo lo ensambló usted todo, la teatralidad de todo ello. Claro que Tristram formaba parte del grupo de expertos. Si alguien sabía crear efectos teatrales, era él.

—No puede demostrar usted nada.

—Ni hará falta que lo demuestre, ¿no le parece? Porque será su cómplice quien lo hará. Y usted lo sabe, ¿no es verdad?

—¿Se puede saber de qué está hablando?

—Porque había una cosa con la que usted no contaba: el hecho de que Tristram sea influenciable tiene ventajas y desventajas. Sí, consiguió usted manipularlo para que lo ayudara a matar a su padre, pero usted no era la única que ejercía influencia en él. Solo después de que pusiera en marcha su plan y viniera a Marlow, descubrió la existencia de Sarah Fitzherbert, una mujer que controlaba a Tristram desde hacía mucho tiempo. Una mujer que había estado esperando todos estos años para casarse con él. Da la casualidad de que sabemos que usted acabó ganándose a Tristram, porque este le dijo a Sarah que todo había terminado entre ellos. Normal que se lo dijese. Ya había arriesgado demasiado con usted, ¿por qué iba a dejarse influir por un antiguo amor? Así que ustedes dos cometieron su asesinato y todo salió según lo esperado. Siguió discutiendo públicamente con Tristram, incluso organizó esa espléndida pelea cuando me llamó para pedir que viniera y la ayudara a quitárselo de encima. Me lo tragué todo, absolutamente todo.

»Pero también fue ahí cuando todo empezó a desenmarañarse. Porque Tristram recibió esa misteriosa llamada telefónica la tarde que estábamos con usted, y debió aterrorizarla. ¿Quién, aparte de usted, podía alterarlo así? Me imagino que se puso usted en lo peor, y, cuando más tarde yo le conté que había perdido de vista a Tristram en Alison Road, creo que sin querer confirmamos sus sospechas de que Sarah se las había ingeniado para manejar de nuevo a su cómplice, el hombre por el que usted había matado. El hombre que tenía que casarse con usted para que su plan funcionara. De sentir que tenía usted las riendas de todo pasó a ser consciente del poco control que tenía en realidad. De hecho, Tristram podía casarse con quien le placiera.

»Y pasó a la ofensiva. Tras haber matado una vez, no vaciló en volver a hacerlo. Sabía que Tristram había discutido con su padre por culpa del cianuro, así que fue a casa de Sarah con algún pretexto y se aseguró de que bebiera un vaso de agua que tenía las huellas de Tristram y el cianuro de Tristram. Pero eso no bastaría para que lo condenaran por asesinato. Sarah era su novia, era normal que las huellas dactilares de Tristram estuviesen en sus propias cosas, pero de ese modo le lanzó usted una advertencia: tenía que hacer lo que usted dijese o sufriría las consecuencias. Unas consecuencias funestas.

»Es lógico que Tristram la atacara cuando la policía lo puso en libertad bajo fianza. Matar a Sarah, una amiga de la familia de toda la vida y víctima inocente de todo esto, no formaba parte del plan. Tristram debió de darse cuenta entonces de que había hecho un pacto con el diablo cuando permitió que entrase usted en su vida.

—Yo no soy el diablo.

—Una vez me contó lo difícil que lo había tenido para hacerse un sitio en la vida: estudiar, escapar de su pasado. Y la admiro por ello. Ha demostrado ser más resiliente y valiente que las personas para las que ha trabajado a lo largo de estos últimos años. Pero debía crisparle ver cómo sus clientes daban por sentada la riqueza que tenían. Que se creyeran con derecho a todo. Imagino perfectamente que acabó llegando a la conclusión de que no merecían vivir. Porque es así, ¿no? Admítalo.

—Los ricos son odiosos.

—Y ¿por qué iba a tener usted tan poco, cuando tanto lo merecía, y ellos tanto, cuando son tan despreciables?

—Eso es, exactamente.

—Y sir Peter nunca sufría las consecuencias de nada de lo que hacía, ¿no? Había sido así durante toda su vida. Podía traicionar a su hija, o a su jardinero, o echar a su hijo de casa o pagarle una miseria a su exmujer, y sencillamente le daba lo mismo. Era intocable. Era rico, tenía un título nobiliario, estaba protegido. Apuesto a que ardía usted en deseos de acabar con esa ilusión.

Jenny esbozó una sonrisa de suficiencia, el brillo de sus ojos reflejaba el triunfo personal que sentía.

—Apuesto a que hubo un momento —prosiguió Judith—, poco antes de que muriese, en que sir Peter se dio cuenta de que lo había engañado usted. De que iba a acabar con su vida. ¿Qué cara puso en ese momento?

—De susto —musitó Jenny, ensimismándose en el recuerdo—. Fue como si se viese despojado de todo: de su riqueza, de su estatus. Por fin era como el resto de nosotros: mortal.

—¿Dijo algo?

—Sí.

—¿Qué dijo?

—Fue una pregunta. Una palabra: «¿Jenny?». Fue patético, casi divertido.

—¿Le pareció divertido?

—Usted no tenía que vivir con él o soportar su arrogancia. Fingir que era el sexo débil. Fingir que lo amaba.

—Usted tampoco. Todo esto se lo ha buscado usted misma.

—Yo no me he buscado nada.

—Ya lo creo que sí, y va a pasar usted mucho tiempo en la cárcel.

—Nada de lo que he dicho aquí será admisible en un juicio. Es como usted misma ha dicho: esto queda entre usted y yo.

—Pero es como he dicho: Tristram confesará la parte que ha tenido en todo esto.

—No lo hará.

—Desde luego que sí, cuando se dé cuenta de que ahora usted está diciendo que fue él quien mató a su padre. Y lo sabrá porque yo se lo diré.

—En tal caso, me tendré que asegurar de que no salga usted de esta habitación.

Judith miró a Jenny y se dio cuenta de que estaba preparada para abalanzarse sobre ella, el cuerpo entero le temblaba de rabia.

—Sí, suponía que en algún momento llegaríamos a este punto —respondió Judith—. Pero, antes de que intente liquidarme, me gustaría decirle que su plan de matar a sir Peter en la fiesta delante de un testigo fidedigno (o sea, yo) me dio una idea. De hecho, decidí seguir su ejemplo, ¿no es así, Tanika?

Jenny estaba confusa —¿con quién hablaba Judith?—, y entonces Tanika salió de detrás del armario con su móvil en la mano.

—Hola, Jenny —la saludó.

Antes de que esta pudiera reaccionar, Tanika se acercó de dos zancadas y la esposó.

—¡Pero si vi cómo se iba! —balbució Jenny.

—No es usted la única que puede hacer teatro para crear historias falsas —repuso Judith—. Tanika, Becks, Suzie y yo desarrollamos el plan esta tarde. Si Tristram venía aquí y la atacaba, Becks y Suzie harían como que discutían conmigo y se irían como una exhalación. Pero la única que se fue en su furgoneta fue Suzie. Becks se quedó atrás y después, cuando llegó el inspector Hoskins, Tanika supo que sería capaz de irritarlo lo bastante como para que la echara. Cuando vimos que se iba en su coche patrulla, no era Tanika la que conducía, sino Becks, lo cual permitió a Tanika dar la vuelta a White Lodge, entrar por la habitación de la entrada y esconderse entre el armario y la pared. Luego lo único que tenía que hacer yo era traerla aquí e intentar arrancarle una confesión. Pero lo más importante es que ha confesado usted no solo delante de mí, sino de una subinspectora de policía que lo ha grabado todo.

Tanika sostuvo en alto el teléfono para enseñarle que estaba grabando la conversación.

—Cuando Tanika le ponga a Tristram lo que ha grabado, tanto usted como yo sabemos que se derrumbará. Le contará a la policía la verdad, toda la verdad y nada más que la verdad. Y, mientras que él irá a la cárcel por haber sido cómplice de un asesinato, usted pasará bastante más tiempo en ella, al haber perpetrado dos crímenes.

—Jenny Page, queda detenida por los asesinatos de sir Peter Bailey y Sarah Fitzherbert —dijo Tanika—. Tiene derecho a guardar silencio, cualquier cosa que diga puede y será utilizada en su contra en un tribunal.

Jenny la miró como si su mundo acabara de derrumbarse, cosa que, en todos los sentidos, había sucedido.

Capítulo 41

El inspector Hoskins apenas podía contener su irritación cuando volvió a White Lodge para ocuparse de la detención de Jenny Page. Gritó a su equipo y se mostró especialmente cascarrabias cuando Judith le explicó que Tanika y ella le habían tendido una trampa a Jenny para que esta hablara de los últimos momentos de la vida de sir Peter antes de que lo matara.

—No será admisible —aseguró el inspector cuando Judith terminó de contar su historia.

—Nunca pensé que lo fuera a ser, pero Tristram es un joven muy impresionable; estoy segura de que podrá utilizar usted la grabación de Tanika para arrancarle una confesión. Eso, más las pruebas que podrá recabar ahora que sabe dónde buscar, será lo que condene a Jenny.

El inspector Hoskins vio la lógica de lo que decía Judith, pero ello no hizo que estuviera más contento.

Cuando Tanika se sumó a ellos, el humor del inspector empeoró más. Sabía que Tanika utilizaría su triunfo para minar su autoridad en la comisaría.

—Enhorabuena, señor —lo felicitó ella—. Ha representado su papel a la perfección.

—¿Cómo dice? —inquirió él, confuso.

—Su forma de seguirme la corriente cuando discutí con usted justo antes de que se fuera con Tristram. Si pude colarme en la casa para ser testigo de la confesión de Jenny fue solo porque me echó usted como lo hizo.

El inspector Hoskins finalmente cayó en que Tanika le estaba ofreciendo un trato. Si él fingía que la discusión que habían mantenido era algo que habían acordado de antemano, ella no se vería en un aprieto y él podría salvar las apariencias. Era un compromiso que lo beneficiaba a él mucho más que a ella, pero no le hacía gracia. Sin embargo, comprendió que no tenía elección.

—Sabía que debía de haber algún motivo para que se mostrase usted tan insolente —repuso a modo de prueba, para ver cómo sonaba.

—Lo había, señor —repuso Tanika con una sonrisa—. Lo había.

El inspector Hoskins no supo qué decir a eso, así que, tras mirar a Tanika y después a Judith y ser consciente de que eran las dos personas del mundo a las que menos quería tener cerca, se marchó.

—Sé lo que vas a decir —afirmó Tanika cuando el inspector Hoskins se hubo alejado lo suficiente.

—Este triunfo era tuyo —observó Judith—. ¿Por qué demonios lo compartes con él?

—Mío no; tuyo. Y mi vida será bastante más fácil si dejo que ese hombre se lleve parte del mérito.

—No es ni remotamente justo.

—Lo sé, pero no quita para que sea cierto.

La furgoneta de Suzie llegó a la casa seguida de un coche patrulla. Suzie se bajó mientras Becks hacía otro tanto y ambas corrieron con Judith.

—¡Estás bien! —exclamó Suzie al tiempo que abrazaba a Judith—. ¡Estás bien!

—Pues claro que estoy bien —aseguró Judith, a la que incomodaba la efusividad de Suzie—. Yo siempre estoy bien.

—Siento mucho lo que dije en la casa —se disculpó enseguida Becks—. Me sentí fatal discutiendo contigo.

—Pero ¿funcionó? —quiso saber Suzie.

—Pues sí —confirmó Tanika—. Mejor aún de lo que planeamos. Judith estuvo increíble.

—Bobadas —le restó importancia esta—. Solo le di la cuerda que necesitaba, eso fue todo. Y, de todas formas, fue un trabajo en equipo. Si vosotras tres no hubieseis dado la impresión de que os ibais, Jenny no se habría sentido cómoda y no habría confesado nada. Pero lo que quiero saber es esto —añadió Judith, mirando a Becks—: ¿qué se siente al conducir un coche patrulla?

—¡Es increíble! ¡Muy divertido!

—¿Encendiste la sirena? —inquirió Suzie entre risitas.

—Desde luego que no, habría estado mal.

—¿Y las luces? Apuesto a que te diste una vuelta con las luces encendidas.

—Pues claro que no.

Suzie fue consciente de hasta dónde llegaba la traición de Becks.

—¿Ni siquiera rebasaste el límite de velocidad?

—No. El límite de velocidad existe por un buen motivo.

—¿Por qué accedí a que te llevaras el coche patrulla?

—Era lógico que tú condujeses tu furgoneta —respondió Becks, que no terminaba de entender adónde quería llegar Suzie.

—¿Sabéis qué? —dijo Judith con una sonrisa—. Creo que esto pide a gritos una pequeña celebración, ¿no?

—Yo creo que sí —convino Suzie.

—Sin duda —coreó Becks.

—Tanika, ¿te gustaría venir a tomar algo a mi casa?

—Me encantaría —repuso esta—, pero me necesitarán en comisaría. Para que me ocupe de las nuevas pruebas. Aunque quería preguntarte una cosa. A mi hija, Shanti, le encanta el río. ¿Crees que podrías llevarnos a dar una vuelta en tu chalana un día de estos?

—Será un placer. Y también me encantaría conocer a tu marido.

—¿Vamos todos?

—Naturalmente. Podemos hacer un pícnic y pasar el día. Y, si quieres, díselo también a tu padre. Hay espacio de sobra.

—No estoy segura de que quieras que mi padre esté en la misma chalana que tú. No a menos que quieras descubrir que la chalana no tiene la forma que debería, que el río no es tan bueno como los que tenemos en la India...

—No hay nada que me apetezca más —aseguró Judith.

—Gracias —dijo Tanika—. Y gracias a todas. Sin vosotras tres no habríamos cogido a Jenny.

—Sin nosotras cuatro —la corrigió Judith.

Tanika sonrió y sus amigas vieron lo orgullosa que se sentía.

—Sí —accedió—. Es verdad.

Cuando Tanika se iba, vieron que Rosanna llegaba en bicicleta. Judith y sus amigas fueron a su encuentro.

—¿Es cierto? —preguntó—. ¿Han detenido a Jenny?

Judith lo corroboró: era cierto, sí. También le contó el papel que había desempeñado Tristram en el asesinato de su padre, aunque intentó pintar a su hermano en la medida de lo posible como una víctima de Jenny.

—Lo siento mucho —se lamentó Becks cuando Judith terminó de contar.

Rosanna parecía completamente perdida.

—¿Tristram mató a nuestro padre?

—No —precisó Judith—. Es un joven codicioso y cobarde, pero no es un asesino. Es como mantuvo usted en todo momento: es débil. Ese fue su error. Y tuvo la mala suerte de conocer a alguien tan manipulador y desagradable como Jenny. Si no la hubiese conocido, su padre seguiría vivo. Sarah Fitzherbert seguiría viva.

—No sé qué decir —repuso Rosanna—. Ni qué pensar. Solo...

—Váyase a casa con Kat —sugirió Becks—. Ella la cuidará.

—Y seguro que podrá confirmarle esto —añadió Judith—: en nuestro país va en contra de la ley beneficiarse de un delito, ¿sabe? Así que, como Tristram fue cómplice de la muerte de su padre, no podrá heredar nada. Ni dinero, ni negocio, ni casa. Todo irá a parar al familiar más cercano de su padre, y no es preciso que explique que es la persona que debería haber heredado desde un principio, su primogénita: usted.

—No es cierto.

—Lo es. Lo que significa que, por primera vez desde hace cuatrocientos años, el primer varón no heredará la fortuna de la familia —dijo Judith con deleite—. Y es mejor aún: porque, una vez estén en su poder los bienes de la familia, podrá cambiar la tradición y dejar su legado a quien usted quiera, hombre o mujer.

—Se acabó lo de vivir en un barco con Kat —afirmó Suzie mientras daba un paso atrás para admirar White Lodge—. Se acaba de hacer usted con una mansión georgiana.

—Aunque, si me permite el consejo —terció Becks—: despida a Chris Shepherd.

—Ostras, ¡es verdad! —exclamó Suzie—. Chantajeó a su padre, no es de fiar. Me refiero a que no es nada de fiar.

—¿Está usted segura? —insistió Rosanna—. ¿Lo heredaré todo?

—Hable con Kat —dijo Judith—. Ella le confirmará que Tristram no podrá heredar y eso significa, *de facto*, que usted sí.

Pese a la conmoción del día, las mujeres vieron en los ojos de Rosanna algo que no habían visto antes:

Ilusión.

Cuando volvió a casa con sus amigas, Judith sirvió tres generosos whiskies en tres vasos de cristal tallado.

—Sinceramente, preferiría una taza de té —objetó Becks.

—¡Bobadas! —rehusó Judith—. Esto es una celebración.

Suzie le ofreció el vaso para que le sirviera otro tras beberse de un trago el primero.

—Si no te importa —dijo. Con el vaso lleno de nuevo, Suzie fue a sentarse en el sillón orejero preferido de Judith, que sonrió y se dijo que no le importaba—. Bueno, pues tenías razón —añadió—. A sir Peter lo mataron en una habitación que estaba cerrada por dentro, cuya única llave estaba en su bolsillo.

—Teníamos razón —la corrigió Judith.

—Lo cierto es que yo no pensé en ningún momento que fuera un asesinato —admitió Becks, que quería ser sincera.

—¿Se puede saber qué estás diciendo? —le discutió Judith mientras sostenía el vaso en alto para brindar con su amiga—. No parabas de decir que era imposible que en el estudio hubiese alguien cuando mataron a sir Peter. Y no había nadie. Tenías más razón que cualquiera de nosotras.

Becks se ruborizó.

—Bueno, pues vas a tener mucho de lo que hablar en el programa de radio de mañana —comentó Judith a Suzie mientras se dirigía hacia el asiento tapizado del mirador.

Suzie miró su whisky.

—¿Qué ocurre? —preguntó Becks.

—Lo siento —se disculpó—. Siento lo que dije en casa de Jenny.

—Lo sé —convino Judith, al caer en la cuenta de a qué se refería su amiga. Su plan siempre había sido que Suzie y Becks fingirían que perdían los nervios con Judith, pero si la discusión de pega de Becks había sido de lo más genérica, todas habían oído lanzar a Suzie acusaciones muy concretas—. No te preocupes, me lo merecía. Tienes razón. Siempre creo que sé lo que más le conviene a todo el mundo, y no es así. Lo siento.

—Pero la cuestión es que estoy de acuerdo contigo —admitió Suzie, y exhaló un suspiro—. Tú siempre tienes razón. Y mañana no haré el programa de radio.

—¿Por qué no?

—Estaba interfiriendo con mi trabajo. Con mi sustento. A ver, ¿qué cuidador de perros paga a un cuidador de perros para que cuide de los perros que tiene que cuidar él? Me he metido en un buen lío.

—Pero no puedes dejar la radio —aseveró Judith—. Se te da demasiado bien.

—Judith tiene razón —coincidió Becks.

—¿Eso pensáis? —inquirió Suzie, encantada con el cumplido.

—Desde luego.

—En tal caso, os complacerá saber que haré un programa a la semana, pero el domingo por la tarde. Se llamará *El rincón de las mascotas*, para que la gente llame para contar lo que tenga que contar y dar consejos sobre sus animales. De ese modo podré tener en el estudio todos los perros que quiera y dará lo mismo si empiezan a ladrar. Serán mi equipo.

—Es estupendo —se alegró Judith, complacida de que su amiga hubiese dado con una solución tan práctica. Además, Judith sabía que, si solo hacía un programa el domingo por la tarde, Suzie sería ligeramente menos famosa en Marlow. En su opinión, era una victoria triple. Suzie seguiría haciendo lo que tanto le gustaba, podría volver a ganar dinero y ese programa menos popular implicaría que no se dejaría influir por la idea de ser más famosa aún.

—Hay una cosa... —empezó Becks—. Cuando acusaste a Judith de todas esas cosas, ¿sabes? Mencionaste que todavía no han terminado las obras de tu casa.

—¡Ya! —repuso Suzie—. Esa parte es cierta. Siguen igual.

—¿En serio?

—Ya sabes cómo son estas cosas: intentas ahorrar bastante dinero para contratar a otro albañil, pero, cuando te ves con un poco de pasta, te la fundes en unas bonitas vacaciones y vuelves a la casilla de salida.

—Me gustaría ayudar —se ofreció Becks.

La frase captó la atención de sus amigas.

—Porque seguí tu consejo, Judith. Hablé con Colin, se lo conté todo. Cómo había ganado todo ese dinero. Y ¿sabes qué? Que tenías razón: se alegró por mí. De hecho, cuando le dije que debería dar todo el dinero a una organización benéfica, se enfadó y dijo que me había ganado ese dinero honradamente, que era mío y debería quedármelo. Es más, le entusiasmó la idea de hacerme con un colchón en condiciones para nuestra pensión, ya que, en los tiempos que corren, lo que nos dará la iglesia no será mucho.

—¡Qué emocionante! —aplaudió Judith—. Serás el corredor de bolsa de la familia.

—Creo que eso es exactamente lo que voy a hacer.

Judith y Suzie no podían alegrarse más por su amiga.

—Y no necesito comprarme ropa cara ni zafiros —aseguró Becks—. Ahorraré para cuando seamos mayores. Tal vez pueda ayudar a los niños con la matrícula de la universidad o darles la entrada de su primera casa. Pero no sabía que las obras de tu casa no habían terminado, Suzie, y me encantaría ayudarte a pagarlas. De ese modo, al menos daría un buen uso a mi dinero.

—¿Lo dices en serio? —inquirió Suzie.

—Muy en serio. Si te soy sincera, me haría sentir mejor.

—Eres única.

—No lo creo, la verdad.

—Ya te digo yo que sí. ¿A cuántas personas conoces que se estresarían así por ganar demasiado dinero? ¿Y que cuando se enteran de que se pueden quedar con él intentan regalarlo inmediatamente?

Becks se puso roja. Le incomodaba, como de costumbre, recibir cualquier cumplido.

—Sin embargo, voy a tener que decir que no —continuó Suzie—. Porque he solucionado lo de la ampliación, ¿sabéis?

—¿Has localizado al albañil? —preguntó Judith con vehemencia.

—No, sigue sin cogerme el teléfono.

—Oh. Entonces, ¿has llamado a otro?

—No exactamente.

—Entonces, ¿cómo lo has «solucionado»?

—¿Os acordáis de que cuando fuimos a la biblioteca arranqué una página del *Marlow Free Press*?

—Claro —respondió Becks, que se dio cuenta de que se le había olvidado.

—Bueno, pues la página que arranqué era un anuncio en el que solicitaban candidatos a un nuevo *reality* televisivo. Que trata de personas estafadas por albañiles. La empresa intenta localizar a los sinvergüenzas, pero, mientras tanto, te terminan la obra.

—¿Vas a salir en televisión?

—¡Sí! —exclamó Suzie con un grado de entusiasmo que eclipsó considerablemente la dicha que mostró cuando una de sus radioyentes le pidió un autógrafo—. Y el programa tiene casi tres millones de espectadores, ¿os lo podéis imaginar? Es alucinante. Me verán tres millones de personas.

Judith tardó un instante en asimilar lo que había dicho Suzie y después se sorprendió sonriendo, al igual que Becks. Conque Suzie había decidido solucionar sus problemas yendo a televisión, cómo no. Pese a las esperanzas de Judith, a Suzie le gustaba demasiado estar en el candelero. No cambiaría nunca, como tampoco lo harían ellas.

Las tres oyeron un sonido de marimba. Suzie sacó el móvil y lo apagó.

—Lo siento —se disculpó—, era la alarma. Tengo que ir a casa, he quedado con Amina para que me corte el pelo y me dé color. Es muy importante que mañana esté estupenda. Me ha citado el equipo de producción para hablar de la publicidad del programa.

Cuando Suzie se fue, Becks dijo que también debía marcharse, ya que había invitado a cenar a Colin al restaurante Hand and Flowers, que, al ser el único de Marlow con dos estrellas Michelin, estaba muy por encima del presupuesto de Colin, pero no del de Becks.

Cuando ambas se fueron, Judith fue a la habitación contigua para echar un vistazo al tablero de pruebas que había creado. Mientras miraba la telaraña de lana roja que relacionaba a los sospechosos con las pistas —y con lugares del mapa de Marlow—, se sorprendió recordando cómo, de no haberse topado con un pato muerto cuando había salido a nadar por la mañana, no se habría peleado con un cisne y no habría vuelto a casa a tiempo de recibir la llamada de sir Peter, que era lo que la había embarcado en esa aventura. Aunque no es que la llamada la realizase sir Peter, claro estaba.

Judith se sintió henchida de orgullo al ver lo que habían conseguido sus amigas y ella. Animada por una creciente sensación de seguridad, fue hasta el otro extremo de la estancia, donde la puerta se abría a la otra habitación, en la que aún no había hecho limpia de los periódicos y demás material publicado de más antigüedad que había reunido a lo largo de los años. Allí era donde estaban los documentos originales que se hacían eco de la muerte de su marido —la correspondencia que le había enviado la policía griega y británica, así como la policía metropolitana local en su momento— y los periódicos nacionales, todos los cuales habían querido entrevistarla.

Sabía que había llegado el momento de deshacerse de los últimos restos de su archivo de papel y polvo, pero se detuvo antes de cruzar el umbral. «No —se sorprendió pensando—, mejor no adelantarse. Mejor ir por partes».

Dio media vuelta y regresó a la sala de estar, deteniéndose un instante junto al aparador para servirse otro whisky. ¿Qué le apetecía hacer? ¿Darse un chapuzón vespertino? ¿O sentarse con unos esponjosos bollos calientes con mantequilla, un ejemplar de la revista *The Puzzler* y, quizá, unos vasitos del pacharán que tanto tiempo llevaba prometiéndose?

Judith sonrió al contemplar las posibilidades que le ofrecía lo que quedaba del día.

Agradecimientos

Gracias a mi fantástica editora, Manpreet Grewal, a la que llevé hasta el límite de su resistencia a medida que la fecha de entrega de esta novela se alargaba más y más. Se mostró paciente y amable en todo momento, y todo lo que diga de lo valioso que me resultó su apoyo es poco. Después, cuando tuve listo un primer borrador, su atención al detalle y la visión de conjunto que reflejaban sus notas fueron cruciales para ayudarme a que el libro adoptase la forma de la novela definitiva que tienes en tus manos, lector. Gracias, Manpreet.

También me gustaría darle las gracias a mi agente literario, que no perdió su buen humor cada vez que lo llamaba para decirle: «Oye, sé que, según mi contrato, se acerca la fecha de entrega, ¿cómo de inamovible crees que es...?». La sensatez y la serenidad de Ed (que, por lo demás, esconde tras una fachada de extravagante afabilidad) hizo que yo siguiera por el buen camino. Todo escritor debería tener a un agente literario como Ed. También tengo plena confianza en otras lumbreras de Johnson & Alcock, en particular Hélène Butler, Kroum Vatchkov, Saliann St-Clair y Anna Dawson. Gracias a todos por cuidarme tan bien, y mis disculpas, Kroum, por mosquearme contigo por culpa del formulario de impuestos japonés.

También debo darle las gracias a Anne O'Brien, que una vez más se ocupó con brillantez del proceso de edición. A diferencia de la primera novela de la saga, esta vez no había errores cronológicos nefastos (lo cual no equivale a decir que no hubiera ningún error, sino tan solo que no eran nefastos), pero, cuando recibí el manuscrito corregido, me di cuenta de que al parecer utilizo una muletilla prácticamente en todas las frases, y no era consciente de lo extenuante que tuvo que ser eliminarlas todas.

Gracias también a Ged Parsons, Steffan Rhodri, Chris Bradford, Bronwyn Deacon, Jon Taylor y Stuart Bone. Cuando empecé a reunir las pistas de los crucigramas crípticos que resuelve Judith, recordé muy deprisa que, si bien me encantan esos crucigramas, crearlos no se me da muy bien. Cuando volqué en Twitter mis mediocres ideas, estos fueron los estupendos cerebros que acudieron en mi rescate, y los mejores elementos de las pistas que incluyo en este libro son suyos.

Esta novela no existiría de no ser por el increíble apoyo que me brindan mi mujer, Katie Breathwick, y nuestros hijos, Charlie y James. Soportan mis gruñidos durante el proceso de escritura y siempre tratan con amor y tolerancia al cascarrabias que tienen en casa. (Mientras escribo estos agradecimientos soy cada vez más consciente de lo difícil que soy cuando escribo. Y escribo la mayor parte del tiempo. Y no está bien, ¿no? Mmm. Voy a tener que rumiar esto.)

Por último, me gustaría expresar mi agradecimiento a mi maravilloso padrastro, Jack Thomas, que por desgracia falleció mientras yo escribía esta novela. Jack heredó tres hijos cuando conoció a mi madre, y su ingenio pícaro, su constancia y sus sabios consejos en el curso de las décadas posteriores fueron sumamente importantes para que acabara siendo el escritor que soy hoy. Gracias por todo, Jack.